Editora Charme

BRITÂNICO ATREVIDO

JENNIFER WOODHULL

Este livro é um trabalho de ficção.
Todos os nomes, personagens, locais e incidentes são produtos da imaginação da autora. Qualquer semelhança com pessoas reais, coisas, vivas ou mortas, locais ou eventos é mera coincidência.

1ª Impressão 2021

Produção Editorial - Editora Charme
Foto - AdobeStock
Adaptação da capa e Produção Gráfica - Verônica Góes
Tradução - Lilian Centurion
Preparação - Monique D'Orazio
Revisão - Equipe Charme

Esta obra foi negociada por Brower Literary & Management.

FICHA CATALOGRÁFICA ELABORADA POR
Bibliotecária: Priscila Gomes Cruz CRB-8/8207

W891b Woodhull, Jennifer

Britânico Atrevido/ Jennifer Woodhull;
Produção editorial: Editora Charme;
Adaptação da capa e Produção Gráfica: Verônica Góes;
Tradução: Lilian Centurion; Preparação: Monique D'Orazio.
Campinas, SP: Editora Charme, 2021.
Projeto: Cocky Hero Club, Inc.
228 p. il.

ISBN: 978-65-5933-007-2

Título Original: British Banger

1. Ficção norte-americana, 2. Romance Estrangeiro -
I. Woodhull, Jennifer. II. Equipe Charme. III. Góes, Verônica.
IV. Centurion, Lilian. V. D'Orazio, Monique. VI. Título.

CDD - 813

www.editoracharme.com.br

Editora Charme

BRITÂNICO ATREVIDO

Tradução: Lilian Centurion

JENNIFER WOODHULL

Britânico Atrevido é uma história independente inspirada no romance *Amante Britânico*, de Vi Keeland e Penelope Ward. Faz parte do universo de Cocky Hero Club, uma série de romances originais, escritos por várias autoras e inspirados na série de bestsellers do *New York Times* de Vi Keeland e Penelope Ward.

CAPÍTULO 1

Quinn

A vadia pegou meu grampeador. Vasculho minha mesa de novo e abro cada uma das gavetas pela segunda vez, puxando-as uma a uma até o final para examinar o conteúdo.

Nada do grampeador.

O Swingline azul-marinho, um grampeador raro e todo em metal, em uma era em que tudo é de plástico e descartável, é o objeto que tenho carregado comigo para todos os lugares, desde o meu primeiro emprego durante o programa de estágio do ensino médio.

A vadia deve tê-lo levado, junto com todas as outras coisas deste escritório.

— Kimberly — chamo, esticando o pescoço, enquanto espio pela porta aberta.

Escuto os estalos de um par de saltos altos vindo pelo corredor, em direção ao meu escritório. A loira miúda, minha última, e agora única, funcionária, surge *à porta*, parecendo exatamente tão exausta quanto eu.

— O que foi?

— Não sei onde está o meu grampeador.

— Ah! Bem...

Ela se aproxima da mesa e começa a abrir as mesmas gavetas que vasculhei há poucos instantes.

Enquanto examina cada uma delas, encontrando-as tão vazias quanto eu as encontrei, arrasto minha cadeira de volta à mesa.

— Não consigo achá-lo. Talvez a gente o tenha colocado sem querer no lugar errado.

Ao usar *a gente*, ela quer dizer *eu*. É seu jeito não agressivo de perguntar se estou começando a surtar e sugerir que, talvez, eu o tenha colocado em um lugar onde não deveria estar. Como aconteceu com a geladeira, porque é nesse ponto que chegamos. Esse é o nível de confusão com o qual estamos lidando aqui.

Faz dois dias que minha sócia, Connie, deixou a imobiliária que administrávamos juntas. Ela deve ter planejado essa saída por algum tempo, porque conseguiu levar todos os meus clientes com ela, junto com todos os outros corretores. A única pessoa que ficou foi Kimberly, a melhor assistente e amiga que uma garota poderia ter.

Talvez o divórcio não tenha impulsionado a dissolução da parceria comercial de Connie com o seu futuro ex-marido, no final das contas. Talvez ele tenha se divorciado dela como uma desculpa para se livrar da obrigação de ter negócios com aquela maluca.

Kimberly inclina a cabeça e encontra o meu olhar. Ela me observa com uma empatia que beira a pena, e é o que basta para me deixar no limite. Meus lábios tremem, e um calor arranha minha garganta. Pisco e sinto as lágrimas começando a se acumular nos cílios.

Kimberly se apressa em meu socorro.

— Ah, não. Não, não, não. Não vamos fazer isso. Somos mulheres fortes, independentes e vamos cuidar disso aqui. Somos donas do nosso destino. *N*ão vamos permitir que a maluca da Connie deixe a gente chateada nem mais um momento sequer. Nem hoje. Nem amanhã. Nem nunca mais.

Ela se inclina para a frente e coloca as mãos nos meus ombros.

— Está me ouvindo, Quinn? Você é uma deusa. Uma mulher que detém o próprio poder e não vai deixar que ninguém o roube.

Um gemidinho patético escapa dos meus lábios e a pressão inconfundível no alto do nariz e nas bochechas me diz que está prestes a acontecer. Vou chorar lágrimas enormes, gordas e feias, meu nariz vai ficar vermelho e tão entupido que vou ter de respirar pela boca. Está vindo, e não tenho como evitar.

— Ah, querida...

Ela inclina a cabeça para o lado, e é o que falta.

Enterro o rosto nas palmas das mãos e deixo as lágrimas caírem. Meus ombros sobem e descem, e o peito estremece a cada soluço. Kimberly vasculha o escritório, encontra uma caixa de lenços na minha mesa e puxa vários de dentro dela, entregando-os para mim.

— Aqui está. Devo fazer uma xícara de chá para você? Ou algo mais forte? Café? Posso até batizá-lo. Que tal, hein?

Ela cantarola a última frase, como uma mãe tentando convencer o filho a se animar.

Chacoalho a cabeça de um lado para o outro.

— Como posso ter me enganado tanto em relação a ela? Quero dizer, ela sempre foi uma gananciosa, uma calculista, uma malvada e...

— ... e uma vadia? Sim, Quinn. Sempre foi. Você só não enxergava isso. Ficou cega com a ostentação, a promessa de clientes importantes e de comissões altas. Ela enganou você.

Abaixo um pouco as mãos e dou uma espiada nela pelos dedos entreabertos enquanto ergo uma sobrancelha.

Kimberly continua:

— Quero dizer, ela também me enganou, no começo. Não é culpa sua. Ela é profissional nisso. Qualquer um poderia ter se deixado levar. Tudo o que você pode fazer é se recuperar, ignorar o que aconteceu e seguir em frente.

Ela dá tapinhas no meu ombro.

— Vamos ficar bem, não é? — Minha voz sai um pouco chiada ao fazer a pergunta.

— Sim, vamos. Somos fortes e resilientes. Vamos ficar melhor do que simplesmente bem. Vamos ficar espetacularmente bem.

Ela agarra meus pulsos e abaixa minhas mãos para ver meu rosto.

— Não vamos?

Pisco duas vezes.

— Eu disse, *não vamos*?

Desta vez, confirmo com a cabeça.

— Ok, então. Vou pegar as garrafinhas que tenho escondidas na minha mesa e você vai abrir esse laptop e arranjar novos clientes. Certo?

Confirmo com a cabeça de novo.

— Ok? — Minha resposta sai mais como uma pergunta do que como uma afirmação.

Solto um suspiro, enquanto Kimberly deixa minha sala.

Olho fixamente para o dólar emoldurado na parede. Ele representa o primeiro dólar que ganhei no ramo imobiliário. *Isso, pelo menos, a vadia não levou.*

Olhando para a cédula emoldurada, ajeito meu corpo para ficar numa posição mais reta na cadeira. Construí este negócio do zero, sozinha.

Fiz isso antes e consigo fazer de novo.

Que bom que chorei. Tirei aquilo do corpo. Agora é hora de agir como uma mulher adulta e arregaçar as mangas.

Abro a gaveta e tiro um elástico de cabelo do copinho que contém os meus itens. O elástico tem uma estampa de cabritinhos. Puxo todo o meu cabelo com as mãos e o reúno em um rabo de cavalo alto, no topo da cabeça, mantendo-o preso com o elástico.

Quando Kimberly aparece à porta pouco depois, ela sorri.

— É isso aí! Essa é a minha garota.

— O que você quer dizer com isso?

— Seu rabo de cavalo. Quanto mais determinada você está, mais alto ele fica na sua cabeça. Se já existiu uma Pedrita Flintstone, é você. Seu cabelo está quase na vertical. Isso significa que você está prestes a botar pra quebrar.

Abro um sorriso largo e mexo a cabeça uma única vez, concordando com ela.

— Estou. Vou construir meu negócio do zero de novo e vou começar hoje. Dane-se a Connie.

— Dane-se a Connie! Um brinde a isso!

O rum espirra na lateral da xícara de café conforme ela o despeja, uma para mim e outra para ela.

Pegamos cada uma sua xícara e mandamos para dentro em um gole.

— Muito bem. Vamos fazer isso.

Abro meu laptop, enquanto Kimberly caminha em direção à porta.

— Ah, Kimberly?

Ela se vira, dando um saltinho, e sorri.

— Pois não, *chefe*?

Ergo uma sobrancelha e torço os lábios para os lados em um sorriso forçado, que se opõe à minha recém-encontrada determinação.

— Vá me arranjar a porcaria de um grampeador.

Depois de passar a tarde caçando todo mundo que já comprou e vendeu casas comigo e que não seguiu Connie para a nova imobiliária, contato as pessoas que talvez gostem de mim pelo menos um pouquinho, nem que seja minimamente. Após algumas horas escrevendo e-mails e dando telefonemas, nos quais tento parecer despreocupada para gerar alguns *leads*, derrubo um obstáculo no sentido figurado, então decido que está na hora de bater em alguma outra coisa e extravasar minha energia.

Entro no dojô, onde pratiquei Krav Maga nos últimos quatro anos, e aceno para uma das instrutoras, enquanto passo pela área de treino de força e sigo para o vestiário. Uma morena miúda, que vi na aula algumas vezes, está se trocando e guardando suas coisas no armário, perto de mim, e me cumprimenta com um simpático "olá".

O instrutor de hoje é David, um sujeito alto e corpulento que faz os movimentos parecerem fáceis. Qualquer um que tente roubar a carteira desse cara vai descobrir, a duras penas, que não é uma boa ideia.

— Quinn! Que bom te ver de volta aos treinos.

Ele sorri, enquanto assumo meu lugar, e a culpa se contorce no meu peito por eu ter imprimido um ritmo frenético no desenvolvimento do meu negócio a ponto de negligenciar todas as outras coisas — especialmente os treinos, que fazem tão bem à minha sanidade.

— Obrigada. Estive ocupada com o trabalho nas últimas semanas.

— Meses, mas não faz mal. Vamos arranjar uma solução para essa desculpa hoje à tarde.

A sobrancelha levantada e o sorriso malandro dele me dizem que meus músculos vão estar queimando no dia seguinte, mas é exatamente disso que preciso.

Preciso sentir algo além de traição e tristeza. Preciso conseguir dar o melhor de mim de novo, de corpo e alma. Quero conseguir ser bem-sucedida a ponto de não depender de ninguém. Afinal, depender de outra pessoa, confiar nela, foi o que me colocou nesta situação.

CAPÍTULO 2

Camden

— Desculpa, cara. É sério. Fico feliz em te ajudar a encontrar garotas, mas minha vida de solteiro acabou.

Ashok está com um sorriso estúpido estampado no rosto.

— Puta merda. — Balanço a cabeça. — Um brinde, então. Ao meu melhor amigo e à sua adorável futura esposa, Natalie. Que vocês sempre tenham felicidade... e que ela nunca pare de fazer boquetes em você — digo, e levanto o copo.

— Minha nossa, um brinde a isso, com certeza!

Nós dois viramos nossos últimos copos e os colocamos no antigo balcão de madeira do bar com um baque.

— Acho que nunca vi você tão feliz.

— Não sei como me senti. Quero dizer, quando abrimos a empresa, foi um dos pontos altos. Mas, agora, isso é como a cereja do bolo. Construímos um negócio multimilionário do nada e agora vou casar com minha garota e tudo o mais.

Natalie é uma ótima pessoa, embora eu deteste ver meu amigo abandonando a vida de solteiro. Ela é inteligente. E também bonita demais para ele, mas Ashok é um sacana encantador quando quer, então não posso dizer que estou surpreso.

Conversamos um pouco mais e ele começa a olhar para o relógio. Aparentemente, ter alguém esperando em casa está deixando-o menos inclinado a passar a noite bebendo comigo até de madrugada no nosso *pub* pós-trabalho, que fica perto do escritório. Espero, pelo menos, que ele vá para casa para transar.

— Certo — falo, juntando as mãos. — Hora de escolher qual vai ser a moça sortuda de hoje à noite.

— Aquela ruiva lá na frente. Qual a sua avaliação?

Ela é bonita o suficiente, mas o decote está muito exagerado, o rosto, com muita maquiagem — ela é um pouco demais em tudo. Toda garota que se esforça desse jeito está destinada a ser uma verdadeira grudenta.

— Fala sério, Ash. Você sabe que prefiro sutileza.

— Ah, sim, a garota legal. A experiência da namorada sem a namorada. Que diabos estava passando pela minha cabeça, não é?

Ele toma um gole da rodada que acabamos de pedir e estica o pescoço para vasculhar a multidão no *pub*.

Faço o mesmo, e é aí que a vejo, ou melhor, vejo a bunda dela. Uma bundinha redonda perfeita, em uma saia lápis que abraça cada curva, arqueada sobre o balcão para conversar com a amiga, que está sentada a alguns bancos de distância. A julgar pelo perfil, ela é bonita. Pele macia, lábios carnudos e bem definidos e um cabelo loiro brilhante com reflexos ruivos, que ficaria fantástico se estivesse enrolado nas minhas mãos enquanto a possuo por trás.

— Fechado — digo, fazendo um gesto com a cabeça em direção à mulher no balcão.

— Para o tipo dela, ela é bonita.

Eu sabia do que ele estava falando. Ela, definitivamente, não era de uma família rica. Essa garota era classe C da cabeça aos pés, mas estava usando seu traje conservador de negócios com tanta confiança que teria sido fácil confundir as raízes dela até ela abrir a boca.

— Por favor, não me venha com aquela porcaria de *"só tenho olhos para Natalie"*. Entendo, vocês estão noivos, vão fazer bebês e viver felizes para sempre, mas, falando sério agora. Você ainda tem um coração batendo no peito.

— É verdade. — Ele inclina a cabeça para o lado, com uma expressão pensativa, e então sorri. — Mas nunca conheci ninguém que o faz acelerar do jeito que ela faz.

Reviro os olhos.

— Ah, pelo amor de Deus...

— Estou tirando onda, Cam, mas não é uma cantada ruim. Posso guardá-la para alguma ocasião em que a Nat estiver brava comigo. — Ele dá de ombros.

Termino minha última cerveja.

— Antes de você ir, como quem não quer nada, e contar a ela que foi a escolhida para ter o prazer de uma noite com o lendário Camden Reid, me diga como foi hoje com Fitzpatrick.

— De acordo com o planejado, na verdade. Ele gostou da proposta e vou para lá em algumas semanas para fechar o negócio.

— Calliope está lá, não é? Não é em Rhode Island?

— É perto de Providence, então vou ficar muito tempo com minha irmãzinha. Pode ser a única coisa boa em ter que viver seis meses nos Estados Unidos.

— Claro, claro. Quero dizer, se me pressionassem de verdade, eu diria que a chance de ganhar seiscentos milhões de libras também é um belo de um atrativo. Mas, como você sabe, a questão da Calliope vem em primeiro lugar.

— É claro.

Ashok verifica seu relógio de novo. Olho por alto e vejo a loira-ruiva finalizando o que parece ser um Pimm's[1], e sei que está na hora de tomar a iniciativa.

— Certo, seu babaca triste e domesticado. Já para casa para ficar com a sua mulher. Te vejo amanhã.

— Sim. Acho que vou encerrar por hoje. — Ele dá um tapinha no meu ombro. — Uma excelente noite para você, Cam.

Eu me aproximo para ficar do lado da loira, de modo que ela esteja de costas para mim. Faço um gesto para o barman para pedir uma cerveja.

— E mais uma dose do quer que essa mulher deslumbrante esteja bebendo.

Ela se vira para me olhar.

Tem grandes olhos verdes e bochechas altas e rosadas. Ela é bonita, e as curvas da frente não decepcionam. Enquanto estou desviando meu olhar do corpo fantástico para o rosto, ela semicerra os olhos.

— Cam?

Ah, droga. Quem é essa mulher? Não tenho a menor ideia. Ela não me é nem vagamente familiar.

Disparo o sorriso que minha avó chama de encantador e que minha irmã chama de sinistro.

— É, você me pegou. Sou eu. Como vai você, querida? Quanto tempo faz... meses? Anos, talvez. Você está ótima.

— Você está de brincadeira comigo? Faz três malditas semanas, isso sim. Nem finja que entrou aqui para me procurar. Quase nunca venho aqui.

---

1 Bebida típica do verão britânico. Trata-se de um destilado à base de gim, com sabor de frutas e ervas. Pode ser tomada pura, ou como um aperitivo refrescante, misturada com limonada (ou soda-limonada), menta, pepino, frutas e bastante gelo. (N. E.)

Ela está se irritando agora, cruzando os braços e apoiando um lado do quadril no balcão.

Fala sério, quem é essa mulher? Pense, cara, pense.

Os olhos dela se fecham ainda mais.

— Espere um minuto... Você não sabe, não é?

— Saber o que, exatamente? Perdi alguma coisa?

— Seu maldito babaca! Você não sabe quem eu sou.

Dou uma risadinha discreta enquanto meus olhos se movem pelo *pub*, rezando por uma intervenção que me tire desta situação. Vasculho o balcão em busca de algum conhecido, mas não tenho a sorte de ver alguém. É neste momento que começo a ter esperança de que o destino vai me dar uma mãozinha — talvez enviando um meteorito para colidir com o teto do *pub* ou iniciando um apocalipse zumbi. Suponho que ser devorado por mortos-vivos deve ser bem menos doloroso do que isso.

— Claro que sei, querida. Por isso vim dizer "olá".

Ela não se mexe. Estou oficialmente fodido, e não do jeito que planejei quando levantei para vir aqui.

— Tá bom, então. Qual é o meu nome?

— Perdão. Seu o quê?

— Meu nome, Camden. Qual é a droga do meu nome? Não é amor, nem querida, nem deslumbrante, nem qualquer outra coisa que você esteja planejando dizer para me deixar lisonjeada. Qual. É. O. Meu. *Nome*?

Merda. Quanto mais olho para ela, mais ela me parece familiar, e não tem como isso ser bom. Julia, quem sabe? Anna? Ela tem cara de Melinda, talvez, ou de Mary. Decido fazer uma tentativa.

— Sem essa, Michelle. Não seja boba.

Franzo as sobrancelhas e disparo o olhar que as pessoas, geralmente, dizem que é brincalhão, mas ela só fica mais furiosa.

— Magda, seu filho da mãe estúpido. É Magda.

É isso! Vasculho meu cérebro, tentando encontrar uma Magda, mas... Espere. Ah, droga. Nada bom. Isso não é nada bom.

— Magda! Claro. Eu estava só tentando te enganar. Como você está?

— Como estou desde que você transou comigo, me jogou fora e já estava transando com outra quando voltei na sua casa para pegar minhas lentes de contato naquela tarde? Você está perguntando como estou desde que isso aconteceu?

Certo, *aquela* Magda.

Ela cerra os punhos nas laterais do corpo e me preparo para agarrá-los se ela começar a me dar socos. Em vez de fazer isso, ela pega o Pimm's que acabou de ser preparado, aquele que acabei de comprar para ela, e o atira na minha cara.

Sim. Definitivamente, é *aquela* Magda.

Entro no banheiro para limpar o rosto e dar a ela tempo para ir embora, furiosa. E também para haver certa distância entre nós dois quando eu deixar o bar.

De volta ao meu apartamento, entro no quarto e coloco a camisa social no cesto de roupas para a faxineira lavar. Uma olhada me diz que a gravata de seda Tom Ford não vai ser recuperada, então eu a jogo na lixeira.

Entro debaixo do chuveiro para tirar o cheiro de bebida espumante. Ajusto para uma cascata suave estilo água de chuva cair sobre mim. Percebendo que serei relegado à minha própria companhia esta noite, encho a palma da mão de espuma e bato uma para aliviar um pouco a tensão.

Na cama, não consigo parar de pensar nos acontecimentos da noite. Para começar, meu melhor amigo me diz que está abrindo mão da vida de solteiro. Sei que ele gosta da Natalie, e já há algum tempo, mas casamento... É tão... definitivo.

Só que mais inquietante do que isso foi a mulher no balcão. *Magda*. A parte triste é que, se não fosse pelo fato de ela ter entrado e me flagrado com o pau na boca de outra mulher logo depois de eu tê-la dispensado, acho que ela não teria sido memorável de forma alguma.

Começo a me preocupar com a possibilidade de já ter dormido com todas as mulheres bonitas e no padrão que eu pego de Londres.

Pode ser que morar nos Estados Unidos por um tempo seja bom para mim, no final das contas. Para me dar uma nova perspectiva, sem falar em novas possibilidades.

CAPÍTULO 3

Quinn

Meu ombro descansa apoiado no batente da porta do escritório, agora vazio, da minha ex-sócia. Um braço está cruzado sobre o outro e a mão, levantada do lado do rosto, enquanto bato a ponta de cada dedo na do polegar, um por um, repetidamente.

Kimberly dá um passo à frente e imita minha pose, encostando-se no lado oposto da porta.

— O que está passando pela sua cabeça, Quinn?

— Hum? Ah. Eu estava só pensando se um armário caberia naquele canto. — Faço um gesto na direção da parte de trás da sala. — Para transformar isto aqui em um quarto e colocá-lo para alugar no Airbnb.

— Você já passou por situações mais difíceis, Quinn. Nós duas, aliás. — Ela dá mais um passo e olha para mim. — Você sabe como se faz para um músculo crescer?

— Levantando peso, ou talvez fazendo treino de resistência.

— Não. Quer dizer, sim, mas não. O músculo cresce quando ele se machuca. Quando isso acontece, ele cresce de novo, mais forte e maior. É isso que você está fazendo agora. O músculo do seu negócio está machucado, rasgado, e agora você vai descobrir que ele vai ficar mais forte do que antes.

Eu não tinha pensado na situação sob essa perspectiva. Mas, se esse for o caso, devo ter o coração mais forte do mundo, porque ele, com certeza, foi ferido. Achava que Connie era minha amiga, e, em vez disso, tive de descobrir da forma mais difícil possível que ela era apenas uma oportunista.

Ao longo das últimas semanas, trabalhei escrevendo umas avaliações comparativas para bancos e empresas de financiamento sobre propriedades impedidas, mas esse serviço não está trazendo dinheiro suficiente. Preciso arranjar outra fonte de renda, ou pode ser que tenha de encerrar essa atividade e encontrar outro ramo. Pensar nisso faz meu estômago se revirar. É quase a mesma coisa que aceitar a derrota. Além disso, preciso pensar em Kimberly. Ela poderia arranjar outro emprego, é claro, mas dou a ela a flexibilidade de ficar para lá e para cá quando precisa levar os filhos para a escolinha e o menino à fonoaudióloga sempre que é necessário. Pode ser que outra empresa não seja tão compreensiva ou flexível.

Quando volto ao computador para checar meus e-mails e ver se algum dos *leads* que andei caçando me respondeu, vejo que há um e-mail de uma pessoa que eu não esperava que entrasse em contato comigo.

> ***Quinn,***
>
> ***Sei que não vai querer saber notícias minhas depois que fui embora daquele jeito. Sinto muito, querida, mas Connie fez uma oferta de cobrir trinta por cento das minhas despesas com propaganda e adicionar um ponto percentual a mais em comissões. Simplesmente não consegui recusar.***
>
> ***Enfim, sei que você, provavelmente, já selecionou uma tonelada de clientes novos, mas o Dan da Suite Life entrou em contato e pensei em encaminhar a mensagem para você, por via das dúvidas. Ele está procurando alguém para fazer locações de curto a médio prazo para executivos com contrato por prazo determinado. O valor seria oito por cento de todos os aluguéis e taxas até o final do período da locação. Imaginei que poderia ser um dinheiro extra, caso você queira. Dan é um cara legal — eu o conheço há anos. Ele não vai te explorar.***
>
> ***Espero que você esteja bem, Quinn. Mais uma vez, peço desculpas por como eu saí. Simplesmente não tive coragem de te encarar. Te desejo tudo o que há de melhor no mundo.***
>
> ***Sandra***

De fato, não consegui ficar muito furiosa com a vovó fofa. Sabia que o marido dela tinha acabado de se aposentar e que, portanto, eles estavam dependendo exclusivamente da renda dela. Além disso, a filha tinha voltado a morar na sua casa. Ela, provavelmente, precisava de cada dólar extra que conseguisse ganhar.

Examino os detalhes da mensagem encaminhada. Dan Blankenship é o proprietário de uma empresa que ajuda executivos a encontrar moradia, oferecendo soluções temporárias enquanto eles procuram uma casa para comprar ou alugar por um período mais longo. Alguns clientes têm projetos de curto a médio prazo que os mantêm na região tempo suficiente para quererem algo mais confortável do que um quarto de hotel. Vejo que Sandra disse a Dan que não podia assumir esse tipo de trabalho agora, mas que iria encaminhar as informações dele para alguém que pudesse estar interessado — alguém em quem ela confiava para fazer um excelente trabalho.

As condições são generosas. Ganharia umas centenas de dólares por cada locação que eu conseguisse, mais uma parte dos aluguéis. O valor poderia crescer em pouco tempo.

Envio rapidamente um e-mail curto para manifestar meu interesse. Para minha surpresa, chega uma resposta pouco tempo depois. Dan gostaria de se encontrar comigo em seu escritório no dia seguinte e, se as coisas derem certo, ele diz que já tem um cliente para mim, com início imediato.

Não sei ao certo o que estava esperando quando entrei no escritório de Dan Blankenship, mas, com certeza, não era aquilo. Uma vastidão de ladrilhos grandes e brancos cobre o chão da entrada. Meu salto alto ecoa pelo espaço à medida que me aproximo de um balcão de recepção cinza-claro, lustroso e coberto com mármore, localizado no centro do saguão. Atrás dele, há várias telas de LED grandes penduradas, exibindo imagens de casais felizes e famílias adoráveis, todos desfrutando do quintal de suas casas ou sentados ao redor da mesa de jantar.

A recepcionista me cumprimenta com um sorriso simpático, e eu sorrio também.

— Sou Quinn Whitley, da Lá em Casa Imóveis. Estou aqui para ver o sr. Blankenship.

Ela digita sem parar no teclado por um tempo, então me orienta a ir ao último andar. Quando chego lá, uma assistente me leva a uma sala grande com estantes embutidas de mogno. Um tapete asiático, que identifico como sendo uma antiguidade, ocupa quase uma parede inteira. Há uma mesa grande, que aparenta ser pesada, com duas poltronas de couro na frente. Ela aponta para uma delas.

— Dan vai voltar daqui a pouco. Fique à vontade, por favor. O que posso trazer para você enquanto ele não chega? Café, chá, água ou alguma outra coisa?

— Não quero nada, obrigada.

Ela sai e me deixa sozinha no escritório vazio. Meu cabelo está em um rabo de cavalo lateral hoje, o que é uma coisa boa. Estou vestindo mais ou menos metade de um *mocha venti* na minha blusa, e preciso espalhar o cabelo sobre a mancha para escondê-la.

Poucos instantes depois, Dan chega. Ele tem cabelo castanho com um toque de grisalho nas têmporas. Seu terno azul aparenta ter sido feito sob medida, e ele o usa com camisa social branca impecável e sem gravata. Depois de prestar atenção no conjunto todo, me pergunto se julguei mal essa coisa toda de aluguel a curto prazo, porque o negócio parece estar muito bem.

— Você deve ser a Quinn.

Ele estende a mão para apertar a minha, e eu me levanto e o cumprimento.

— Isso. É um prazer conhecê-lo, Dan.

Quando ele sorri, seus olhos se acomodam em rugas nos cantos, que são reconfortantes de alguma forma.

— Sente-se, por favor. Stacey te ofereceu alguma coisa?

Digo a ele que sim, impressionada com a hospitalidade e a atmosfera agradável da firma. Ele me conta um pouco sobre o seu negócio e os tipos de clientes que atendem. Cita vários nomes de empresas que parecem ter o objetivo de impressionar, e com certeza conseguem.

— Vou direto ao ponto, Quinn. Tentamos contratar pessoas com experiência no ramo de locação para atuar como intermediários, mas isso não combina com o alto padrão de demanda dos nossos clientes. Eles querem alguém que conheça as redondezas, possa informar os atrativos de cada área e recomendar as partes da cidade de que suas famílias vão gostar quando vierem visitá-los. Alguns até acabam se mudando de forma definitiva, então o conhecimento compartilhado pelo agente de locação se torna ainda mais importante.

— Com certeza consigo imaginar como alguém com conhecimento local poderia proporcionar vantagens, principalmente para uma clientela sofisticada.

Ele repassa as condições do contrato de prestador de serviços e deixamos claro o entendimento no caso de o cliente acabar comprando uma moradia permanente comigo depois que a locação de curto prazo acabar. Ele me diz que a firma ficaria com um ponto percentual como uma comissão para corretores, o que parece justo.

Gosto dele e, como disse Sandra, ele realmente parece ser uma pessoa íntegra e honesta.

— E então? Isso te parece interessante? Algo que você conseguiria encaixar nos seus outros compromissos?

— Claro. Tenho certeza de que consigo achar uma brecha para fazer esse serviço.

Consigo achar uma brecha entre todo o tempo que passo batendo a cabeça na mesa porque não tenho cliente nenhum.

— Excelente. — Ele esfrega as palmas das mãos. — Então deixe-me te contar um pouco sobre o primeiro cliente com o qual quero que você trabalhe. Essa situação é um pouco diferente da maioria. Há uma tarifa fixa além das comissões que discutimos.

— Parece ótimo, mas por que a tarifa fixa?

— Esse cliente já trabalhou com outras agências, e elas não o deixaram satisfeito. Ele tem trabalhado com elas de forma remota, mas vai chegar na cidade amanhã. Quero ter certeza de que vamos fazer isso direito. Ele está procurando uma casa em um condomínio ou um apartamento na cidade. Tem uma ampla rede de contatos importantes e, com certeza, poderíamos conseguir ótimas indicações dele se ficar satisfeito com o nosso trabalho.

Sorrio e me acomodo na cadeira, fingindo toda a confiança que consigo reunir.

— Então, vamos deixá-lo satisfeito, sem dúvida.

— Fico feliz em ouvir você dizendo isso, Quinn. — Ele faz uma pasta cinza-escura com o logotipo da Suite Life escorregar pela mesa até chegar em mim. — Aqui estão todas as informações sobre o que ele quer em uma casa. Você consegue estar aqui amanhã de manhã, às dez horas, para se encontrar conosco?

— Consigo e vou estar.

Depois de finalizar algumas coisas burocráticas para oficialmente me associar à empresa como prestadora de serviços, sorrio e aperto a mão de Dan antes de sair. Tento agir como se estivesse calma, tranquila e contida, mas meu coração está martelando no peito quando começo a caminhar em direção ao elevador. Sorrio e aceno para a recepcionista ao ir embora.

Quando já estou na rua, viro a esquina em direção ao local onde meu carro está estacionado, perto de um parquímetro, e tenho certeza de que estou fora da linha de visão de qualquer um que esteja entrando no escritório, ergo meu punho no ar.

— *Consegui!*

Minha exclamação triunfante atrai alguns olhares. Um adolescente que passa por mim estende a mão para fazer um "toca aqui".

— Que bom, moça! Seja lá o que for.

Abro um enorme sorriso e bato na palma da mão dele antes de descer da calçada e entrar no meu carro.

Estou ansiosa para chegar na minha pequena casa em Fox Point para poder fazer minha pesquisa. Comprei um chalezinho rústico, a pior casa no promissor bairro, há dois anos, e as reformas estão quase prontas. Adoro o charme e a personalidade dessa região e, mesmo com o preço das propriedades subindo, o bairro manteve o seu encanto peculiar. Após jogar minha bolsa no antigo banco de igreja, que fica na entrada, visto uma calça de moletom, faço um rabo de cavalo alto, pego meu laptop e começo a trabalhar.

Fico horas repassando as necessidades do cliente e fazendo anotações no meu *planner*. O formulário dele tem critérios que incluem a necessidade de uma casa próxima ao Exchange Building, onde seu novo escritório provavelmente está localizado. Ele diz que quer algo *clean*, sofisticado e masculino, então não deve estar planejando trazer a família. Ele gostaria de um lugar perto de bares e restaurantes no centro da cidade. A linha seguinte é tão confusa que a leio duas vezes para entendê-la, mas, a não ser que signifique exatamente o que está escrito, não sei como interpretá-la. Ela diz: *Deve ser perto de um lugar onde eu possa achar tortas e gente que curta linguiça*.

A parte da torta eu entendo. É uma exigência estranha, mas já soube de motivos mais esquisitos para a escolha de um bairro do que a qualidade da padaria local. Agora, a parte de gente que curta linguiça me deixou totalmente desorientada.

Será que ele quis dizer um lugar frequentado pelo público LGBT? Tipo, ele está procurando um lugar bom onde possa encontrar homens para transar? Isso, definitivamente, é passar do limite. Escolho ignorar a frase quando compilo o portfólio de propriedades disponíveis na faixa dos maiores preços que atendem aos outros critérios.

Bem quando me levanto para ir à cozinha pegar mais água e uma fruta, meu celular toca. Quando vejo o nome na tela, respiro fundo e atendo.

— Oi, mãe.

— Querida! Parece que faz séculos que não converso com você. Como você está, Quinn?

— Estou bem. E você?

— Ah, estou maravilhosamente bem, querida. Estou em um spa em Sedona, fazendo uns retoquezinhos.

Se ela está chamando de "retoquezinhos", provavelmente está mais para uma revisão completa na forma de cirurgia plástica.

— Vi algo no Facebook sobre a sua sócia deixar a empresa. Está tudo bem, querida?

— Não exatamente.

Com relutância, dou a ela uma ideia geral, de forma bem resumida, sobre como Connie me sacaneou.

— Ah, não! Não acredito nisso. Ela é tão bonita... tão arrumada. — Ela faz o som *tsc, tsc, tsc* com a boca. — Sabe, você não teria que se estressar tanto em relação a dinheiro se encontrasse um homem e se ajeitasse na vida de uma vez por todas. Não sei o que pensar sobre vocês, garotas independentes que querem fazer carreira nos dias de hoje. Muito trabalho e pouca diversão vão te deixar chata, sabe?

— Não preciso de ninguém para tomar conta de mim, mãe. Sei me cuidar sozinha.

Bom, acho que sei.

— É que simplesmente odeio ver que você ainda está solteira, com seus trinta e tantos anos e sem perspectivas.

Ela fala como uma mãe intrometida daqueles romances da Jane Austen que eu tanto adoro.

— Mãe, tenho apenas 32 anos e não estou procurando um homem agora. Quero focar em organizar a minha vida. Aí, talvez, se eu encontrar o cara certo...

— Apenas não espere muito, querida, ok? O que quero dizer é que você não pode ficar desperdiçando sua vida. Nunca se sabe quando... bem, quando não vai mais haver amanhã para se esperar.

Engulo o nó que surge na minha garganta.

— Está chegando, não está? O aniversário?

Percebo a emoção na voz dela.

— Sim, faltam duas semanas. Não consigo acreditar que faz vinte e sete anos. Quando penso em todas as coisas que ele perdeu... Bom, parece que aconteceu ontem.

Agora não consigo segurar. Lágrimas silenciosas descem rapidamente pelo meu rosto.

— Você ainda sente saudades dele, não é?

— Todo santo dia. Tento não ser revoltada, não ser amarga. Quero dizer, minha vida foi boa. É que não foi o que eu esperava. — Ela tira o celular do ouvido e escuto as fungadas. — Não importa. Preciso ir. Tenho uma massagem agendada para daqui a meia hora.

— Aproveite, mãe. Foi bom falar com você. Te amo.

— Também te amo, querida. Por que você não vem fazer uma visita daqui a algumas semanas? Minha vizinha Liz tem um filho mais ou menos da sua idade que acho que poderia te agradar.

— Ok, talvez. Tchau, mãe.

Desligo e aperto os dedos nas têmporas. Faço esforço para me lembrar do rosto dele, mas às vezes preciso olhar fotos. Eu tinha apenas 5 anos quando ele morreu. Ele estava trabalhando até tarde, como geralmente fazia, e as estradas ficaram escorregadias depois de uma tempestade. Milhões de pessoas sofrem acidentes de carro e conseguem sobreviver. Meu pai não sobreviveu.

Apesar do jeito animado, dos quatro maridos e das dúzias de amigos, sei que minha mãe ainda sente saudade dele todos os dias. Embora eu não me lembre de muita coisa, também sinto. Mas, no meu caso, o que me faz falta é a presença que deveria existir. Sinto falta do homem que deveria ter estado onde sempre houve na minha vida um buraco aberto com contornos de pai.

Decidindo que ocupar minha cabeça é uma coisa boa, ligo a TV e tento relaxar. O canal local está transmitindo um drama de época. É aquele sobre o lorde esnobe e superior e a plebeia briguenta que se apaixonam, e é um dos meus favoritos. Os majestosos sotaques britânicos do herói e da protagonista funcionam como uma serenata para os meus ouvidos, enquanto adormeço no sofá, caindo no sono mais profundo das últimas semanas.

CAPÍTULO 4

Camden

Ashok e eu fazemos nossa reunião no luxuoso e novo restaurante americano do qual somos sócios minoritários. Não é o tipo de lugar no qual normalmente investimos, mas o chef que o abriu é um amigo, e, honestamente, acho que ele permitiu que entrássemos na negociação como um favor. Ele e a esposa são apresentadores em um canal americano sobre comida e culinária e, desde que abriram o Pêssego e Uísque no Soho, no ano passado, o restaurante tem uma lista de espera de meses. Para a nossa sorte, Ash e eu temos uma mesa cativa.

Quando nossos clientes vão embora, vejo Lucas do outro lado do saguão e aceno para ele. Enquanto ele serpenteia em meio à clientela da hora do almoço e se aproxima, vejo que está de mãos dadas com uma menina de uns quatro anos. Faço as contas rapidamente e percebo que não a vejo há uns dois anos. Não consigo acreditar no quanto ela cresceu. Agora ela é uma pequena pessoa, não mais um bebê.

Lucas aperta a minha mão, depois a de Ashok.

— Que bom ver vocês dois. Fechando outro negócio de um milhão de libras durante o almoço, não é?

A criança puxa a mão dele e ele a pega para acomodá-la nos braços.

— É mais ou menos isso. — Ashok sorri para a criança, que enterra o rosto no pescoço do pai. — Quem é essa belezinha?

— Esta é Helen. Helen, você gostaria de dizer olá para os meus amigos Cam e Ash?

— Não, papai!

Ela dá uma risadinha e, embora eu não seja muito o tipo de sujeito que gosta de crianças, reconheço que ela é extremamente adorável.

— Lucas, ela é linda. Tem certeza de que ela é sua, meu amigo? — Ash abre um sorriso malicioso ao fazer a piada.

— Ela puxou à mãe, é óbvio. Não é, querida?

Ele bate a ponta do dedo no nariz da garotinha e ela sorri, e seus enormes olhos azuis brilham de prazer.

— Ela realmente se parece com a Georgia. — Ash estica o braço e aperta um dedo do pé de Helen sobre o sapato, e ela abre um sorriso largo para ele. — Como anda Georgia?

— Mandona, gorda e linda de tirar o fôlego. — Lucas abre um sorriso enorme de orgulho. — Ela está em Sevenoaks. Estou aqui na cidade só por hoje, então trouxe Helen comigo para dar um descanso para a mamãe.

Ela aperta o pescoço do pai e encosta sua bochecha na dele. Ele parece o homem mais feliz do mundo.

— Então tem outro a caminho? — pergunto, achando difícil acreditar que o cara com quem eu fechava bares e cantava garotas agora prefere passar suas noites lendo livros do Urso Paddington para a filha.

Entre Ash se casando e Lucas entrando integralmente em modo pai, sou praticamente o único solteiro que restou.

— Sim. Só faltam umas seis semanas.

— Vou ter uma irmã! — Helen exclama.

— Pode ser um irmão. Já conversamos sobre isso — Lucas responde em um tom sério e paternal.

Ela balança a cabeça de um lado para o outro.

— Meninos são nojentos!

— Espero que ela tenha a mesma atitude quando for adolescente. — Lucas ri. — Cam, ouvi você dizer que vai aos Estados Unidos em breve.

Solto um suspiro.

— Sim. Seis longos meses. Nunca vai passar rápido o suficiente.

— Nunca se sabe. Tem muita coisa nos Estados Unidos que passei a adorar — Lucas diz, apertando a filha e dando um beijinho na bochecha dela.

Passamos mais alguns minutos colocando a conversa em dia e voltamos para o nosso prédio, onde me junto a Ash no escritório dele.

— Tem certeza de que você tem tudo de que precisa para esse acordo, Cam?

— Você se preocupa demais, Ash. Você me conhece. Aquisições são a minha área. Vou fazer com que eles assinem o contrato, e devo conseguir passar um pente fino em todos os ativos num piscar de olhos. Vou descobrir o que devemos manter, o que devemos tirar e se há alguma coisa que devemos acrescentar ao nosso portfólio. Se eu tiver sorte, consigo fazer isso em cinco meses em vez de seis e voltar mais cedo para casa.

— Não vou mentir. Estou meio que feliz por você não amar aquele país. Eu iria odiar se você decidisse ficar por lá. Não seria a mesma coisa administrar a empresa com o meu sócio a meio mundo longe de mim.

— Não há nada com o que se preocupar sobre a minha ida. Vou contar os dias até poder voltar para o meu apartamento, para o meu escritório e para o meu *pub* local.

— Você é um colírio para os meus olhos, Cam.

Minha irmã Calliope pula e abraça meu pescoço assim que abre a porta. Ela me conduz casa adentro, e o marido dela, Nigel, aparece e aperta a minha mão.

— Que bom ver você, Nigel. Cuidando direitinho da minha irmã preferida?

— Sou a sua única irmã. — Ela dá um tapinha no meu peito com as costas da mão.

— Irmã e única; portanto, irmã preferida.

Belisco a cintura dela, e é como sempre acontece quando nos reunimos. Viramos duas crianças de novo depois de passarmos cinco minutos juntos.

Calliope faz chá para nós, e ficamos sentados na sala, colocando a conversa em dia.

— Parece que o estúdio de ioga é um sucesso — comento quando ela me conta como o negócio está indo.

— É, sim. Tenho uma clientela pequena, mas fiel, e me sinto privilegiada por quase nunca perder alunos das minhas turmas. — Ela toma um gole da xícara de Earl Grey.

— Você quer abrir franquias? Eu poderia providenciar uma injeção de caixa para você.

Ela ri.

— Estou bem satisfeita com as coisas do jeito que estão, obrigada. Nem todo mundo precisa ser um figurão, sabia? — Ela balança a cabeça. — Meu irmão, o milionário.

— Não por muito tempo, na verdade.

Ela franze as sobrancelhas, e percebo que está pensando que posso estar em apuros. Na realidade, é exatamente o contrário.

— Não há nada com o que se preocupar, Calli. Está tudo bem. Na verdade, estou aqui em Providence para fechar um negócio que vai me deixar com um patrimônio líquido de mais de um bilhão de libras.

Deixo escapar um suspiro ao pensar nisso. Trabalhei muito para chegar até aqui, e agora vou ter o tipo de dinheiro que vai me colocar em qualquer círculo que eu queira. Não é só pelo dinheiro, é pela liberdade de escolha que ele oferece. Neste nível de sucesso, minhas escolhas são praticamente ilimitadas.

— Bem, há algo a se dizer em defesa da segurança financeira, suponho.

Ela faz um biquinho e levanta as sobrancelhas. É a mesma cara que nossa mãe faz quando não está suficientemente convencida de alguma coisa, então é uma cara que conheço bem.

— O que foi?

— Nada. Nada mesmo.

— Calli, fale de uma vez.

— É que... fico preocupada com você, Cam.

— Por que você ficaria preocupada comigo? — Aceno de cima a baixo, indicando meu corpo, chamando atenção para os mocassins italianos e o suéter de caxemira de oitocentas libras que estou usando.

— É só que não gosto de te ver tão solitário. Queria que você encontrasse alguém para amar.

— Se você vai me dar a sua versão do discurso "por que você não está casado?" da nossa mãe, não se dê ao trabalho. Você sabe que isso não é para mim. — Balanço a cabeça. — Falando nisso, Ash está noivo. Ele e Natalie estão planejando se casar. Coitado.

— Ele ou você?

Olho para ela com os olhos semicerrados.

— O que você quer dizer, exatamente?

— Quero dizer que talvez você seja o coitado por ainda estar sozinho. Não é saudável viver uma vida inteira pulando de galho em galho do jeito que você faz, Cam. No fim, todo mundo quer uma pessoa especial na sua vida.

Minha irmã coloca a mão no meu braço e lança um olhar crítico para mim. Neste exato momento, ela é uma versão reformulada da nossa mãe.

— Bom, se algum dia eu encontrar alguém especial a ponto de me fazer pensar em sossegar, você vai ser a primeira a saber.

Calliope, Nigel e eu vamos jantar em um restaurante local especializado em carnes, que é um de seus favoritos. Apesar dos protestos deles, entrego meu cartão ao garçom quando a conta chega. Qual é a graça de fazer negociações inteligentes e ganhar um monte de dinheiro se você não pode fazer coisas legais para as pessoas que são importantes para você? É verdade que, no meu caso, a lista é bem curta. Minha mãe e meu pai, Calli e Nigel e alguns amigos próximos — eles são tudo de que preciso. Bem, eles e a companhia de uma mulher apropriada para preencher a minha cama.

O que me traz de volta ao desentendimento que tive com Magda algumas semanas atrás. É o tipo de coisa que você jamais vai admitir para os seus amigos e, do jeito que Calli anda me atazanando, definitivamente não quero contar a ela como ando me sentindo. Mas, por algum motivo, aquela droga de episódio envolvendo Magda realmente me perturbou. Claro, já cheguei a esquecer nomes de mulheres assim que elas saíram da minha cama, concordo. Só que nunca tinha acontecido de eu olhar uma mulher nos olhos e não ter a menor ideia de que já havia dormido com ela.

É por esse motivo que estou fazendo uma pausa autoimposta nas últimas semanas. Não transei com ninguém desde a noite anterior àquela no *pub*. Só que, agora que estou nos Estados Unidos, isso está prestes a mudar. Não vou esbarrar em uma pessoa de quem não me lembro aqui. Muito trabalho e pouca diversão deixa os garotos chatos, então diversão é exatamente o que tenho em mente durante a minha temporada aqui. Para começar, preciso encontrar um lugar mais confortável que o hotel, depois vou mergulhar de cabeça nos negócios e, no meu tempo livre, posso voltar à ativa.

CAPÍTULO 5

Quinn

Por que é que, quando as coisas dão errado, elas dão completa e espetacularmente errado?

Tudo começou hoje de manhã, quando acordei uns quarenta minutos depois do que pretendia. Devo ter pegado no sono enquanto assistia ao maldito programa na TV, porque sonhei que era a heroína briguenta, travando uma disputa verbal com o lindo lorde em cada oportunidade que aparecia.

O sonho foi tão vívido que poderia ter sido um episódio da série. O lorde chegou no seu corcel negro para me confrontar. Meu vestido de cintura império era em um tom de vinho suntuoso e, quando ele se aproximou de mim, me agarrando com força pelos ombros, meus seios, que mal estavam contidos pelo decote estilo século dezoito, se ergueram, do mesmo jeito que acontece nos livros. Ele me repreendeu por eu o ter deixado no baile do duque imediatamente antes de atacar meus lábios com um beijo ardente.

Pois é, em vez de programar meu despertador para uma reunião de negócios muito importante, como um adulto responsável, caí num sono profundo e me vi em um sonho que era um épico romântico arrebatador. Até acordei com um formigamento entre as coxas que não sentia há muito tempo. Infelizmente, em vez de resolver isso durante o banho para relaxar, estava tão atrasada que precisei simplesmente deixar a minha frustração cozinhando em fogo baixo.

No caminho para a Suite Life, topo com uma obra, o que foi culpa minha. O que não foi culpa minha: a colisão envolvendo quatro carros; isso foi o resultado de os motoristas estarem distraídos com os cones e escavadoras. A cereja no bolo foi que, quando finalmente chego quinze minutos atrasada, percebo que há uma espécie de mancha rosa na parte da frente da minha blusa. Está bem no meio do meu busto, perto do botão superior que fechei, e não dá para cobri-la com um penteado criativo.

Respiro fundo três vezes, lenta e profundamente, para me purificar, pego minha pasta e sigo para o prédio.

Quando a recepcionista me acompanha até a sala de reuniões, fico mortificada ao ver que sou a última a chegar. Dan levanta quando entro. O outro homem, que está de costas para a porta, sentado na cabeceira da mesa, está ocupado, fazendo alguma coisa no celular, e ignora o fato de que Dan me cumprimenta. É mais grosseiro do que eu esperaria de alguém com quem vou passar um bocado de tempo para mostrar imóveis, principalmente considerando que é uma pessoa com recursos financeiros para alugar uma propriedade luxuosa.

Dou a volta até chegar na lateral da mesa de reuniões, que fica de frente para Dan, e coloco meu portfólio na mesa. Quando dou uma olhada rápida no cliente, que ainda não tirou os olhos do celular, minha irritação se agrava ao observar a aparência dele. Ele tem cabelo escuro e cuidadosamente penteado, um queixo quadrado, ostentando uma barba curta, e olhos da cor do meu grupo alimentar favorito: chocolate amargo.

Ele ergue o olhar, me observa por um milissegundo e volta para o celular, mas, imediatamente, olha para mim de novo.

— Camden, esta é Quinn Whitley. Ela vai ser a sua intermediária pessoal no campo imobiliário — Dan anuncia.

Camden se levanta e se inclina para a frente, estendendo a mão para apertar a minha.

— Srta. Whitley, o prazer é todo meu.

Ele é britânico? Meu Deus.

Ele abre um sorriso largo e, minha nossa, esse sorriso é letal. Entre tudo o que podia acontecer, por que o senhor presunçoso, ocupado-demais-para-ser-educado, queixo-esculpido e olhos-nos-quais-quero-me-afogar tem de ter o sotaque mais sexy que existe?

— O-oi. Prazer em conhecê-lo, sr. Reid.

Toco sua mão grande e, à medida que envolve a minha, o calor da pele e a pressão forte do aperto dele fazem meu pulso acelerar.

— Nossa, isso foi... desnecessariamente formal. Acho que Camden e Quinn servem, não é? — Dan solta uma risadinha forçada, parecendo sentir a tensão entre mim e o senhor cliente presunçoso. — Quinn, por que você não mostra o que separou para Camden?

— Sim, Quinn — a voz grave diz, firme, elegante e autoritária. — Mostre para nós. Adoraria saber o que você tem para me mostrar.

Seus olhos me queimam até fazerem um buraco em mim, enquanto suas palavras parecem pairar no ar.

Abro minha pasta, limpo a garganta e fico ereta, passando uma cópia do portfólio que montei para ambos os homens. Camden encontra meu olhar, me agradece quando lhe entrego a pasta e então atira o celular na mesa.

Bem, parece que finalmente consegui ter sua atenção.

Ando de um lado para o outro na sala de reuniões conforme falo, descobrindo que essa atitude me acalma um pouco. Descrevo o processo que usei para encontrar os imóveis, como alguns deles são próximos ao escritório onde Camden vai trabalhar e como cada um tem as comodidades apropriadas ao estilo de vida informado no perfil que ele preencheu. Quando termino, fico na extremidade oposta da mesa, apertando as pontas dos dedos contra o móvel à medida que me inclino para encontrar o olhar dele.

— E então, o que você acha?

Os olhos de Dan brilham entre mim e Camden, arregalados, enquanto ele aguarda uma resposta. Finalmente, ela vem:

— Acho que é um começo.

Pisco duas vezes, sem saber ao certo se ouvi direito.

— Um começo?

— Sim, um *começo.* — Os olhos dele estão fixos nos meus, e ele sorri com malícia. — Não sei se alguma dessas possibilidades é exatamente o que estou procurando. Esperava ficar de queixo caído. Você acha que consegue fazer isso, Quinn? Você consegue me deixar de queixo caído?

Ah, então esse é o jogo que você quer? Bom, adivinha só: sei jogar qualquer jogo.

Preciso do dinheiro da locação desse imóvel para manter minha imobiliária no azul, então estou disposta a fazer o que for preciso.

Em nenhum momento desvio o meu olhar do dele.

— Consigo. Na verdade, sei que posso te deixar satisfeito, se me der uma chance.

Os lábios dele se esticam nos cantos da boca, e fico instantaneamente intrigada sobre como seria a sensação daquela barba quase inexistente roçando na minha pele.

Ele se vira para Dan.

— Gosto dela. Vamos começar amanhã de manhã. — Ele pega o celular e seus olhos se voltam para mim mais uma vez. — Você vai dar para mim?

— O quê?

Que diabos de pergunta foi essa?

— O número do seu celular.

Ele levanta o aparelho com os longos dedos de uma das mãos enormes.

— Para amanhã. Estou hospedado em um hotel, obviamente, e preciso mandar uma mensagem com o endereço para você ir me buscar.

— Ah! Certo. Celular. Hotel. Entendi. — Confirmo com a cabeça.

Suas sobrancelhas se abaixam por um breve momento, então uma expressão de divertimento passa pelo seu rosto.

— Certo. Então...?

Ele balança o celular de um lado para o outro no ar.

— Certo.

Passo o meu número para ele e combinamos de nos encontrar no hotel às oito da manhã para ver a primeira rodada de imóveis.

Quando volto para o escritório, faço um apanhado da reunião da manhã para Kimberly.

— Essa foi, sem dúvida, uma das reuniões com clientes mais estranhas que já tive na vida.

Cruzo os braços enquanto relaxo na minha cadeira, e Kimberly se senta na cadeira que está na frente da minha mesa.

— Bom, você conseguiu o trabalho. É isso que importa, certo? Você consegue aguentar um pouco da esquisitice do cliente durante algumas semanas para ganhar o que precisa para começar a reconstruir seu império, não consegue?

Solto um breve suspiro.

— Acho que sim. Quero dizer, fiz um bom trabalho na pesquisa. Pesquisa é a parte que eu curto mais, não é?

— Sim. Talvez ele não tenha sido honesto no perfil. Pode ser que, quando você passar um tempo com ele, consiga ter uma ideia melhor do que ele quer.

A julgar pelo jeito como me olhou, já tenho uma ideia muito bem formada do que ele quer.

— Imagino que sim.

Esfrego o polegar e o indicador na testa.

— O que você está deixando de me contar, Quinn? O cara é um esquisitão ou alguma coisa assim?

— Ah, não, de jeito nenhum. Quero dizer, ele é presunçoso, com certeza. Ele é simplesmente... intenso.

— Como assim?

— Olhos escuros que abrem um buraco em você, ar sério... Acho que ele quer soar intimidador, mas e daí? Quem se importa se ele é todo alto e anguloso e tem uma voz grave com um sotaque britânico perfeito? Ele é apenas mais um cliente. Vai dar tudo certo.

Kimberly ri alto. É aquela risada que faz você jogar a cabeça para trás e envolve o corpo inteiro.

Cruzo os braços e olho para ela com uma cara feia.

— Por que essa reação?

— Britânico? Ele também é gostoso, não é?

Inclino a cabeça para o lado.

— Como isso é relevante para a tarefa em questão?

Ela ri com ainda mais energia, agarrando as laterais do corpo.

— Ele é! Ele é gostoso! Ah, isso é sensacional.

— Você não está ajudando. — Reviro os olhos para ela. — Não importa a aparência dele. Ele é um cliente, e exigente, ainda por cima. Tenho um trabalho a fazer e vou fazê-lo. É tudo uma questão de me deixar um passo mais perto de colocar meu negócio nos trilhos de novo.

Quando ela sai do meu escritório, ainda dando umas risadinhas sozinha, meu telefone toca, dançando pela mesa. Eu o levanto para ver a mensagem de texto de um número internacional.

Perfeito.

O britânico biliardário, presunçoso e atraente provavelmente é vidente também, e sabia que eu estava falando dele.

+44 20 1094 3613: O que era a mancha rosa?
EU: Perdão?
+44 20 1094 3613: Na sua blusa hoje de manhã.

É sério isso?

Ele não só notou a mancha, como veio tirar satisfação?

EU: Iogurte de morango.
+44 20 1094 3613: Mentirosa! O que era, de verdade?
EU: Nesquick de morango, acho.
+44 20 1094 3613: Prefiro sabor chocolate.

Preciso admitir, isso foi bem fofo.

+44 20 1094 3613: Avenida das Artes, 5, às 8h.

Vejo que voltamos ao modo negócios.

EU: Estarei aí.

Salvo o número no meu celular e vou para casa a fim de me preparar para a reunião com sua presunção real na manhã seguinte.

CAPÍTULO 6
Quinn

Chego ao hotel e percebo que ainda faltam uns quinze minutos para o horário marcado. Olhando ao redor do saguão, vejo um quiosque de café no canto e decido que um pouco de cafeína pode ser uma boa forma de começar o dia para nós dois. Lembrando exatamente de quem é o meu cliente, peço um café e um chá do tipo *English Breakfast*. Coloco os dois no balcão, mando uma mensagem para ele, avisando que estou no saguão, e me aproximo dos elevadores para esperar.

Quando a porta do elevador se abre uns cinco minutos depois, Camden sai dele, caminhando tranquilamente e com propósito. Está usando paletó e calça cinza, com a camisa social branca desabotoada no colarinho. O terno deve ter sido feito sob medida, porque se ajusta ao seu corpo atlético, destacando os ombros largos e uma cintura estreita da forma mais deliciosamente perfeita possível. Ele está com óculos de sol estilo aviador, e a barba aparada que ele está exibindo acentua o queixo esculpido.

Depois de encarar meu novo e muito importante cliente pelo que parece uma eternidade, finalmente recupero o controle da habilidade de falar.

— Bom dia.

— Bom dia. — Ele baixa um pouco a cabeça para poder dar uma olhada em mim por cima dos óculos. Seus olhos cor de chocolate se afastam dos meus e miram rapidamente os dois copos nas minhas mãos. — Um é para mim ou você está dobrando a cota hoje?

— Para você. Aqui está. — Entrego o copo de chá para ele. — Meu carro está estacionado na rua, aqui na frente. Vamos começar?

Caminho em direção às portas de vidro deslizantes automáticas e, de repente, escuto uma exclamação atrás de mim, vinda dele.

— Maldição! Que porcaria é esta?

Eu me viro e descubro que ele está olhando para o copo de papel verde e branco na sua mão.

— É chá. Você é britânico. Você toma chá, não toma?

— Sou e tomo, mas *isto* — ele diz, segurando o copo em cima da lixeira perto da porta do saguão — *não* é chá.

Ele abre os dedos longos e deixa o copo cair. Meus olhos se arregalam e abro a boca para dizer alguma coisa, mas depois a fecho de novo. Ele chega muito perto de mim e me encara.

— O que você pegou?

— Eu, hã, peguei um expresso de café colombiano? — Minha resposta sai como uma pergunta.

Ele estende a mão e toma o copo da minha, os dedos dele queimando os meus ao roçarem na minha pele, e então o coloca na boca e toma um longo gole.

— Hum. Bem melhor. — Ele caminha em direção à porta. — Vamos andando?

Ele pegou o meu café. O babaca abusado simplesmente roubou o meu café. Literalmente.

Meu corpo fica todo rígido conforme acelero para alcançar os passos largos dele.

Ele coloca o copo no suporte, joga o paletó de qualquer jeito no banco de trás e se senta no banco do passageiro ao meu lado.

Quando termino de prender o cinto de segurança, estou fumegando de raiva.

— Tem alguma coisa errada? — ele pergunta, tão despreocupadamente que fico ainda mais furiosa.

— Isso foi mal-educado — digo, dando a partida no carro.

— Me dar um pseudo-chá-patético-e-diluído para começar a manhã foi mal-educado também, mas você não está me ouvindo falar sobre isso sem parar.

Jogo as mãos para cima, inconformada.

— Como é que vou saber qual tipo de chá é o certo?

— Não importa. Não tem problema. O café está muito bom, na verdade. — Ele tira o celular do bolso e mexe à toa nele por um instante, e então levanta o olhar para me encarar. — Vamos ficar sentados aqui ou você vai me mostrar imóveis?

Fecho os olhos por um momento, solto um longo suspiro e me recomponho antes de ligar o SUV e arrancar.

Achar imóveis para locação de curto prazo na faixa de preços altíssimos que Camden quer no meio do mês não foi tarefa fácil. Precisei ser criativa. O primeiro ao qual chegamos supostamente é um arranha-céu com uma decoração fiel ao estilo da década de 1950 em uma área que está se aburguesando.

Paramos na frente do prédio, cuja fachada está pontuada aqui e ali por blocos de concreto, que suponho serem elementos arquitetônicos. Camden fica na calçada e, sobre os óculos, olha fixamente para o prédio, então os abaixa, ergue as sobrancelhas e olha de lado para mim.

— Tenho certeza de que o lado de dentro vai ser mais interessante — digo, eufórica.

Entramos no edifício e somos cumprimentados por um segurança, o qual já aparentava estar perto de se aposentar quando o prédio foi construído. Mostro minha identidade, que com certeza ele não consegue nem enxergar, e registro nossa chegada.

Quando chegamos ao apartamento, abro a porta e fico completamente desanimada. Esperava um design da década de 1950 moderno, mas o que encontro é velho e ultrapassado. Sei que não vai dar certo, mas desfio minha apresentação de qualquer forma. Isso é o que fazem corretores de imóveis. Transformamos os pontos negativos em positivos. Encontramos formas de fazer a propriedade se ajustar ao comprador ou, neste caso, ao locatário.

— Você pode ver que eles realmente permaneceram fiéis à história do prédio, aqui. — Pressiono a palma da mão na moldura da lareira pintada de branco. — Vamos ver o resto?

Ele dá de ombros, mantendo as mãos nos bolsos. Após andarmos por mais alguns cômodos, ele se aproxima de uma janela e cutuca a borda superior da parte de vidro com a lateral do dedo.

— Você acha que elas abrem?

— Posso descobrir, mas diria que provavelmente não. Num prédio com essa idade, elas não abrirem é, provavelmente, uma medida de segurança.

— Que bom. Se eu tivesse que morar neste lugar, poderia tentar me atirar por uma delas como uma forma de escapar.

A expressão facial dele fica mais suave, com um indício de sorriso nos lábios, o que compensa a severidade nos olhos.

Sorrio e solto uma risadinha.

— Vou ser sincera, este aqui não era o que eu estava esperando. Vamos para o próximo?

— Graças a Deus. Estava me perguntando quantos cômodos eu precisaria ver antes de encerrarmos aqui. — Ele caminha em direção à porta e, quando passa por mim, baixa o olhar e encontra os meus olhos. — Eu não ia querer ser interpretado como um *mal-educado*, afinal. — Ele pisca, e essa atitude, somada à grande proximidade e ao sorriso malicioso e sexy que ele exibe, faz todos os tipos de coisa que não deveriam se agitar se agitarem. Afinal de contas, sou uma profissional.

Ele é um cliente, Quinn. Você já teve clientes atraentes. Acalme-se.

O próximo imóvel é uma casa grande cercada por jardim em Blackstone, uma das áreas mais exclusivas de Providence. Quando estaciono, ele olha para a casa pela janela e depois para mim.

— O quê? Essa ali? — Ele aponta para a propriedade através do para-brisa.

— Sim. Sei que é um pouco maior do que o que você está procurando, mas a localização é conveniente e existem muitos profissionais e executivos nestas redondezas.

— Ah, certo. Ela vai ser perfeita para mim e minha esposa, Becky, sem falar dos nossos meninos, Taylor e Scott, e do nosso cachorro, Spot.

— Achei que você não fosse casado.

Ele revira um pouco os olhos e ergue as sobrancelhas na minha direção.

— Ah, entendi. Acho que era isso que você queria enfatizar.

Sarcasmo. Charmoso.

— Então posso concluir que você não quer entrar e dar uma olhada?

— Você quer que eu entre e dê uma olhada, Quinn? Realmente preciso fazer isso?

Solto um suspiro curto e pego meu tablet.

— Não, acho que não precisa.

Rolo a página com o dedo e encontro o próximo imóvel.

O lugar seguinte é um apartamento executivo que parece promissor quando chegamos. O espaço é moderno, masculino e tem uma estética *clean*. Quando realmente entramos, detecto um interesse maior em Camden à medida que ele passeia pelo espaço a passos largos, como se o imóvel já fosse dele, mas vamos conversando de cômodo em cômodo e algo parece ligeiramente errado, só que não consigo identificar exatamente o que é. Quando estamos no banheiro da suíte máster, percebo que o apartamento inteiro está com um cheiro... estranho.

Camden se vira para mim no quarto principal.

— É curry?

— É? Quase nem estou sentindo. Talvez os últimos inquilinos tenham pedido esse tipo de comida, e o lugar ainda não tenha passado por uma limpeza mais caprichada.

Tento disfarçar, mas nem eu mesma consigo convencê-lo a querer um lugar que fede a especiarias.

Ele se aproxima casualmente da janela do quarto, puxa a cortina e levanta o tecido até o rosto, sentindo o odor.

— Definitivamente, é *curry*.

Ele olha para mim, e eu apenas o encaro de volta, tomada pela sensação de derrota que se instala rapidamente em mim.

— Podemos...

Ele entorta o polegar no ar, apontando em direção à porta. Concordo com a cabeça e tomo a dianteira rumo à saída.

Depois de fechar a porta do passageiro do SUV, ele tira o celular do bolso de novo e o examina. Antes que eu consiga parar no próximo imóvel no meu tablet, ele diz:

— Você pode apenas me deixar no hotel?

Respondo que sim com a cabeça, me sentindo completamente desalentada, e o levo de volta para o hotel. Quando ele começa a se mexer para abrir a porta, impulsivamente estico o braço e pressiono as pontas dos meus dedos no braço dele.

— Camden?

Ele baixa o olhar para ver minha mão pousada em seu antebraço musculoso, então volta o olhar para o meu rosto.

— Por favor, não me dispense, Camden.

— O quê?

— Por favor, não me dispense. Preciso deste trabalho. Minha empresa está... Bem, é uma longa história, mas estamos numa fase difícil. Preciso deste trabalho enquanto tento trazer alguns clientes novos para recolocar a empresa na direção certa. O que aconteceu hoje não foi o ideal, mas sei que consigo encontrar o lugar perfeito para você, se me der uma chance. E então, o que você diz? — Tiro minha mão. — Posso tentar?

Ele dá uma olhada para baixo, e depois seu olhar encontra o meu.

— Não sei, Quinn. Quero dizer, alguma coisa não cheira bem. Você está... *curryosa* para saber qual é o limite da minha paciência?

Ele arqueia as sobrancelhas e sorri com malícia.

— Você está... — Uma risadinha escapa da minha boca. — Você está fazendo uma piada?

— Droga. Foi tão ruim assim?

Seu sorriso aberto e pueril foi a expressão mais suave que vi nele desde que o conheci.

— Não, é que eu não estava esperando, só isso. A piada foi boa.

— E você está tentando massagear meu ego. Perfeito.

Ele balança a cabeça e revira os olhos de uma maneira brincalhona.

Deixo minha mão pousar no seu braço de novo, quase magneticamente atraída pelo músculo firme que existe nele.

— Você pareceu realmente frustrado comigo hoje. Não quero que isso aconteça. Quero fazer um bom trabalho para você.

— Não estou dispensando você, Quinn. — Ele dá uma olhada rápida para baixo, em direção ao meu tablet, que está recarregando sobre o painel. — Sei que tem exatamente aquilo de que preciso, e vamos resolver isso tudo.

Meus ombros relaxam e sorrio.

— Que bom. Eu também sei. Então te busco amanhã no mesmo horário?

— Tenho reuniões de manhã. Vou te mandar uma mensagem de texto mais tarde com o horário.

Ele abre a porta, pegando o paletó no banco de trás.

Grito e aceno imediatamente antes de ele fechar a porta.

— Boa noite para você, Camden.

Ela se fecha, violentamente, sem que ele fale uma única palavra.

CAPÍTULO 7

Quinn

Posso ter ficado aliviada quando Camden disse que me daria uma nova chance para encontrar um lugar, mas, mesmo assim, o dia foi incrivelmente estressante. Sempre quero fazer um trabalho bom para os meus clientes, só que com ele quero mais ainda. O cara realmente me deixa no limite.

Gostaria de fingir que é apenas porque minha empresa está passando por um momento crítico, preciso do dinheiro e ele indicar outros clientes seria um motivo para eu me orgulhar. Eu *gostaria* de fingir isso, mas com certeza não é tudo.

Disse a Kimberly que a aparência de Camden não importava. Ele é apenas um cliente. Quero que isso seja verdade, mas, para ser honesta, é difícil não ficar encarando-o.

Camden Reid é extraordinariamente bonito, com olhos castanho-escuros como chocolate, cabelo escuro com uma ligeira sugestão de cacheado e barba escura e aparada. Ele também é confiante — abusado, na verdade. Ele tem um corpo incrivelmente bem proporcional, e o que dizer daquela voz? Meu Deus, aquela *voz*. Ela tem um timbre inconfundivelmente grave e sonoro e, como se esse pacote delicioso precisasse de uma cereja no bolo, ele tem um sotaque britânico sexy. Quero dizer, o som da voz dele teria sido letal para a determinação de qualquer mulher. Ele deveria registrá-lo como uma arma.

Depois de um dia estressante, e também da culpa que David me fez sentir por ter sumido por tanto tempo do Krav Maga, vou ao estúdio para treinar. Sei que tenho muita pesquisa para fazer quando chegar em casa, então, em vez de ir ao vestiário para tomar banho após a aula, atiro minha bolsa no ombro e saio. Meu celular toca quando estou subindo pelo quarteirão para chegar no meu carro.

Atendo meio sem fôlego.

— É a Quinn.

— Peguei você em um momento ruim?

O sotaque britânico e sexy de Camden deixa os fios na minha nuca arrepiados.

— Não, tudo bem. Acabei de sair da academia. Posso conversar agora.

Jogo a bolsa no banco de trás do carro e, quando coloco a chave na ignição, o Bluetooth é ligado e os autofalantes do carro preenchem o espaço com a voz grave e sexy dele.

— Que bom. Pensei que talvez tivesse interrompido sua trepada ou algo do tipo.

Meus lábios se separam e congelam nessa posição por um momento até eu conseguir formar uma resposta.

— Desculpe, você o quê?

— Pensei que eu tinha pegado você trepando. Fazendo sexo, entendeu?

— Sei o que significa. Assisti aos filmes do Austin Powers. — Dou uma risadinha, mas é mais por nervosismo do que por diversão. — É só que isso não era, de forma alguma, o que eu esperava ouvir.

— Trepar também não era o que eu esperava ouvir quando você atendeu, mas você com certeza soou sem fôlego o suficiente para me fazer pensar nessa situação. — Consigo ouvir o riso na voz dele. — Bom, se estiver fazendo a coisa do jeito certo.

Entro em pânico, sem saber para onde levar a conversa, então retorno ao assunto seguro dos negócios.

— Estava justamente indo para casa fazer a lista de imóveis para amanhã. Que horas você quer que eu te pegue?

— Você sabia que existem onze tipos de hambúrguer no cardápio do restaurante do meu hotel? Onze. É um pouco demais, não acha?

Ok, então, aparentemente, estamos conversando como velhos amigos agora.

— Onze é hambúrguer pra caramba. Você gosta de hambúrgueres?

— Gosto, mas gosto mais de opções. Esperava que o cardápio tivesse mais do que hambúrgueres, pizza e homus.

Escuto um chiado pelo telefone, como se ele estivesse caminhando.

— Você está perto do Capitólio Estadual. Há uma variedade de lugares excelentes na região para os quais você consegue ir a pé, e poderia arranjar um carro para ir a qualquer lugar. Você não precisa comer no hotel.

— Queria uma coisa fácil. Meu dia começa cedo amanhã. Vou me encontrar de manhã com os sócios da empresa que vamos adquirir. Não consegui dormir direito desde que cheguei aqui.

— *Jet lag*?

Quando o carro chega na entrada da garagem de casa, percebo que estamos conversando há uns vinte minutos. Não sei por que ele de repente está com essa vontade de conversar, mas estou feliz. Na pior das hipóteses, talvez aprender um pouco mais sobre ele ajude a escolher um lugar que o agrade.

— Talvez, mas, em geral, não tenho *jet lag*.

— Talvez você devesse tentar tomar melatonina. Ajuda a dormir sem te deixar grogue como os remédios normalmente deixam.

Pego meu celular e o coloco no ouvido quando desligo o carro para poder continuar ouvindo-o ao entrar em casa.

— Você está parecendo a Calli agora. Ela está sempre me enchendo a paciência, me falando sobre umas curas hippies ou de outros tipos que ela quer que eu experimente.

A presença de um nome de mulher na boca dele me faz parar.

— Calli é a sua namorada?

— Minha irmã mais nova. Ela mora a uns quinze minutos da cidade.

— Ah! — Até eu escuto o alívio na minha voz, por mais ridículo que isso seja. — Não sabia que você tinha parentes morando aqui nos Estados Unidos.

Ele me conta sobre a irmã e o marido dela, e que um amigo da Inglaterra está na região também. Os pais de Camden ainda moram em Leeds, de onde todos eles são.

— Espere um minuto.

Ele não me espera responder, mas parece atirar o celular no chão. Escuto mais ruído, então ele volta a falar:

— Muito melhor agora.

— Está tudo bem?

— Só estou me trocando.

Se trocando? Ele diz isso como se fosse a coisa mais natural do mundo. *Ele estava pelado agora mesmo, enquanto conversava comigo no celular? Minha nossa, como ele deve ser pelado?*

De repente, minha garganta fica seca e, do jeito que a minha mente está me levando para um lugar perigoso, preciso encerrar a ligação.

— Também deveria me trocar, mas preciso tomar banho.

— Suponho que não seja uma boa ideia me levar com você para o chuveiro.

Minha pele coça com o pensamento de como seria tomar banho com Camden Reid.

— Perdão?

— Seu celular. Não sei se é uma boa ideia levá-lo para o chuveiro com você, então suponho que devo te deixar fazer o que você ia fazer.

— O celular. Certo. E sobre amanhã?

— Me busque no Exchange Building à uma da tarde.

— Uma da tarde. Estarei aí.

— Ah! Mais uma coisa, Quinn.

— Hum?

— Nada de chá desta vez. — Ele dá uma risadinha.

— Nada de chá. Boa noite, Camden.

A conversa toda foi confusa, para dizer o mínimo. Camden ao telefone foi agradável, acolhedor e charmoso. Um contraste total com o cliente frio com quem lidei nos últimos dois dias. Foi quase como se ele tivesse me ligado apenas para conversar.

Talvez ele esteja se sentindo solitário. Embora isso não faça sentido, porque ele falou sobre ter uma irmã aqui na região. Ele realmente precisava confirmar nossos planos para amanhã, mas, definitivamente, não precisava conversar comigo todo aquele tempo.

Depois do banho, ainda estou um pouco perplexa com a atitude casual de Camden quando sento para fazer a pesquisa para a próxima rodada de imóveis que vou lhe mostrar. Ele realmente fez uma brincadeira sobre me pegar *trepando*, como ele disse, e o seu tom simpático com certeza se arriscou no território do flerte. Um homem como esse, porém, muito provavelmente usaria a abordagem direta.

Talvez eu esteja enxergando pelo em ovo. Talvez as pessoas façam as coisas de um jeito diferente no lugar de onde ele veio.

Decido que está na hora de recrutar esforços, então mando uma mensagem para minha pequena gangue de amigas.

EU: Alerta vermelho. Preciso de ajuda com um cliente difícil. Jantar na sexta à noite?

ADDISON: Não posso na sexta. Evento importante. Que tal no sábado?

ROWAN: Não posso no sábado à noite. Festa de quinze anos no clube de campo. Que tal um brunch no sábado?

ZOE: Tô dentro!

EU: Perfeito! Dez e meia no Café Chocolate?

ADDISON: A coisa tá tão feia assim?

ZOE: Bom, Rowan tem que trabalhar no sábado à noite, então ela não pode beber, mas vou de Uber. Isto está me parecendo uma história que vai render quatro mimosas.

Rowan envia uma fileira de *emojis* de coquetel. Digo a elas que estou bem, mas mal posso esperar para colocar a conversa em dia, e todas nós concordamos com o horário e o lugar.

Quando adormeço na cama, não é o lorde britânico bonito da minha série preferida que atormenta meus sonhos nesta noite específica. É outra voz, igualmente sexy e autoritária. No meu sonho, não o escuto reclamando sobre apartamentos ou jogando conversa fora. No meu sonho, sua voz é rouca e grave ao meu ouvido quando ele diz meu nome.

Quinn... Não peguei você trepando, peguei?

Pode ser que eu esteja em apuros.

CAPÍTULO 8

Camden

Dizer que estou ficando frustrado seria um grande eufemismo. Estou em uma sala de reuniões com Brian Fitzpatrick e a equipe dele há horas, e parece que não consigo obter uma resposta sem rodeios sobre a disposição de alguns dos ativos mais interessantes do portfólio deles.

Uma das assistentes, a que passou a manhã inteira me encarando, entra para colocar sobre a mesa uma garrafa de café fresco e uma dúzia de garrafas de água. À medida que ela deixa a sala, percebo que esquadrinha meu corpo com os olhos, espiando de relance os meus países baixos, e sorri maliciosamente. Se eu a tivesse conhecido em algum outro lugar, ela poderia ser diversão para uma ou duas noites, mas sei diferenciar negócios de prazer. Esse é o tipo de coisa que acaba levando uma empresa à justiça quando a situação azeda.

— Temos a documentação — Brian argumenta. — As declarações de renda, as avaliações de imóveis, tudo. Apenas não imaginávamos que já estaríamos neste ponto tão avançado do processo. Juntar registros leva tempo. Precisamos puxar os arquivos de Stone Mountain e depois redigir todas as informações que não estão incluídas neste acordo.

Passo as palmas das mãos pelo rosto.

— Olha, entendo que você queira que tudo esteja em ordem. Você teve duas semanas para trabalhar nisso. Puxar arquivos de um servidor na nuvem não demora dias.

Olho para baixo para checar meu relógio. Estamos nisso há tempo demais sem nenhum sinal de progresso.

— Parece que sua equipe não está pronta para esta discussão. Não vou assinar o contrato sem a diligência prévia. — Junto os papéis e pego minha pasta. — Você tem até as duas horas de amanhã. Vou voltar nesse horário. Esteja com tudo em ordem. Estou falando sério, Brian. Não vou hesitar em pegar um avião de volta para Londres imediatamente, e acho que nós dois sabemos que você quer que essa aquisição aconteça.

Os olhos dele se arregalam.

— Claro, Camden. Vamos resolver isso. Juntos. Duas horas, amanhã, exatamente aqui. Estaremos prontos. — Ele olha para os integrantes da sua equipe, que estão reforçando a promessa como aqueles malditos bonecos que chacoalham a cabeça.

Fora do escritório, chamo um carro e ele chega em uns dois minutos. Do banco de trás, mando uma mensagem para Quinn.

EU: Quero você no meu hotel.

A resposta vem pouco depois.

QUINN: Perdão?
EU: Quero você no meu hotel. Houve uma mudança de planos. Me busque lá.
QUINN: Ah! Entendi. O horário ainda é uma hora?

Já tive contato com muitas corretoras de imóveis, mas nenhuma delas se parecia com Quinn. Logo que ela entrou na sala de reuniões, fiquei tão surpreso que precisei olhar para ela uma segunda vez. Ela é alta, magra e seu cabelo é longo e castanho, com luzes em um tom mais claro e puxado para o ruivo. Seus lábios estavam com uma cor naquele dia que me lembrou frutas silvestres, e isso me fez imaginar, imediatamente, qual seria o gosto deles. Quando ela semicerrava os olhos, aqueles olhos cor de âmbar fabulosos, eles brilhavam com fúria, apesar de todo o seu profissionalismo. *Isso* é algo que, definitivamente, quero ver de novo.

Tenho tempo suficiente para me trocar antes de ela chegar aqui, e uma ducha quente parece ser a coisa certa para levar embora algumas das frustrações da manhã.

Nas duas vezes em que vi a Quinn, havia alguma coisa derramada na frente da blusa dela, como um farol atraindo minha atenção para os seus peitos maravilhosos. Ela é lindíssima, e já faz um tempo que não fico com nenhuma mulher, então lidar com a situação com as minhas próprias mãos no banho vai diminuir as chances de qualquer reação física indesejada ocorrer.

Quando chego ao saguão no térreo, percebo que ela foi pontual, exatamente como no dia anterior, e que está esperando por mim. Seu sorriso bonito está mais descontraído do que o de ontem.

— Boa tarde.

Ela está segurando, com as duas mãos, uma pequena bolsa na frente do corpo.

— Boa tarde. O que temos na agenda para hoje? Você encontrou um apartamento para mim em cima de um mercado de peixe? Ou talvez tenha achado uma pequena fazenda de ovelhas para locação em que você gostaria que eu desse uma olhada.

Ela estica os lábios para as laterais do rosto, e o impulso de sentir o gosto deles está de volta com força total.

— Tenho alguns apartamentos legais para mostrar hoje, na verdade.

Ela se vira, empinando o nariz com confiança, e saímos pela porta do hotel lado a lado.

Preciso admitir que o primeiro apartamento não é tão ruim. É moderno e tem dois quartos na cobertura de um edifício mais novo. O problema é que ele não fica nem minimamente próximo do Exchange Building. Nem de qualquer outra coisa, aliás.

— É um pouco longe — comento, enquanto andamos pelo apartamento.

— Do Exchange Building, dá só uns vinte minutos de carro — Quinn retruca.

— Não quero comprar um carro aqui, a não ser que seja mesmo necessário. Não acho que vale a pena o transtorno só para alguns meses. Prefiro estar perto o suficiente para circular sem esperar por um carro de aplicativo o tempo todo.

— Ok. Bom, há outras opções. Vamos olhar o próximo imóvel.

Voltamos para o SUV de Quinn e ela dirige de volta para o centro da cidade. No caminho, insisto que ela pare, assim posso pegar algo para beber e comer. Estava irritado demais para tocar na comida que eles trouxeram para nós no almoço. Ela estaciona em um posto de gasolina e, lá na loja de conveniência, pego uma garrafa de água e uma barra de chocolate. Quando caminho em direção ao balcão, vejo Quinn na parede das máquinas de Coca-Cola, despejando o que parece ser espuma em um copo de papel.

— O que é isso?

Ela faz uma pausa, soltando a alavanca da máquina.

— É uma raspadinha. Vocês não têm isto na Inglaterra?

— Tipo um sorbet italiano?

— Não exatamente. Isto está para um sorbet italiano assim como o milkshake está para o sorvete.

Ela pega uma colher e a mergulha no copo, capturando um pouco da coisa rosa congelada, e a segura. Há um sorriso nos seus olhos quando me aproximo e me inclino na direção dela. Seguro sua mão no lugar onde ela a deixou, separo meus lábios e os fecho em volta da colher, sem tirar os olhos dos de Quinn em momento algum.

— Gostei disso. Vamos levar dois.

Ela abre um sorriso largo e pega um segundo copo.

Estamos quase chegando na segunda propriedade do dia quando nos deparamos com um trecho em obras na rodovia.

Quinn solta um gemido frustrado.

— Droga. Foi com isso que topei quando me atrasei naquele primeiro dia em que fui me encontrar com você no escritório da Suite Life.

Andamos muito devagar por um tempo, então a fila de carros se dispersa. Ela acelera e, finalmente, atingimos a velocidade do tráfego normal.

— Vocês têm engarrafamentos na Inglaterra? — ela pergunta, dando uma olhada de relance na minha direção, sorrindo para mim quando me vê tomando um gole da coisa meio derretida que compramos no posto de gasolina.

— Claro que sim. O trânsito em Londres pode ser tão ruim quanto em Nova York ou qualquer lugar nos Estados Unidos. Talvez pior. Nossas ruas foram construídas para o tráfego de cavalos e carruagens, e não para centenas de milhares de carros.

Ela faz um sinal afirmativo com a cabeça e sorri, depois pega seu copo do suporte e toma um gole.

— Isto aqui é bom, não é?

Ela olha para mim rapidamente, esperando uma resposta, mas, antes que eu possa reagir, vejo que o fluxo de carros parou abruptamente na nossa frente.

— Quinn, cuidado com os carros!

— O quê?

Ela olha para a frente e só dá tempo de ver a linha de luzes de freio adiante.

Quinn pisa com tudo nos freios, agarra o volante com ambas as mãos e desvia para o acostamento, e, assim, consegue evitar, por pouco, bater no carro à nossa frente. Os guinchados estridentes das freadas continuam ecoando ao nosso redor por um tempo porque outros carros têm de parar abruptamente, mas, felizmente, não acontece nenhuma batida.

Eu a observo. Ela está com os olhos arregalados, e o seu peito sobe e desce, o coração acelerado. Os nós dos dedos estão brancos, e os dedos continuam envolvendo o volante com muita força. Removo a mão direita dela do volante, seguro-a e a cubro com a palma da minha outra mão.

— Você está bem, Quinn?

Ela indica que sim com a cabeça e, quando aqueles olhos grandes e cor de mel me olham de volta, arregalados e úmidos, emoldurados pelas sobrancelhas arqueadas, a única coisa que quero é resolver a situação. Quero puxá-la para os meus braços e fazê-la se sentir segura.

Fazê-la se sentir segura? De onde veio isso?

Sigo meus instintos e tomo as rédeas da situação.

— Olhe para mim. Está tudo bem com você.

Ela vira o rosto em direção ao meu, e a boca dela, com aqueles lábios carnudos e lindos, se abre ligeiramente e, puta que pariu, preciso de toda a minha determinação para não beijá-la.

— Estou bem. E você? — ela diz com a voz trêmula.

— Também estou bem.

Meu olhar se desloca para baixo até o ponto em que a bebida derretida foi derramada na frente da blusa pêssego-claro dela. A bebida rosa-escura deixou o tecido praticamente transparente, revelando um sutiã rendado, com a parte superior aberta, permitindo que o tecido molhado fique grudado às perfeitas esferas de carne bem ali. Como se isso não fosse quase o limite do que minha determinação consegue suportar, a bebida gelada se soma ao ar-condicionado do carro, e os mamilos dela deformam a renda.

Droga.

Não quero ficar encarando, mas essa visão dela está deixando minha calça mais apertada rapidamente. Movo o olhar para o rosto dela no exato momento em que ela percebe que eu estava observando a região da mancha. Ela olha de relance para a blusa ensopada e suas bochechas adquirem um forte tom rosado.

— *Merda*. Que bagunça. Eu... preciso trocar de roupa. Você se importa se passarmos na minha casa para eu vestir algo limpo e seco?

Minha boca fica seca de repente, e Quinn é a única coisa em que consigo pensar que pode matar a sede que está arranhando minha garganta.

— Claro. Não me importo.

Ela faz um sinal afirmativo com a cabeça e recua em direção ao fluxo de carros, que agora está começando a se normalizar. Paramos em frente a uma linda casinha rústica em uma área de subúrbio agradável. O lugar é bonito, com um gramado impecavelmente cortado, uma varanda decorada com alguns toques náuticos de bom gosto, e uma linha de arbustos cuidadosamente aparados na parte da frente.

E agora estou me perguntando se o arbusto *dela* é cuidadosamente aparado ou foi totalmente cortado.

Esta mulher está me dando nos nervos, de verdade.

Entramos na casa, enquanto Quinn puxa uma ponta de tecido na frente da blusa, encolhendo os ombros para a frente, mantendo o tecido esticado e tentando evitar que ele encoste na pele.

— Que meleca grudenta! — Ela faz um som de reprovação, batendo a língua no céu da boca. — Acho que também preciso passar uma água no corpo. Você se importa de esperar?

— De jeito nenhum. Vou me manter ocupado de alguma forma — respondo, abrindo um sorriso largo.

— Obrigada. Sinta-se... — ela faz um gesto em direção à sala — ... em casa, por favor. Não vou demorar.

Quinn desaparece corredor adentro e eu bisbilhoto um pouco. Abro um armário no hall e vejo que está cheio de produtos de limpeza. Ao me dar conta de que o banco do carro deve estar tão sujo quanto a blusa de Quinn, pego um removedor de manchas e panos e saio. Leva apenas alguns minutos para eliminar todos os vestígios do desastre molhado e rosa. De volta à casa, jogo os panos na lixeira e lavo as mãos na pia da cozinha.

Abro um armário sobre o balcão para encontrar um copo e poder tomar um pouco de água, mas vejo que ele está repleto de cereais matinais. Há um com um grande K vermelho na frente da embalagem, um que se parece um pouco com os flocos de Crunchy Nut, que temos na Inglaterra, e uma caixa vermelha estampada com um comandante de navio de desenho animado. Pego a caixa, abro a parte de cima e mando ver, pegando um punhado de cereal e jogando na boca. É uma porcaria crocante e doce, e é delicioso.

Abro a geladeira para procurar leite e, depois de inspecionar armários e gavetas, encontro uma colher e uma tigela. Estou na metade da minha segunda porção quando ouço Quinn se aproximando atrás de mim.

— O que você está fazendo?

— Comendo cereal. Esse negócio crocante do capitão é sensacional.

Meus olhos dão uma passada rápida no traje novo dela. Calça social preta e justa e uma blusa mais solta, de manga curta, do mesmo tipo de tecido daquela na qual ela esparramou a raspadinha. O rabo de cavalo está no alto da cabeça.

— Você está comendo cereal matinal?

Avanço um passo e mergulho a colher na tigela, depois a seguro na direção de Quinn.

— Estou. Quer um pouco?

— Se quero um pouco do cereal que eu comprei, que estava no meu armário, que você vasculhou?

— Não se esqueça das gavetas.

— As minhas... *o quê*?

— Fucei nas suas gavetas também. Elas são muito organizadas. Quase que compulsivamente. — Engulo uma colherada enorme de cereal. — Pode ser que você precise relaxar um pouco, Quinn.

Isso a irritou. Ela faz um beicinho e seus olhos ficam semicerrados conforme ela cruza os braços sobre o peito.

— Achei que os britânicos fossem educados.

— Achei que os americanos fossem divertidos — desafio, arqueando uma sobrancelha, e inclino a tigela para beber o leite. — Estava com fome. Não consegui comer minha barra de chocolate porque você tomou um banho de raspadinha, lembra?

O queixo dela se contorceu.

— Você poderia ter dito algo como, sei lá, "ei, Quinn, você se incomoda se eu pegar alguma coisa para fazer um lanchinho?". E eu teria respondido: "Não, Camden. Não me incomodo nem um pouco". É assim que funciona a boa educação.

— Se você não teria se incomodado, qual seria o problema, exatamente?

Sua cabeça inclina para o lado e ela coloca as mãos na cintura. Suas bochechas estão ficando rubras de novo. Talvez ela tenha a intenção de parecer ameaçadora, mas tudo o que está conseguindo fazer é parecer fofa.

— Não é que eu me incomode com o fato de você *comer* cereal matinal. Me incomodo com o fato de você não *pedir*.

— Certo. Desculpe. Mas, quer saber? Vou lavar a louça que sujei. Isso está bom para você?

Ando em direção à pia com a tigela.

— Deixa pra lá. A máquina de lavar louça está vazia mesmo... Apenas... aqui.

Ela pega a colher e a tigela da minha mão e, quando abre a máquina de lavar louça e se curva para colocar os itens, tenho uma visão espetacular da bunda arrebitadinha dela.

— Você ainda vai me mostrar alguns lugares ou prefere encerrar por hoje?

— Temos mais dois imóveis para ver. — Seus lábios se apertam um contra o outro com força enquanto ela responde afirmativamente com a cabeça. — Está tudo bem. Vamos logo.

Seu salto alto trota ruidosamente pelo chão de madeira maciça enquanto ela caminha em direção à porta de entrada. Bem quando ela a abre, estico o braço, enganchando meus dedos na dobra do cotovelo dela, puxando-o e, minha nossa, como gosto da sensação da sua pele sob o meu toque. Gosto ainda mais do rastro de arrepio que se espalha sobre a pele dela. Ela olha para minha mão antes de encontrar os meus olhos.

— Quinn, não sou uma pessoa ruim. Apenas estou acostumado a...

— ... ter tudo o que quer o tempo todo?

— Talvez. Não ter que me preocupar com o que os outros querem ou pensam, isso, com certeza. Desculpe.

— Pedido de desculpas aceito. — Algo brilha nos olhos âmbar dela, e um sorriso chega furtivamente aos seus lábios. — Vamos encontrar sua nova casa.

Ao chegarmos ao SUV, ela abre a porta do motorista. Entra e coloca o cinto de segurança, depois olha ao redor. Quando termino de afivelar o cinto, noto, pela sua expressão, que ela percebeu alguma coisa.

— O que aconteceu com a sujeira?

— Não vasculhei só as suas gavetas. Fucei no armário do hall também. Encontrei os produtos de limpeza.

Ela olha para os lados e depois para mim. Suas sobrancelhas se abaixam por um instante, então ela abre o sorriso mais delicado e meigo que existe. Saber que fui o responsável por isso faz meu peito estufar.

— Obrigada, Camden. Isso foi incrivelmente fofo da sua parte.

Ela ainda está sorrindo quando dá a partida no carro, e nós saímos. Eu poderia ficar viciado em fazê-la sorrir desse jeito. Poderia ficar viciado nela, ponto final.

Não sei quanto tempo vou ficar preso aqui fechando esse acordo, mas Quinn está deixando esta viagem bem mais tolerável. Gosto dela. Eu a desejo e, julgando pela forma como ela tem olhado para mim, pelo jeito como reage ao toque da minha mão no braço dela ou ao roçar dos meus dedos nos dela, ela também me deseja. Ela só precisa relaxar o suficiente para entender que não há problema em se deixar levar e se divertir um pouco. Pretendo convencê-la de que sou o homem perfeito para se fazer isso.

CAPÍTULO 9

Quinn

Decido passar na Kimberly no caminho para casa. Mando uma mensagem rápida.

EU: Tá todo mundo vestido aí?

KIMBERLY: Willa e eu, sim. Wyatt, não muito.

Rio alto. O filho dela atingiu a fase do desenvolvimento infantil que ela carinhosamente chama de *a fase do peladão.*

EU: É o suficiente. Chego aí em cinco minutos.

Estaciono na entrada da garagem e tomo a liberdade de entrar pela porta da cozinha. Dou um grito enquanto coloco uma caixa de vinho na geladeira e um saco pequeno de papel na ilha central.

— Tem alguém em casa?

Ouço o barulho de pezinhos batendo no chão de madeira maciça, e um instante depois Wyatt aparece na entrada da cozinha, totalmente pelado.

Ele está tendo dificuldade com a articulação da fala, então faz sessões com uma fonoaudióloga. *Quinn* é um pouco demais para sua boquinha, então ele começou a me chamar de *Win* quando era mais novo e nunca mais parou.

— Oi, Win. — Ele também está passando por uma fase na qual me encara com cara de bravo e diz *Oi, Win* como se fosse um super vilão e eu, o inimigo dele. Não conseguimos descobrir direito de onde veio esse hábito, talvez um programa de televisão, mas é super fofo.

Coloco as mãos no quadril e faço cara de brava também.

— Oi, Wyatt.

Isso o faz abrir um sorrisão, e ele vem correndo e pula nos meus braços.

— Cadê a mamãe?

— Willa está suja!

— Você também está bem sujo, amigão.

Umedeço uma toalha na pia e esfrego o rostinho imundo dele, depois o carrego para o quarto das crianças, onde Kimberly está trocando a filha.

— Sem brincadeira, coloquei um short nele depois de responder à sua mensagem. É impossível saber onde ele o escondeu. — Kimberly balança a cabeça. — Ele é impossível.

— O papai é impossível! — Wyatt exclama e nós duas rimos.

— Seu papai é impossível. Foi dele que você herdou isso.

Kimberly coloca Willa de pé no trocador, e ela salta com as pernas gordinhas. Inclino o corpo e ela dá um beijo, que está mais para uma mordida cheia de baba, na minha bochecha, mas eu aceito.

Eu me viro para Wyatt.

— Certo, menino riponga. Trouxe um mimo para vocês dois, mas você tem que ir encontrar seu short e vesti-lo para ganhar o presente.

Eu o coloco no chão e ele sai correndo pela casa, gritando: "Oba!".

Pego Willa no colo e caminho com Kimberly até a cozinha.

— E então — ela pergunta —, você já encontrou uma casa para o Lorde *Sexyington*?

— Lorde *Sexyington*? — Dou uma risadinha.

— Estou testando esse apelido. Achei que combinava com um cara britânico atraente.

— Você nem o viu. Como sabe que ele é atraente?

— Por causa disso. — Ela aponta para o meu rosto. — Isso aí mesmo. Você apertou o nariz. É o gesto que indica que você está tentando não admitir alguma coisa.

— Ok, ele é atraente. Presunçoso, frustrante e desagradável, mas atraente, e isso não importa, porque ele é um cliente. E não, não encontramos uma casa para ele.

Wyatt volta para a cozinha vestindo um short que claramente está ao contrário, mas não ligo. Ele fez a parte dele no acordo. Coloco Willa no chão, pego o saco da padaria, e fico de cócoras para poder olhá-los nos olhos.

— Certo. Vocês estão prontos?

As duas cabeças se movem para cima e para baixo. Coloco o saco de papel no chão, abro a parte de cima e enfio as mãos no seu interior. Eu as tiro, fazendo um teatrinho, e seguro as duas guloseimas de flocos de arroz, cobertas com chocolate granulado e colorido e espetadas em palitos, que trouxe para eles da padaria da minha amiga Rowan. Os dois arregalam os olhos e estendem mãos gordinhas, agarrando os palitos e destroçando os doces pegajosos e grudentos.

— Já que você claramente vai ficar tempo o suficiente para dar banho nos meus filhos e limpar a casa, que tal um pouco de vinho? — Kimberly abre um sorriso largo e a geladeira. Quando vê o que comprei, ela se vira, com um sorriso endiabrado. — E você se redimiu trazendo uma coisa para a mamãe.

Sentamos na cozinha, observando as crianças ficarem salpicadas de manchas com as cores do arco-íris e de chocolate, enquanto cada uma de nós toma uma taça de vinho.

— Quanto tempo acha que vai demorar para encontrar um lugar para ele?

— Não sei. Faltam poucos dias para o dia primeiro, que é quando vencem os contratos das locações, então talvez fique mais fácil. — Tomo um gole de vinho. — Agora, em relação a ele...

— Eu sabia, baralho! Eu sabia! — Ela sorri de orelha a orelha.

— Baralho?

— Todos nós moderamos as palavras quando as crianças estão por perto.

Olho para as bochechinhas rechonchudas, sujas e pegajosas, e sorrio.

— Está gostoso, Wyatt?

— Muito gostoso!

Ele sorri e mergulha de cabeça no doce para arrancar outra mordida.

— Para de mudar de assunto, *Win*. — Kimberly retorce as sobrancelhas. — Desembucha.

Conto para ela sobre o quase acidente no carro, a situação constrangedora envolvendo a transparência na minha blusa encharcada e como tivemos que voltar para minha casa para eu poder me trocar.

— Ele, definitivamente, notou a coisa na blusa, não é?

A sobrancelha dela arqueia conforme ela curva os lábios para um lado do rosto.

— *Definitivamente*. Kimberly, ele olhava para mim como se quisesse lamber minha blusa até ela ficar limpa.

Sinto um arrepio com a lembrança do fogo nos olhos escuros dele e de como isso fez meu coração acelerar.

— Por favor, me diga que, quando passou em casa para se trocar, você deixou ele fazer isso.

— Kimberly! Não, claro que não. Me troquei e o encontrei na cozinha comendo cereal matinal.

— Isso é uma espécie de código para alguma coisa sacana? Soletre a palavra. Wyatt não sabe soletrar ainda.

— Não, ele estava *literalmente* comendo uma tigela de cereal do Captain Crunch. Fiquei um pouco irritada por ele ter simplesmente começado a fuçar nas coisas e se servir.

Fucei nas suas gavetas. Por mais irritada que tivesse ficado, ouvi-lo dizer a frase com aquele sotaque sexy tinha feito com que eu desejasse que ele fuçasse nas minhas gavetas de uma maneira bem mais obscena.

— Ele preparou leite com cereal. E daí?

— Não é pela comida. É a cara de pau de simplesmente se servir do que quer que ele esteja com vontade. É exatamente a mesma coisa que ele fez com o meu café no primeiro dia. Isso é tão...

— Assumir o controle? Alfa? Sexy?

— Mal-educado. É só mal-educado. Enfim, quando estávamos saindo, percebi que ele tinha limpado a sujeira no meu carro, onde derramei minha bebida. Isso foi muito inesperado. Simplesmente não consigo entender esse cara.

— Quinn, querida. — Ela dá uns tapinhas na minha mão. — Digo isso com amor, mas, realmente, precisamos trabalhar sua habilidade de ler as pessoas.

— Como assim?

— Acho que é bem óbvio. Ele quer você.

— De jeito nenhum. Ele pode até me achar atraente, principalmente quando minhas roupas estão transparentes, mas não me quer. Ele poderia ter qualquer mulher que desejasse.

— Exceto aquela que é impenetrável aos encantos dele, aquela que não está flertando com ele porque ele é um cliente. — Ela ergue as sobrancelhas e toma o último gole de vinho da sua taça. — Se não fosse essa questão do trabalho, você estaria interessada nele?

— Não sei. Quero dizer, ele é bonito, mas é tão... — olho para as crianças e de novo para Kimberly — ... ele é presunçoso *pra baralho*. Além do mais, é um cara para o curto prazo. Ele vai voltar para Londres em seis meses.

— Você não precisa investir em um plano de previdência com ele. Pode apenas sair com alguém e se divertir, sabia? Isso é o que um encontro deve ser. Você *de fato* se lembra do que é diversão, não é? — Ela lança um olhar inquisidor para mim e revira os olhos.

— Eu me divirto, e saio com homens também.

Quando tenho tempo. Construir um negócio que me garanta estabilidade financeira suficiente para cuidar de mim mesma não me permitiu o luxo de ter muito tempo livre nos últimos anos, mas, no fim, tudo vai ter valido a pena.

Assim espero.

— O último cara com quem você saiu não foi o Josh? E isso não foi, tipo, um ano atrás?

— Foi... — Faço as contas na minha cabeça e percebo que faz mais tempo do que eu imaginava. — Foi nove meses atrás. Então, sim, talvez já faça um tempo, mas ando ocupada. Além disso, não é uma boa ideia sair com um cliente, mesmo que seja apenas por um pouco de diversão.

Kimberly solta um suspiro e pousa a taça de vinho na mesa.

— Ok, que tal isto: se você encontrar um lugar para ele morar e ele te convidar para sair depois disso, você vai pelo menos considerar a ideia?

Fico olhando pela janela sem pensar em nada por um tempo, com a cabeça inclinada para o lado. Ele é, de longe, o sujeito mais atraente que já conheci, com certeza. Depois da quase batida, ele segurou minha mão. Sua voz era fluida e imponente, mas tranquilizadora. Era a coisa mais sexy do mundo. Ele poderia ter dito: *Está tudo bem com você, Quinn. Agora deslize até aqui para eu poder beijá-la*, e eu teria simplesmente concordado e cumprido a ordem. E então teve o fato de não ter dito uma única palavra quando eu estava dando uma bronca nele por ter invadido minha privacidade ao vasculhar minha cozinha. Ele nunca mencionou que tinha limpado o carro. Ele simplesmente resolveu o problema. Não estou *nem um pouco* acostumada com isso.

— Estou vendo, sabia? — Kimberly sorri com malícia.

— Vendo o quê?

— A expressão no seu rosto. Você está pensando no quanto gosta dele.

— Não estou! — Tentei esconder o quanto ela tinha razão, mas fui pega.

Ela ergue as sobrancelhas e coloca uma mão no quadril.

— Sabe, aquele livro *Princesa,* resgate *a si mesma*, a autora Andi Dennison fala sobre os níveis de evolução do poder feminino. Ela diz que, depois que uma mulher conquista independência completa, ela chega ao nível seguinte, e mais poderoso.

— Faço tudo sozinha, tudo por conta própria. Quero dizer, tenho você e as outras meninas, e minha mãe pode estar a quase três mil quilômetros de distância, mas ela sempre esteve pronta para me ajudar. Mas, no dia a dia, sinto que sou muito independente.

— Você é. Você é *mesmo*. — Ela revira os olhos. — Mas esse é o ponto. A autora diz que a independência não é a coisa mais poderosa. Ela diz que, depois que uma mulher se torna verdadeiramente independente, a coisa mais poderosa é ficar seletivamente dependente.

— Seletivamente dependente?

— Honrando seus instintos e habilidades de modo a confiar nas pessoas certas, se permitindo abrir mão de controle suficiente para saber que elas vão estar dispostas a te apoiar, não importa o que aconteça. *Isso* é muito mais assustador do que ser completamente independente.

— Hum. — Cruzo os braços. — Bem, pode ser que isso seja verdade, mas Camden Reid não é o tipo de homem do qual se pode depender. Ele é o tipo de homem que chega de supetão na sua vida como um furacão sexual, e depois segue pela costa até a próxima parada.

Kimberly ri.

— Cabelo de furacão é o novo cabelo "acabei de acordar". Amei. — Nós duas rimos disso. — Mas é sério, Quinn... Talvez perseguir umas tempestades seja exatamente do que você precisa na sua vida.

CAPÍTULO 10

Camden

Todo o tempo que passei trancado nesta sala de reuniões com Fitzpatrick e a equipe dele está prestes a ser compensado. Foram quase quatro dias ininterruptos de negociação. As longas horas me fizeram voltar para o hotel todas as noites exausto, frustrado e de mau humor. Não tenho feito nada há dias, exceto ir ao escritório, comer no bar do hotel e apagar na cama. Não tive tempo para procurar um lugar para morar. Quinn e eu apenas trocamos umas mensagens rápidas.

E, para ser sincero, isso pode ser parte do meu problema.

Eu me acostumei com o otimismo inabalável dela e as manchas perpétuas de comida e bebida na sua blusa. Passei a gostar do seu sorriso iluminado e da forma como a luz do sol é refletida pelas suas íris cor de âmbar, fazendo-as brilhar como ouro.

Sinto saudade dela, droga. Nem transei com ela, mas, mesmo assim, de alguma forma, sinto falta de estar perto dela.

As negociações têm sido brutais. Agora finalmente tirei todos os esqueletos do armário. Estamos prontos para finalizar tudo, de modo que eu assuma, para que possamos começar a ver algum lucro entrando.

Depois de ficar aqui até quase meia-noite ontem, mando algumas mensagens para Ashok e combinamos de voltar hoje de manhã às nove horas para repassar o contrato final. Estou no banco de trás do carro de aplicativo quando Ashok liga para fazer perguntas antes de estarmos na frente de todo o grupo.

— Você realmente tem certeza?

Percebo que ele está com o modo auditoria ligado.

— Tenho. Não apenas enxuguei as *holdings* que estavam com um desempenho abaixo do esperado, mas também encontrei meia dúzia de imóveis que acho que eles até esqueceram que tinham. É um acordo sólido, Ash.

— Então, ok. — Ele solta um profundo suspiro. — Quer dizer que isso realmente está acontecendo?

— Sim, realmente está acontecendo. — Abro um enorme sorriso. — Bem-vindo ao clube dos bilionários, meu chapa.

— É isso aí, *porra*! — Ele ri alto. — Quem poderia imaginar isso na época em que éramos dois universitários deploráveis que não conseguiam transar?

— Bem, *você* não conseguia transar. Ainda não consegue. — Dou risada.

— Agora, fala sério, Cam, porra, meus tataranetos vão ser aqueles nojentinhos esnobes que todo mundo odeia. É sensacional. — Escuto alguém entrando. — Ok, Susan está ajeitando a sala de reuniões. Estou indo para lá e te vejo em vídeo daqui a pouquinho, certo?

— Sim, é uma boa.

— Ei, Cam. Não tenho como te agradecer, cara. Eu não teria outro sócio. Você sabe disso, não é? Assim que você voltar, vamos comemorar como se deve, pôr esta porra de cidade abaixo. Mostrar para o mundo a cara de um vencedor.

A frase é um soco no estômago. Não é culpa de Ash. Ele não conhece todos os detalhes sórdidos sobre mim e Lydia.

— É isso aí, cara, isso mesmo. Até daqui a pouco.

Enquanto o carro serpenteia pelo trânsito matinal, fecho os olhos e encosto a cabeça no assento.

O que posso dizer? Ele é um vencedor. As palavras de Lydia, proferidas anos atrás, soam de novo na minha mente e trazem à tona toda aquela dor e decepção com força.

Ah, é? Bem, Lydia, isto *é um vencedor, não um babaca magricela de merda com um conhecimento sobre matemática que não serve nem para entrar na universidade.*

Considero abrir o Facebook e checar o perfil dela, mas decido que é melhor não. Preciso da minha cabeça funcionando direito nessa reunião. Tenho me saído bem quanto a isso, aliás. Não acompanho a vida dela faz um ano, talvez — desde que ouvi dizer que a avó dela faleceu. Não liguei, mas mandei entregar o equivalente a quinhentas libras de flores na igreja, de forma anônima, é claro, como um *vá se foder* para o marido de merda dela.

Balbucio baixinho:

— Quem precisa dela? Sou um lobo. Um puta de um predador. Foi para isso que trabalhei.

O motorista lança um olhar preocupado para mim no espelho retrovisor, e aceno com a cabeça.

Quando chegamos ao Exchange Building, saio do carro, dou uma puxada rápida nas minhas lapelas e abotoo um botão único no terno cinza-ardósia de tecido lustroso. Endireito minha gravata Burberry vermelho-sangue e entro no prédio. Não sou o tipo de homem que sempre fica se comparando com os outros para mostrar superioridade. Afinal, qual é a graça de participar de um jogo no qual você sempre vai ganhar? Mesmo assim, quando você está fechando um grande negócio, não é má ideia deixar perfeitamente claro quem está no comando da situação.

No elevador, enfio a mão no bolso da calça e aperto a chave entre os dedos. A chave gasta de latão com entalhe é lisa e fria ao toque da pele. Minha respiração fica mais profunda e o coração desacelera. A chave é o lugar de onde vim. O terno é o quão longe cheguei, e, do outro lado daquelas portas de elevador, está o meu futuro — um futuro que vai impulsionar Ash e eu rumo aos cem homens mais ricos do Reino Unido.

Na sala de reuniões, Fitzpatrick me olha de cima a baixo enquanto aperta minha mão.

— Belo terno. É um...

— Kiton. Sim, obrigado. — Ele ergue uma sobrancelha, claramente impressionado, como era minha intenção. — Vamos começar, então?

Eles ativam a videoconferência e Ashok está lá, com a nossa equipe de operações. Durante as quatro horas seguintes, explicamos todos os detalhes relacionados à parte financeira e à logística da aquisição. Fitzpatrick e sua equipe mais próxima vão deixar seus cargos imediatamente. Eu vou ficar com o restante dos funcionários, avaliando-os, e contratar, em regime temporário, quem for necessário conforme as coisas forem evoluindo. Há também uma chefia intermediária, o pessoal do escritório e alguns prestadores de serviço.

— Vou passar a palavra para o Ashok. Ash, o que não estamos incluindo?

Ele faz algumas perguntas sobre pequenos pormenores.

— Estou satisfeito, Cam. Acho que estamos prontos.

Fitzpatrick desliza o contrato sobre a madeira larga da cor de café expresso da mesa de reuniões. Viro as folhas até chegar à última página e retiro a caneta-tinteiro azul do bolso. Foi um presente do meu pai quando me formei na universidade. Um instrumento de escrita britânico refinado e feito à mão, acompanhado por um bilhete, no qual se lia:

Sua assinatura, assim como sua palavra, é o seu compromisso.
Que você possa sempre escrevê-la, poderosa e verdadeira,
e defender o que ela selou.
Com amor,
seu pai

Eu não estava esperando ficar emocionado, mas o dia está me fazendo pensar muito sobre o meu passado. Engulo em seco, encosto a caneta no papel e assino o acordo que é o ápice de anos de trabalho duro. A sala solta um suspiro coletivo de alívio quando assino a última página e a devolvo à assistente, que está me comendo com os olhos desde que cheguei cedo.

— Ashok, a Cindy aqui vai despachar estes documentos para você assinar amanhã — Fitzpatrick diz pela webcam. — Foi um prazer fazer negócios com vocês, cavalheiros.

Ele fica em pé e todos apertamos as mãos uns dos outros na sala de reuniões.

Tomo as providências para voltar ao escritório no dia seguinte bem cedinho e começar a trabalhar.

— Vamos organizar uma pequena comemoração na semana que vem. Um coquetel. *Black tie*. É nossa forma de agradecer à equipe por todos os anos de trabalho árduo e nossa oportunidade de nos despedirmos. Acho que nada poderia ser mais apropriado do que você, sendo o novo CEO, se juntar a nós e dizer algumas palavras.

Ele olha para mim e percebo que quer que eu recuse o convite.

— Aceito. Ficarei feliz em ir e fazer um pequeno discurso. — Sorrio, fingindo modéstia.

— Ótimo. Simplesmente ótimo. Vou pedir para a Cindy te passar todos os detalhes.

Junto as minhas coisas e, enquanto ando pelo corredor em direção à sala de conferências, Cindy, a assistente de Fitzpatrick que gosta de paquerar, me para no meio do caminho.

— Mandei um e-mail com os detalhes da festa na semana que vem. Também enviei todas as minhas informações pessoais de contato. — Ela mexe o lábio inferior e o morde, olhando para mim. — É um pouco intimidante, na verdade. Nunca fui a assistente pessoal de um executivo tão bonito.

Chega. Estou de saco cheio disso.

— Parece que você quer exercitar a opção de desligamento que estamos oferecendo para todo mundo. Pode assinar a papelada e deixá-la na minha mesa. Obrigado.

Eu me viro para ir a outro lugar, e ela corre atrás de mim.

— Não, não quero pedir demissão. *Quero* trabalhar para você. Só queria deixar claro que vou estar disponível para qualquer coisa de que você precisar... a *qualquer* hora.

Eu me viro para encará-la.

— Deixe-me ser claro sobre dois pontos, Cindy. Primeiro, não vou tolerar nada menos do que um comportamento profissional da parte de quem quer que seja, de qualquer nível. Ficou claro?

Ela se encolhe para trás um pouco.

— Sim, senhor. Muito claro.

— Em segundo lugar, você vai ser minha assistente aqui em Providence, mas não é minha assistente pessoal. Minha assistente pessoal é Susan, em Londres. Confio nela e ela é um membro valioso da nossa equipe. Você vai se reportar a ela diretamente. Ela vai arranjar um tempo para discutir as coisas com você.

Os ombros dela se curvam para a frente e ela baixa o olhar.

— Sim, senhor.

Eu me viro, mas me volto para ela de novo.

— Uma última coisa, Cindy.

— Sim, senhor?

— Preste atenção nas roupas que usa no escritório daqui em diante. — Olho para a blusa decotada e justa que ela está vestindo. — Isto é uma empresa, não um bar.

Ela concorda com a cabeça, e seus olhos estão cheios de lágrimas. Pode soar rude, mas preciso estabelecer limites antes que as coisas saiam demais do controle.

Deixo o escritório e vou a uma churrascaria chamada Fleming's, recomendada pelo hotel, para celebrar minha vitória. Eu me sento e peço um uísque escocês envelhecido em barris exclusivos e um filé de costela maturado a seco. Bebo o uísque e mando uma mensagem de texto para Calliope enquanto espero minha refeição.

EU: Seu irmão mais velho conseguiu. Fechamos o acordo.

Calli: Parabéns! Sei que está muito satisfeito. Você saiu para comemorar?

EU: Sim. Posso levar você e Nigel para sair neste fim de semana?

Calli: Por que não vem aqui no domingo? Deixa que eu cozinho. Você pode trazer um vinho bacana.

EU: Vai ter carne? Nada de feijão nem couve-de-bruxelas, né?

Ela responde com um *emoji* de risada.

Calli: Vai ter carne, prometo. Que tal umas seis horas?

Confirmo que vou estar lá no exato momento em que trazem meu jantar. Coloco o celular na mesa e pego o garfo e a faca de cortar carne. Olho para baixo e contemplo o filé caro enquanto ele ainda crepita no meu prato, então devolvo os talheres à mesa. O garçom passa por mim e me olha com uma expressão preocupada.

— Está tudo certo, senhor?

— Sim, está. Apenas mudei de ideia. Só isso. Você poderia embrulhar tudo para eu levar? E preciso de sobremesa também.

— Claro. Qual sobremesa o senhor gostaria de levar?

— Não importa. Cheesecake, talvez. O que a maioria das suas clientes pede?

Ele abre um sorriso largo.

— Cheesecake sempre faz sucesso, e o bolo vulcão de chocolate também.

— Um de cada. Volto daqui a dez minutos. Você consegue deixar tudo pronto?

Ele responde afirmativamente com a cabeça, enquanto lhe entrego meu cartão.

Há um mercadinho quase ao lado da churrascaria, então entro nele e pego o que preciso, depois volto para o restaurante para buscar a comida que foi embalada, esperando por mim, e chamo um táxi. Dentro do carro, me ocorre que preciso me certificar de que ela está em casa.

EU: Você está em casa?

QUINN: Sim, por quê? Tem alguma coisa errada?

EU: De maneira nenhuma. Chego aí em cinco minutos.

QUINN: Não estou exatamente apresentável.

Sorrio. Se ela vier até a porta seminua, então vamos celebrar mesmo.

EU: Não se incomode em fazer nada diferente só por minha causa. Te vejo em cinco minutos.

CAPÍTULO 11

Camden

Quando o carro para, a luz da varanda na frente da casa dela está acesa. Subo de uma vez os três degraus que levam à entrada e bato com força à porta.

Quando a porta se abre, Quinn está de pé atrás dela, usando um short de ginástica de algodão e uma blusa de moletom folgada, com contornos meio quadrados. O cabelo está erguido em um rabo de cavalo alto e ela está usando óculos. Sua pele está viçosa e limpa, e o *look* casual e sem maquiagem funciona muito bem para mim. Meu pau fica agitado com essa visão. Minha garganta seca, e preciso resistir ao impulso de atirar as sacolas que estou segurando no chão, empurrar Quinn contra a porta e beijá-la até ela ficar sem fôlego.

— Olá — ela diz, depois de eu ficar parado, encarando-a como um estudante pelo que parecem vários minutos.

— Trouxe o jantar para você.

Passo a sacola do restaurante para ela.

— Hã... Obrigada? — Uma sobrancelha se ergue quando ela responde desse jeito engraçado, que soa como uma pergunta, como ela faz às vezes. — Entre, eu acho.

Enquanto a sigo para o interior da casa, não deixo de notar que ela olha para mim de relance por sobre os ombros algumas vezes. Na cozinha, coloco a sacola que estou segurando na ilha enquanto ela desembrulha a comida do restaurante. Seus olhos voam de cima a baixo pelo meu corpo.

— Bonito terno.

— Obrigado. É tradição na Inglaterra usar o seu melhor terno quando você está levando comida para a casa de alguém.

Os olhos dela se arregalam.

— Sério?

— Claro que não. Não somos malucos. Usei isto aqui na reunião de hoje.

Ela dá uma risadinha.

— Ah, certo. A reunião final sobre a aquisição aconteceu hoje. Como foi?

— Exatamente como planejado. A empresa agora pertence a Reid & Mukherjee Holdings Ltda.

Encolho os ombros.

— Parabéns. Imaginava que você estaria comemorando por aí.

— É isso que estamos fazendo.

— Comemorando aqui? Comigo?

— Claro.

— Seu conceito de celebrar o maior acordo de todos os tempos é comer comida para viagem na minha cozinha?

— Uma ideia melhor seria a gente transar até você não conseguir andar direito, mas achei que comida para viagem seria uma proposta mais bem-aceita.

Não tive a intenção de dizer isso, simplesmente escapou. Há algo em Quinn que me causa dificuldade em medir as palavras.

— Camden! Você não pode dizer isso.

Seus cílios escuros vibram enquanto ela solta uma risadinha nervosa. Deixar as bochechas dela daquele belo tom rosado é maravilhoso.

— O que, transar? Você ficou ofendida? Já ouvi você falando até palavrão.

— Não, o ponto é que você não pode falar isso sobre mim e você.

— Por que não? Transar é magnífico. Quem não ama transar?

Cada vez que falo a palavra, as bochechas dela assumem tons mais intensos de rosa, o que só me faz querer continuar repetindo.

Em um esforço para evitar o meu olhar, ela baixa o dela e, para o seu azar, pousa-o bem no meu pau. O resultado, claro, é que minha calça fica apertada na parte da frente.

— Você está olhando pro meu pau agora?

— O quê? Não! Eu... não.

Ela vira totalmente a cabeça para não olhar para mim.

Não consigo deixar de abrir um enorme sorriso. Eu me aproximo do lado oposto da ilha onde ela está. Preciso da ilha entre nós para me impedir de fazer alguma coisa da qual não vou me arrepender, mas talvez ela possa. Gosto dessa mulher. Eu a quero, óbvio, ela é linda, mas há algo além disso também. Ela está tornando minha estadia aqui mais suportável, e não quero que ela se sinta desconfortável a ponto de me expulsar da sua vida.

Decido dar um descanso para ela. Estendendo o braço, seguro o queixo dela entre meu polegar e o indicador, levantando-o para fazer o seu olhar se voltar para mim.

— Quinn, estou brincando com você, querida.

— Está?

— Estou.

— Ah. — Seus ombros relaxam imediatamente, e seus lábios se curvam, formando um sorriso delicado. — Claro. Quero dizer, você é meu cliente. Não seria apropriado acontecer alguma coisa... você sabe, alguma coisa assim.

Ela volta a sua atenção para a sacola do restaurante.

— Sim, de fato precisamos fazer algo sobre isso, mas realmente gosto de ver você ficar vermelha de vergonha. — Pisco e ela prende um pouco a respiração. — Quase tanto quanto você gosta de olhar pro meu pau.

Ela solta uma gargalhada e é aquela mesma risada linda e descontraída de alguns dias atrás, e, caralho, esse som é música para os meus ouvidos.

— Acho que o restaurante cometeu um engano. Só tem uma refeição aqui, mas tem duas sobremesas.

Ela ergue o olhar na minha direção, enquanto pego uma tigela no armário que está na frente dela.

— Não há nenhum engano. Vou comer outra coisa. — Ela arqueia uma sobrancelha, como se estivesse me fazendo uma pergunta, e tiro duas das caixas de cereal matinal da sacola do mercado. — Comprei muitos tipos novos. Este aqui tem *blueberry ghosts*, e este promete transformar leite em chocolate.

Mexo as sobrancelhas e ela ri de novo.

— Então você foi a uma churrascaria chique e, mesmo assim, prefere comer cereal?

Diminuo a distância entre nós e faço uma concha com as mãos para contornar as bochechas dela.

— É exatamente assim que quero comemorar. Pode ser?

Sua pele é muito macia. A respiração é pesada, e seu hálito quente faz cócegas no meu pescoço. Ela mexe a cabeça para cima e para baixo, sem jamais tirar os olhos dos meus.

Seria tolice minha imaginar que eu poderia resistir. Meus olhos ficam semicerrados, e vasculho o rosto dela para tentar achar alguma forma de permissão — algum sinal, não de que ela me quer, porque está claro que, em algum nível, ela definitivamente quer. Procuro um sinal de que ela quer que eu a beije, que quer minha boca na sua tanto quanto eu quero sentir o gosto dela. Meus olhos se movem para os seus lábios e ela os lambe, e isso é mais do que posso suportar. Eu me movo lentamente, mergulhando a cabeça para encontrar a dela. Bem quando estou prestes a capturar seus lábios, ela limpa a garganta.

— Tem leite... na geladeira... para o cereal.

Droga. Quase.

Estudo os olhos dela e vejo o calor, mas há algo além dele. Anseio, luxúria e desejo estão se atracando ali com medo. Sorrio com malícia, acariciando sua bochecha com o polegar.

— Obrigado, linda.

Eu me afasto um pouco para preparar meu cereal, e o suspiro de alívio dela é audível. Não quero pressioná-la demais, espantá-la, mas realmente a quero. Quero Quinn mais do que quero que meu coração continue batendo, e não sou o tipo de homem que fracassa quando decide atingir um objetivo.

— Eu ia ver TV, mas se você preferir comer na sala de jantar...

Ela aponta para o corredor do outro lado da cozinha.

— A sala de estar serve para mim. Posso só...

Puxo as lapelas do meu paletó e ela assente com a cabeça.

— Sim, desculpe, deixe-me pegar isso e pendurar no armário do hall para você.

Passo para ela o meu paletó, junto com a gravata. Arregaço as mangas da camisa social e não deixo de prestar atenção na forma com que ela inspira enquanto me observa, mordendo o lábio.

Ela coloca o paletó em um armário e, quando seu prato fica pronto, nós dois nos sentamos no sofá e ela aperta um botão no controle remoto para começar a ver o programa.

Ela me pergunta sobre as reuniões do dia, e faço um resumo.

— Vai ter uma recepção na semana que vem, um coquetel. Acho que a intenção foi fazer uma festa para o CEO que está de saída se sentir bem.

— Deixe-me adivinhar: você decidiu invadir essa festa?

— Sim. Você tem alguma coisa para vestir?

— Para vestir?

— Para a festa. É *black tie*.

— Você está me convidando para ser sua acompanhante?

— Quero entrar de braços dados com uma mulher deslumbrante. E gostaria que ela fosse você.

Ela tenta conter o sorriso.

— Não posso sair com você, Camden. Você é o meu cliente.

— Achei que estivéssemos ficando amigos, mas, se você não quiser vir comigo, imagino que eu possa encontrar outra pessoa. Não deve ser tão difícil.

Eu a observo atentamente para tentar enxergar uma resposta. Suas sobrancelhas franzem por um momento, e sua mandíbula se move. Tento não sorrir enquanto pego uma colherada de cereal da minha tigela.

— Acho que eu poderia ir. Você sabe, como sua amiga. Isto é, se você realmente me *convidar* para ir.

Faço a expressão mais séria que consigo.

— Quinn, você iria ao coquetel comigo, por favor?

— Ficaria feliz em ir, Camden.

Ela sorri, mas a frase *"Foi tão difícil assim?"* está escrita nas entrelinhas.

— Obrigado, Quinn. Tenho certeza de que vai ser incrível.

Ela termina o filé e preciso lembrar meu pau de que os gemidinhos sublimes vindos da boca maravilhosa dela podem ser para um pedaço de carne, mas, infelizmente, não é a *minha* carne que ela desfrutou. Ainda não, mas espero mudar isso no devido tempo.

Ela se vira para mim e pressiona as pontas dos dedos no meu joelho.

— Não sei se tem espaço no meu estômago para a sobremesa, mas aquelas coisas que você trouxe parecem tentadoras demais para não serem provadas. Você aceita dividi-las comigo?

— Claro. Fico feliz em experimentar qualquer coisa que você queira. — O jeito como os cílios dela vibram por causa da minha resposta com duplo sentido me faz sorrir. — Quer ajuda?

— Não seja bobo. Afinal, você me trouxe o jantar. Já volto.

Eu a observo andando até a cozinha, agradecendo a Deus pelo short fino de algodão que me permite ver muito claramente que ela está usando uma calcinha fio dental, ou talvez nada, embaixo dele.

Nem quero pensar no que eu poderia fazer com tão pouco tecido na minha frente*, se ela deixasse.*

Ela volta pouco depois com duas tigelas e duas colheres.

— Cada um de nós vai pegar uma e dividir.

Ela me passa o cheesecake e a colher.

Quinn mergulha a colher no pão de ló, que transborda chocolate derretido, ergue-a até os lábios carnudos e bem definidos e come um pedaço. Ela fecha a boca ao redor da colher e, depois de tirá-la, lança a língua para fora e a faz dar uma volta completa nos seus lábios maravilhosos. Só de observá-la comendo já poderia ser um canal de pornografia, e eu passaria o número do meu cartão de crédito com prazer para assiná-lo.

— Nooossaaa. — Ela emite a palavra de forma arrastada, quase como se fosse um gemido, e minha calça está ficando desconfortavelmente apertada de novo. — E eu tinha achado que o filé estava incrível. Quer experimentar?

— Adoraria provar você.

Ela semicerra um pouco os olhos.

— Você acabou de dizer que quer *me* provar?

— Isso é uma proposta?

Ela sorri com malícia.

— De jeito nenhum.

— Então acho que vou comer o bolo de chocolate.

Pisco e ela ri.

— Você é encrenca, Camden Reid.

Ela fica segurando uma colherada de bolo, certificando-se de pegar uma grande quantidade da cobertura viscosa dele. Lambo meus lábios e abro bastante a boca. Ela a encara, e as pupilas se dilatam um pouco. Envolvo a colher com os lábios e Quinn começa a puxá-la. Agarro a mão dela e uso a língua para puxar um restinho de cobertura que fica perdido no fundo da colher. Ela pisca e seus lábios se entreabrem, depois se unem de novo.

— Detesto desperdiçar essa doçura. Não abro mão de aproveitar até a última gota.

Um som baixo e aflito escapa da garganta dela.

— Isso está delicioso. Sua vez, agora.

Mergulho a colher em direção às cerejas e um pouco mais até atingir a parte cremosa. Seguro a colher para ela, que deixa de olhar para mim para poder focar na colher, então um sorrisinho malicioso brinca no canto dos seus lábios. Nossos olhares se encontram e ela abre a boca até seus lábios formarem um "o". Em seguida, coloca totalmente a colher na boca e a envolve com os lábios.

Quando ela se afasta, inclina a cabeça para trás, e observo seu pescoço longo e delgado enquanto ela engole.

— Hummm. Muito gostoso. — Ela lambe os lábios. — Não estou com creme na boca, estou? — Ela faz um biquinho.

Puta merda.

— Não. — Limpo a garganta. — Onde fica o lavabo?

— Só tem banheiro.

Ela sorri, e seus olhos ficam dançando com um deleite endiabrado.

— Onde fica o *banheiro*, sabichona?

— Siga o corredor e vire à esquerda.

Ela aponta um dedo com a unha impecavelmente bem cuidada e esmaltada na direção do corredor, e eu o sigo.

No banheiro, jogo um pouco de água fria no rosto e espero meu pau se acalmar antes de voltar para a sala. Quando volto, vejo que Quinn tirou as vasilhas, e duas cervejas estão na mesa de centro. Ela está inclinada para trás, com os pés enfiados embaixo do corpo.

— Está se sentindo melhor?

Ela me lança um sorriso travesso.

— Isso não foi legal, Quinn. Você sabia exatamente o que estava fazendo.

— Você que começou — ela diz, e dá de ombros.

— Está certo.

Sento no meu lugar, no outro lado do sofá. Tiro os sapatos e apoio os pés na mesa de centro antes de me recostar e tomar um gole de cerveja.

— Você gosta desta cerveja? — pergunto, inclinando a lata na direção dela.

— Achei que deveria experimentá-la. Sou o tipo de garota que gosta mais de vinho, mas eu estava tentando entrar na sua cabeça.

Ergo uma sobrancelha.

— Sério? Então você quer entrar na minha cabeça?

Porque eu quero entrar na sua calcinha.

— Achei que isso poderia me ajudar a encontrar o apartamento certo para você. Acho que vai ser mais fácil na semana que vem. Domingo é dia primeiro, e as pessoas vão sair neste fim de semana dos lugares que alugaram, então vai haver mais locais disponíveis.

— Tenho certeza de que você vai encontrar algo de que vou gostar.

Quando olho de relance, os olhos dela estão colados na televisão. O som está baixo, mas a cena que está passando dispensa palavras. Há um homem e uma mulher em um filme ou novela. Eles estão em um elevador com os rostos separados apenas por alguns centímetros. O homem estende as mãos para baixo, agarrando as mãos dela, e as segura contra a parede, sobre a cabeça. Ele diz alguma coisa, ela concorda fazendo um aceno afirmativo, e a boca dele desce na dela. Escuto um som baixinho vindo de Quinn quando o casal da ficção começa a se agarrar e se contorcer assim que o beijo esquenta.

Os olhos de Quinn estão grudados na tela, e os lábios, ligeiramente entreabertos. Acho que ela nem percebe que está pressionando os joelhos um contra o outro com força e enrodilhando os dedos do pé.

— Bem, dá para notar que é desse jeito que você gosta de ser beijada.

Mexo as sobrancelhas, abrindo um sorriso largo, mas ela olha para mim com uma expressão de confusão.

— Ah, não, eu... não.

Ela pega a cerveja e toma um longo gole.

— Você *não* gosta de ser beijada desse jeito?

Ela não responde. Apenas dá de ombros e toma outro gole de cerveja.

— Por favor, não me diga que isso significa que você nunca experimentou esse tipo de beijo.

— Já ganhei muitos beijos bons. Beijos apaixonados.

— Quinn, não sei com quem você anda saindo, mas merece mais do que *bons*. Uma mulher como você merece um beijo de tirar o fôlego. Um beijo que faça as suas veias saltarem no pescoço... Um que encharque a sua calcinha e te deixe desesperadamente pedindo mais.

A respiração dela está pesada e, quando olho para baixo e vejo os pés com meias, os dedos ainda estão curvados. Ela baixa o olhar, depois se volta para mim.

— Você... já fez isso?

Penso nas mulheres com quem já estive. Com certeza tive experiências incrivelmente prazerosas, mas o que estamos discutindo agora é mais do que prazer. É paixão, e conforme experimentei mais e mais das coisas incríveis que a vida tem a oferecer, aprendi a perceber o quanto esse tipo de paixão realmente é raro.

Respondo para ela com honestidade.

— Não sinto uma paixão como essa há muito, muito tempo. — Suspiro com força, e, de repente, o ar ao nosso redor fica pesado e tenso de uma maneira diferente da de antes. — Acho que preciso encerrar por hoje, deixar você descansar um pouco.

— Ok.

Ela fica em pé para me levar até a porta.

— Vou ficar amarrado com a aquisição por alguns dias. Devemos planejar sair no começo da semana que vem?

— Sair?

— É, para ver mais imóveis. Você disse que haveria mais depois do dia primeiro.

— Certo. Sim. Imóveis. O que você acha de terça-feira?

— Perfeito. É só me mandar uma mensagem.

Me ocorre que preciso me certificar de que ela tenha um vestido para a festa.

— Você tem algo para vestir ou quer que eu cuide disso para você?

Seus olhos se enternecem, e seus lábios se curvam para cima nos cantos.

— Com certeza tenho algo apropriado para a festa, mas obrigada pela oferta.

Ela abre o armário, alcança minha gravata e meu paletó e os entrega para mim. Pego-os, e o olhar dela baixa quando os dedos roçam nos meus.

— Camden, por que você veio aqui hoje?

— Não sei. Estava sentado no restaurante, comemorando, e simplesmente tive uma vontade irresistível de te ver. — Encolho os ombros. — Espero que não tenha sido um problema. Não era minha intenção avançar o sinal.

Eu me viro em direção à porta, e ela me para quando minha mão encosta na maçaneta.

— Camden?

Eu me viro e ela se aproxima, deslizando os braços ao redor do meu pescoço. Coloco os meus em volta dela, com a palma da mão no meio das suas costas, e a pressiono na minha direção. A sensação é ótima, ela é muito calorosa e convidativa. Eu a puxo para mais perto, enterrando o rosto no pescoço dela, inalando seu perfume doce. Ela me aperta com mais força, pressionando seu corpo contra o meu. Quando me solta, desliza uma bochecha contra a minha antes de recuar.

— Só queria dizer, mais uma vez, parabéns por fechar seu acordo hoje. Estou contente em saber que sua estadia em Providence está se revelando o que você esperava.

— Providence está se revelando um lugar com mais encantos do que eu poderia ter previsto. Boa noite, Quinn.

No carro de aplicativo no caminho de volta ao hotel, percebo que estou com um sorriso idiota estampado na cara. Hoje foi uma vitória, mas este sorriso não é por causa da aquisição. É por causa de outra fusão na qual gostaria de me envolver... uma que achei que estivesse fora de cogitação, mas, depois desta noite, creio que possa estar disponível para consideração, no final das contas, se eu der a cartada certa.

CAPÍTULO 12
Quinn

No sábado, dirijo até o centro da cidade e estaciono a uns bons metros do Café Chocolate, um pequeno bistrô que tem um *brunch* fantástico, além de um balcão de chocolate. Já dentro do local, não demora muito para eu localizar minhas amigas, todas rindo numa mesa de canto no fundo. Assim que me aproximo, todas se levantam e me abraçam, uma de cada vez. Faz muito tempo que este grupo não se reúne, por causa das nossas coisas e vidas movimentadas.

Eu me sento perto de Addison, que imediatamente me passa uma mimosa.

— Pedimos drinques, porque você deu a entender que queria conversar um pouco.

— Quero mesmo. — Levanto a taça, e todas as outras tilintam nela. — Tim-tim!

— E então, como estão as coisas? Você finalmente vai deixar a gente correr atrás daquela vadia da Connie?

Zoe, cujo cabelo, não deixo de notar, está roxo agora, tem implorado para que eu a permita reivindicar vingança contra Connie por ela ter afundado minha empresa.

Inclino minha taça na direção dela, esticando o dedo indicador para apontar para seu cabelo.

— Roxo? É ousado. Gostei.

— Sim, é incrível, estou maravilhosa, *blá, blá, blá*. De volta pra você. Podemos fatiar a vadia?

Eu queria ter metade da segurança e da fanfarrice dela.

— Não é sobre o problema da Connie. Droga, na verdade, talvez não seja nem um problema relacionado aos negócios.

Respiro fundo e as deixo a par do meu novo cliente pecaminosamente sexy. Explico como ele é frustrante e grosseiro num determinado momento e como é gentil no minuto seguinte. Conto como ele limpou meu carro depois do quase acidente, mas deixo de fora os detalhes sobre como ele olha para mim, como se estivesse de dieta e eu fosse um pedaço de bolo.

— Porra. Isso não parece um problema, Quinn, parece uma solução. — Addison me olha de cima a baixo. — Quanto tempo faz mesmo que você saiu com o Josh?

Reviro os olhos e suspiro.

— Um tempo. Já faz um tempo, ok? Mas não posso sair com um cliente. Sem falar que ele vai embora do país em alguns meses para voltar para casa.

— É só que... O que quero dizer é que você não parece ter se interessado muito por alguém ou alguma coisa nos últimos meses, querida. Talvez seja bom para você se divertir um pouco — Rowan acrescenta. — Soltar a franga um pouco, sabe?

— Entendo o que vocês todas estão dizendo. Entendo mesmo. É só que tive a sorte de ter o trabalho da Suite Life para manter minha empresa no azul e não posso fazer besteira quanto a isso.

Enfio o garfo no crepe de morango e chocolate que o garçom acabou de colocar na minha frente. Quando o chocolate viscoso chega na minha língua, sou transportada para aquela noite na minha casa, quando Camden lambeu cada restinho de chocolate da colher, enquanto eu a segurava para ele experimentar a sobremesa. Queria chupar aquele chocolate dos lábios dele — deixar ele derramar o resto da cobertura sobre o meu corpo e fazê-lo lambê-la até acabar.

Realmente estou com um problema.

— Ela não está te escutando — Zoe fala para Addison em tom de gracinha. — Se existe uma cara de fantasia sexual, é essa aí.

Todas caímos na gargalhada.

— O que foi? — Zoe tenta me defender. — Quinn está pensando no britânico gostoso, dá para ver. Ela está certa. Esse sotaque é muito atraente! Quando morei aquele semestre em Londres, passava o tempo todo excitada.

Addison entra na discussão:

— Isso é verdade. Nada melhor do que um cara gostoso com um sotaque exótico.

Todas nós soltamos um pequeno suspiro ao concordarmos e rimos.

— Mas não posso sair com ele. Ele é um cliente, e preciso manter o foco em fazer o dinheiro entrar para não perder a empresa.

— Ah, falando nisso... — Zoe enfia a mão na bolsa e me entrega um cartão de visita. — Aqui está. Fiz o cabelo dela alguns dias atrás. Ela acabou de conseguir a licença para trabalhar como corretora de imóveis e está procurando uma agência. Disse a ela que eu tinha uma amiga próxima que é um gênio do mercado imobiliário e que iria te passar as informações dela com prazer.

— Obrigada, mas, se eu fosse um gênio, Connie não estaria com todos os meus agentes *e* todos os meus clientes.

— Ok, então vamos recapitular — Addison diz, ajeitando sua postura na cadeira. — Seu cliente novo é absurdamente gato, ele te quer e você precisa transar, então você, definitivamente, deveria entrar nisso... ou embaixo... ou na frente. — Ela pisca para mim, e eu chio. — Mas, agora, sobre o problema dos negócios. Como podemos arranjar uns clientes novos para a Quinn, meninas? Vamos juntar nossos esforços. Com todos os cérebros nesta mesa, podemos pensar em alguma coisa.

Zoe dá batidinhas no queixo com o dedo, e Addison olha para cima – sinal de que ela está se concentrando –, enquanto corta outro pedaço da quiche de espinafre. Depois de mais alguns goles de mimosa e algumas garfadas de comida, Addison estala os dedos.

— Já sei! Por que você não faz um daqueles tutoriais no YouTube? Fiz alguns no ano passado sobre prolongar a vida de buquês, secar flores e usar flores recém-apanhadas na decoração das festas de fim de ano. Minhas vendas bombaram. Talvez você consiga fazer uns tours nas melhores regiões de Providence ou compartilhar dicas para encontrar a casa certa. Esse tipo de coisa.

— Quer saber? Isso é, tipo, genial — Rowan reage. — Você pode permitir que os espectadores mandem perguntas por e-mail e, no formulário, pedir que aceitem se inscrever na sua lista de contatos.

— Exatamente, e eu poderia fazer seu cabelo e sua maquiagem, para você ficar ainda mais gata. Mal isso *nunca* faz — Zoe completa e pisca.

— Isso é meio que brilhante. Addison, o que faríamos sem você? — pergunto, então estendo o braço e aperto o dela.

— Bem, o que posso dizer? Tenho mesmo os meus momentos.

Ela dá de ombros e sorri.

— Ok, então está combinado. Posso filmar os vídeos para você, Zoe cuida do cabelo e da maquiagem e Addison pode ajudar com o texto quando colocarmos o material na internet. Quando você quer começar? — Rowan indaga.

Fazemos os planos para filmar o primeiro vídeo na semana seguinte. Na saída, paramos no balcão de chocolate na frente do bistrô e cada uma escolhe uma trufa pecaminosamente calórica. Quando nos aproximamos do caixa, a moça atrás do balcão nos diz que elas são por conta da casa.

— Uma cortesia do nosso chef convidado — ela diz, apontando para o fundo do restaurante com a cabeça.

Nós todas olhamos de relance, e um deus nórdico está sorrindo na nossa direção e dá um aceno casual. Não sei ao certo qual é mais delicioso: ele ou o doce. As quatro acenam para ele, devagar, e sorrimos com gratidão.

Saímos do bistrô e nos despedimos, nos abraçando, uma de cada vez.

Me sinto muito melhor com o plano para a empresa, mesmo ainda não tendo a menor ideia do que fazer sobre Camden. Como cliente, ele é exigente – um chato grosseiro e presunçoso, mas também tem o outro lado. O lado que é atencioso, carinhoso e loucamente sexy.

E concordei em ir a um coquetel com os dois lados na semana que vem.

Espero com todas as minhas forças que eu consiga encontrar um lugar para ele antes disso, porque, se ele tentar levar nossa tênue amizade para um novo nível, não sei se vou conseguir resistir.

Por mais que eu o queira, quanto mais tempo passamos juntos, mais o desejo. Uma parte de mim ainda tem um pouco de pavor por eu mesma estar arranjando as condições perfeitas para eu ficar de coração partido quando ele for embora.

CAPÍTULO 13
Camden

Quando Ash e eu estávamos começando nossa carreira, um dos primeiros acordos em que trabalhei foi para um australiano que estava comprando um shopping center perto de Hounslow. Era um homem que havia construído a vida com esforço próprio, tendo vindo de menos do que nada. Ele me disse uma coisa que ficou na minha cabeça todo esse tempo: "Meu rapaz, não adianta ter dinheiro se você está ocupado demais só ganhando a ponto de não conseguir desfrutá-lo. Se você trabalhar duro, divirta-se adoidado. Aproveite os espólios de guerra".

Sou extraordinariamente focado quando se trata do meu trabalho. Dou duro, mais do que qualquer um, mas nunca me esqueci do conselho de Ian. Também me divirto pra caralho. Aproveito os espólios de guerra. Lá na Inglaterra, tenho um pequeno iate atracado no cais de St. Katherine e faço parte do Clube de Remo do Oeste de Londres. Subo para a Escócia algumas vezes por ano para jogar golfe com uns amigos da universidade em St. Andrews, e ainda jogo críquete de vez em quando para um time beneficente. Eu me permito desfrutar das coisas pelas quais trabalhei muito. Trabalho duro, recarrego as energias e volto pronto para fazer tudo de novo.

Mas agora, neste lugar, não tenho as válvulas de escape de que preciso desesperadamente para me ajudar a relaxar. Preciso de alguma coisa para ocupar a cabeça. Algo além do trabalho... e de Quinn.

Ela não é o tipo de mulher para algo passageiro. Não sou o cara certo para ela e, mesmo assim, imbecil fominha que sou, fico encontrando desculpas para conversar com ela, motivos para ligar, porque não me canso de ficar perto dela.

Não tenho um relacionamento de fato com uma mulher há anos — não tive interesse em ninguém além de algumas noitadas de liberação física. Agora, me pego querendo passar tempo com Quinn. Na verdade, estou interessado em mais do que o corpo dela, embora ele seja objeto de uma tremenda fascinação da minha parte, mas a questão é que quero tudo isso e nem chegamos a nos beijar.

Não faz absolutamente porra nenhuma de sentido.

Quando o sono não vem e já tomei minha segunda gim-tônica, abro meu laptop, entro no Facebook e digito um nome que não pesquiso há muito tempo. Digitar o último sobrenome dela – o sobrenome de casada, Campbell – me deixa tenso, como sempre.

Quando a página abre, vejo um menino ruivo de uns seis anos com o rosto pintado de Homem-Aranha e uma menininha de uns quatro com uma pintura de borboleta roxa cintilante.

Rolo a página e vejo fotos deles no Festival Kirkstall no verão, e outras mostrando as crianças brincando com um pequeno cachorro em uma área, que reconheço como sendo os campinhos perto da casa dos meus pais.

Eles deveriam ter sido meus, não do Craig, assim como Lydia.

A foto seguinte é uma selfie. Lydia me encara com seus cachos loiro-acobreados e os olhos verdes brilhando. Ela está segurando uma bebida à base de café com chantili. Ela está bonita. Parece feliz.

Éramos amigos na escola, Lydia e eu. Quando o primeiro trimestre letivo acabou, eu estava pronto para tomar a iniciativa. Ia abrir o jogo – contar a ela o que eu sentia e como queria ter uma relação séria apenas com ela. Quando apareci para vê-la, ela estava deslumbrante – feliz – e eu, tolamente, pensei que fosse por minha causa.

Estávamos sentados em um *pub* em Northampton, perto da universidade dela, e ela levantou a mão para tomar um gole do seu copo, e foi aí que vi. Ali, na sua mão esquerda, havia um anel. Não um chamativo ou chique, mas até parece que eu tinha dinheiro suficiente para comprar qualquer coisa para ela, embora estivesse economizando para isso.

Lydia me contou tudo sobre Craig. Eles estavam saindo havia algum tempo, aparentemente, mas eu nunca teria imaginado que ela estava tendo um relacionamento com alguém. Ele já terminara os estudos e trabalhava fazendo alguma coisa com computadores.

— Não se case com ele — eu implorei.

— Escute, Camden, nós nos divertimos, certo? Somos amigos há muito tempo. Você não pode ficar feliz por mim? — ela teve a coragem de perguntar.

— Pelo menos me diga, então. O que ele tem que eu não tenho?

— É que ele... — Ela olhou pela janela por um bom tempo. Havia uma expressão sonhadora no seu rosto, uma que eu nunca a tinha visto fazer para mim. — O que posso dizer? — ela finalmente falou, com um encolher de ombros e um sorriso de orelha a orelha. — Ele é um vencedor.

Bem, Lydia está empacada novamente em Leeds, casada com um funcionário de TI desprezível que mal consegue ganhar cem mil libras por ano, e ela poderia ter ficado comigo. Ela poderia ter tido tudo o que queria.

Ela teve, seu babaca. Ela queria Craig, e ela ficou com ele.

Ela partiu meu coração e, desde então, toda vez que a vi, toda vez que simplesmente ouvi seu nome, senti uma pontada no peito como se estivesse sendo esfaqueado.

Então meu celular vibra. Eu o pego e fico agradavelmente surpreso em ver o nome de Quinn surgir na tela.

QUINN: Espero que não seja muito tarde para mandar mensagem.
EU: De jeito nenhum. Sempre fico acordado até tarde.
QUINN: Só queria te avisar que achei uns imóveis novos que podemos olhar na semana que vem.

Os pontos saltitando na tela me fazem sorrir. Uma palavra vinda dela e toda a minha espionagem sobre o passado desaparece instantaneamente.

QUINN: Participei de um brunch com as minhas amigas, fiz umas avaliações durante a tarde e então passei parte da noite pesquisando. Foi assim que descobri os imóveis.

Decido sacaneá-la um pouco. Sempre é divertido.

EU: Você está na cama agora?

Os pontos pulam na tela, depois param. Então voltam a saltitar e param de novo. Por fim, a resposta surge na minha tela.

QUINN: Sim.

Nada de comentário ao estilo sabichona. Nada de mentir e dizer que está lavando louça ou qualquer outra bobagem, apenas uma resposta honesta e monossilábica.

EU: Vamos conversar no FaceTime.

QUINN: De jeito nenhum! Estou na CAMA.

EU: Eu sei ;)

QUINN: Você é impossível.

EU: Faz dias que não vejo seu rosto sorridente. Se não for conversar por vídeo, me mande uma foto.

Ela fica sem responder por um bom tempo, e imagino que a afugentei desta vez.

Um momento depois, meu celular faz um barulho e aparece uma foto.

É um *close* dela, apoiada no que presumo ser a cabeceira. Seu cabelo está distribuído em tufos nas laterais da parte de cima da cabeça, e ela está com manchinhas brancas embaixo dos olhos. Há um sorriso largo no rosto dela, daqueles que as pessoas abrem para tirar fotos, que mostram todos os dentes. A mão está levantada, acenando para a câmera.

Rio alto. Ela não é como nenhuma outra mulher que eu tenha conhecido, isso é mais do que certo.

Começo a digitar alguma coisa, depois mudo de ideia. Em vez disso, me aproximo da cama, deito e digito o número dela.

— Oi.

A voz dela é suave e sexy, como se estivesse quase dormindo.

— Bela foto. Amei os tufos.

— Tufos de quê?

— Cabelo.

— Ah. Chamamos isso de marias-chiquinhas. Estava fazendo uma máscara para os olhos, você quis me ver na cama, e agora você viu — ela diz, dando uma risadinha.

Não será a última vez se eu conseguir o que quero.

— Já faz alguns dias. Estou vendo que você não aguentou ficar sem falar comigo.

Ela ri, aquela risada natural e intensa que ela tem.

— Você realmente se acha demais, não é?

— Bem, você *estava* pensando em mim na cama.

Ela dá aquela risada fofa, sexy e viciante.

— Não estava, não... Quer dizer, tecnicamente, estava. Você é muito frustrante às vezes. Alguém já te disse isso?

— A última coisa que quero é que você fique frustrada — falo com uma voz mais baixa. — O que posso fazer por você, Quinn? Como posso aliviar parte da sua frustração?

Ela faz um som que é algo entre uma expiração e um gemido, esperando um tempo para responder.

— Só queria saber quando você vai poder dar uma olhada em outro imóvel.

— Quando você me quer? Você pode me ter a qualquer hora.

Sorrio maliciosamente, imaginando que as bochechas dela estão ficando rosadas por causa das minhas palavras de duplo sentido.

— Posso estar disponível para o senhor em qualquer momento que queira ver as propriedades, *sr. Reid.*

Ela está tentando permanecer em território seguro, como sempre faz.

— Quer vir me ver de manhã?

— Eu... você quer dizer se quero *buscá-lo* de manhã?

— Bem, estou sempre pronto para qualquer coisa que você tenha em mente.

Não é mentira. O som da voz dela e o fato de eu saber que ela está na cama agora estão me deixando *pronto*, com certeza.

— Ok. — Consigo ouvir um riso na voz dela enquanto ela fala devagar, deliberadamente se demorando nas palavras. — E se eu *chegar em você* à tarde, umas duas horas? Você estaria pronto para isso?

Merda. Preciso que ela desligue agora para eu poder aliviar essa urgência que ela causou.

— Sim. — Minha voz está rouca. — Duas horas.

— Te vejo amanhã, então. Boa noite, Cam.

— Boa noite.

Mal desligo e já empurro meu short para baixo e começo a tocar meu pau, para cima e para baixo, pensando nela. Me pergunto se ela está fazendo o mesmo — tocando sua boceta enquanto pensa em mim.

Minha fantasia é interrompida quando meu celular faz barulho de novo.

QUINN: Retribuição é jogo limpo. Também mereço uma foto.

Leio a mensagem duas vezes. Algo me diz que estou carregado com muito mais do que apenas humor.

Decido fazer uma coisa arriscada. Inclino o celular para que não seja possível ver a tremenda ereção que estou ostentando graças à provocação dela. Tiro algumas fotos do meu rosto, peito e abdômen e, quando fico satisfeito por estar mostrando o suficiente para tentá-la, mas não o suficiente para ser grosseiro, envio as fotos.

EU: Era isso que você queria?

A resposta não chega imediatamente, então volto a acariciar meu pau latejante. Imagino o rosto deslumbrante dela e como ela lambeu os lábios carnudos quando eu estava muito tentado a beijá-la na casa dela naquele dia. Enquanto escorrego a mão para cima e para baixo, evoco uma dúzia de imagens diferentes de Quinn. Algumas delas são do tempo que passamos juntos, mas outras são apenas fantasias. Fantasias que quero tornar realidade.

Minha boca na dela, seus lábios maravilhosos envolvendo o meu pau, eu mergulhando dentro dela... é um filme na forma de fantasia só com cenas da Quinn e, ultimamente, é o único que consigo imaginar quando bato uma.

O nome dela está nos meus lábios quando solto um gemido com o meu alívio.

— Caralho... *Quinn*.

Eu me deito, recuperando o fôlego.

Nunca fiquei tão consumido por uma mulher antes. Não do jeito que fico com ela. Tenho de fazer alguma coisa. Agora, não apenas a desejo. *Preciso* encontrar uma forma de tê-la.

Eu me lavo no chuveiro e volto para a cama, com a esperança de que o sono finalmente vá chegar.

Uma última olhada no meu celular mostra uma nova mensagem da Quinn, mas não é de texto. É um áudio.

Num primeiro momento, acho que estou ouvindo coisas, então escuto de novo.

A voz dela está baixa e, assim que começo a ouvi-la, noto que ela não percebeu que estava gravando, muito menos enviando para mim.

No começo, é só um farfalhar, como um tecido sendo roçado, e respiração.

Mas, depois de um tempo, escuto a voz dela. Está chorosa — desesperada.

— Sim, sim, era o que eu queria.

As palavras estão entrecortadas, como se os dentes dela estivessem cerrados. Sua respiração fica mais intensa, então, depois de um momento de silêncio, ela faz o som mais sexy que já escutei na vida.

Sua voz é puro desespero de êxtase quando ela grita.

A última coisa que escuto é o meu nome nos lábios dela.

CAPÍTULO 14

Quinn

Uau.

Quero dizer, não sou cega. Imaginava que Camden teria um corpo incrível. Aqueles ombros largos e a cintura estreita, e a forma como os braços dele ficam salientes, forçando a bainha das mangas quando está usando camisa polo... Todas as evidências estavam lá.

Mas e isso aqui? O que é que estou olhando? É Camden Reid em carne e osso, e ele é tão maravilhoso que dói. Os músculos do ombro levam a bíceps grossos, peitorais definidos trilham o caminho para um tanquinho perfeito e, abaixo disso, um fino rastro de pelos desaparece na parte inferior da foto entre duas linhas de músculo que formam a letra "v".

Eu me sinto culpada e hesitante. Não deveria estar sentindo isso por um cliente. Não deveria estar olhando com desejo uma foto dele sem camisa, mas a parte mais sedutora da foto nem é o corpo delicioso.

São os seus olhos.

Aqueles olhos profundos, escuros, parecidos com chocolate, estão repletos de fogo. Ele está olhando para a câmera como se olhasse para dentro de mim, e isso faz minhas partes íntimas queimarem de desejo.

Deslizo os dedos para baixo, desesperada por alívio, agarrando o celular com a mão que está livre. Quando começo a ficar excitada, imagino Camden me fazendo a pergunta sobre a foto. *Era isso que você queria?*

Fecho os olhos e disparo com dificuldade, entre os dentes cerrados:

— Sim, sim, era o que eu queria.

Imagino as mãos dele em mim, a boca em mim. Imagino como ele estava, os olhos densos de desejo, quando quase me beijou naquele dia na minha cozinha.

Meu orgasmo chega rápido e com força. Meus olhos se fecham abruptamente e grito seu nome quando agarro o telefone.

— Camden.

— Não estamos corados e com cara de descansados hoje? — Camden pergunta atrás dos óculos de sol que o fazem parecer um modelo de roupas masculinas de luxo, mais do que qualquer outra coisa.

Por um breve momento, sinto uma pontada de culpa me cutucando. Eu me servi à vontade das fotos dele ontem à noite, afinal. E ele é meu cliente, o que o torna completamente fora dos limites, mas foi ele quem me mandou aquela selfie pecaminosamente sexy. Quero dizer, meu Deus, que mulher em sã consciência conseguiria resistir a ficar olhando para um corpo daquele?

— Dormi bem, obrigada por perguntar — respondo, entregando a ele o copo de café que eu trouxe, enquanto deixamos o saguão do hotel em direção ao meu carro. — E você?

— Que engraçado. Também consegui relaxar um pouco e dormi bem.

O sorriso malicioso goteja malandragem.

Dirijo até o arranha-céu que fica a apenas alguns quarteirões do Exchange Building.

— Este aqui acabou de entrar no mercado. Estou com a expectativa de que seja melhor do que a última dúzia... ou duas — digo, depois me viro e sorrio para ele de relance, enquanto entramos no prédio.

O apartamento que estou mostrando fica no antepenúltimo andar e acabou de ser desocupado por um executivo e sua família. Enquanto acesso a fechadura digital e abro a porta da frente, me sinto esperançosa. Mas, quando entramos, essas esperanças são despedaçadas.

— Uau — ele diz, com uma risadinha. — Como você acha que essa cor se chama? Roxo? Ou lilás, talvez?

Ah, pelo amor de Deus.

A parede principal da sala de estar está pintada com a cor de uma flor de íris. Não um tom suave e sutil de lilás ou um belo matiz roxo e intenso de uma joia, mas um roxo vivo e fluorescente.

Não consigo me conter. Caio na gargalhada. Rio tanto que lágrimas começam a se formar.

— Quinn, você está bem? Eu estava fazendo uma piada. — Camden se aproxima e coloca a mão no meu ombro. — Para com isso. Você não está se matando de rir de mim, está?

— Simplesmente não consigo. Não sei por que, mas parece que não sou capaz de encontrar o apartamento certo para você. Você deve achar que sou a pior corretora de imóveis do mundo. — Jogo as mãos para cima num gesto melodramático, depois as coloco no quadril. — Quero dizer, eu te mostrei um que cheirava como um restaurante, e outro que parecia não ter sido tocado desde que os inquilinos anteriores morreram cinquenta anos atrás. Eu te mostrei um que era do tamanho de uma caixa de sapato, e outro tão afastado de tudo que ficava quase em Connecticut. Entre uma coisa e outra, eu te mostrei duas dúzias de lugares. Juro, tenho um bloqueio mental quando se trata de você, ou alguma coisa assim.

Desabo no sofá, esfrego o rosto com as mãos e sinto as almofadas se afundando quando ele se senta ao meu lado.

— Quinn, quero que você pare com isso tudo agora. — Ele pega meu pulso e o abaixa até o meu colo. — Você é muito boa no que faz. É que sou um cretino exigente.

Ele sorri e eu me derreto toda por dentro.

— Bom, você realmente tem muitos critérios.

— Além do mais — ele solta um suspiro e se encosta na parte de trás do sofá —, imaginei que esta seria mais uma opção que não ia dar em nada.

— Ah, é? Posso saber por quê?

— Porque, linda, acho que, inconscientemente, você está tentando *não* achar um lugar para mim para você poder passar mais tempo comigo.

Ele pisca, e não consigo nem manter a compostura.

— Por favor, me diga que você está brincando — reajo, revirando tanto os olhos que acho que posso ter distendido um músculo.

— Não fique constrangida. — Ele descansa as mãos atrás da cabeça, assumindo um ar ainda mais confiante e relaxado. — Quero dizer, realmente é muito fofo como você mal pode esperar para me ver.

Não o levo a sério e me levanto.

— Como é que alguém pode ser tão presunçoso quanto você? É sério isso?

Ele se levanta quase que imediatamente e puxa minha mão com força, me trazendo para onde ele está, perto do sofá.

— Quinn, estou te sacaneando. Vamos lá. Preciso ver de que cor é o resto deste lugar. Quer fazer uma aposta sobre o que eles fizeram no quarto? Aposto em vermelho-bordel.

Ele franze as sobrancelhas, com aquele sorriso de menino insuportavelmente adorável contorcendo seus lábios, enquanto me puxa pela mão ao longo do corredor.

O quarto não decepciona. Não foi pintado de vermelho-bordel, e sim cinza-ardósia e preto-azeviche, adornado com o mesmo roxo-berinjela usado como acabamento da sala.

— Sabe — inicio, enquanto ele olha o banheiro principal —, em geral, o lugar é bom. Sempre dá para alugar e pintar.

— Parece bastante trabalho para uma estadia de alguns meses, você não acha?

As palavras me causam um nó no estômago que não consigo explicar direito.

Ele dá mais uma olhada na suíte principal.

— Além disso, tenho certeza de que estamos chegando lá. Este é, de longe, o melhor que vi.

Ele atravessa o quarto e puxa a cortina com o indicador, observando a vista.

— Quero dizer, tem uma vista agradável e bastante espaço, mesmo que, de fato, pareça que um desenho psicodélico tenha explodido no apartamento inteiro.

Enquanto ele olha pela janela, alguma coisa parece chamar sua atenção.

— Ei, você tem planos para hoje à tarde?

— Mais pesquisa, suponho. Por quê?

— Se importaria de dirigir um pouco ao longo do rio? Quero checar uma coisa.

Dou de ombros.

— Tudo bem. A não ser que, quero dizer, se você quiser que eu registre uma locação para este lugar antes que alguém o pegue correndo...

— Atrevida. — Seus olhos ficam semicerrados. — Você ainda não está livre de mim, Quinn.

Quando chegamos perto do pequeno estacionamento ao lado do cais em Ricer Road, Camden aponta para o local.

— É aqui. Pare.

A construção enorme, feita de ripa azul, tem um letreiro entalhado em cima das portas da frente onde se lê Clube de Remo Seekonk.

— Você sabe remar? — reajo, enquanto ele abre a porta para mim.

— Eu *pratico* remo. É uma visão muito mais espetacular do que uma curvinha no lago em uma canoa. É um esporte sério.

Entramos e um rapaz alto, com jeito de mauricinho e com idade para ser universitário, pergunta como pode ajudar. Camden lhe faz umas perguntas sobre o clube, e ele chama outro homem, que vem dos fundos. Ele se apresenta e nos mostra as instalações.

— Então, Camden, há quanto tempo você rema? — o guia indaga.

— Eu era da equipe que disputava por Nottingham na época de escola, e sou o voga do meu time no Clube de Remo do Oeste de Londres há vários anos.

Quando ele diz isso, olho para seus ombros, seus antebraços, suas costas, e seu físico incrível faz total sentido.

Enquanto os dois conversam sobre o clube, perambulo até o deque que tem vista para o rio, onde estão vários barcos. Uma equipe de meninas está em um deles, recebendo treinamento.

Alguns minutos depois, Camden vem na minha direção.

— Você está bem?

— Sim, só estava observando os barcos.

— *Sculls* — ele diz, se aproximando. A palma de sua mão pousa no centro das minhas costas, e não consigo deixar de notar a extensão que ela cobre. Depois da foto que ele me mandou ontem à noite, essa grande proximidade deixa meu corpo desesperado para ficar o mais perto possível do dele.

Camden se inclina para a frente e sua respiração faz cócegas na minha orelha.

— Está vendo? Elas são *scullings*, usando dois remos, e as *sweeps* usam um. E aquela lá? Veja, a *cox* está na frente.

— Perdão, a o quê?

Consigo sentir minhas bochechas esquentando.

— A *coxswain*, a timoneira. Elas ajudam a equipe a manter o ritmo.

Logo em seguida, o guia se junta a nós.

— Está tudo pronto, sr. Reid. — Ele entrega um envelope a Camden e olha para mim. — E você? Também rema?

— Eu? Ah, não. Na verdade, não sei nada sobre esse esporte.

— Não se preocupe — ele responde. — A maioria das esposas pega os jargões rapidinho. Espere só para ver todo mundo aqui fora torcendo durante os *sprints*.

— Esposas? — Olho para Camden. — Ah, não, eu...

— Tenho certeza de que ela vai se adaptar perfeitamente. É uma excelente animadora de torcida. Não há nada que ela ame mais do que gritar o meu nome, não é verdade, amor?

Camden pisca para mim e acho que meu coração para de bater.

Não é possível.

Ele não teria como saber sobre a festinha obscena com fantasias que eu fiz ontem à noite tendo ele como a estrela... teria?

Dou uma olhada para ele de novo. Seus olhos parecem perversos, e seu sorriso sexy tem um ar de entendido.

Ah, droga.

CAPÍTULO 15

Quinn

Volto para o SUV praticamente correndo.

— Quinn, eu estava só brincando. Não fique brava comigo.

Seus passos largos permitem que ele me alcance mais rápido do que eu gostaria.

— Tudo bem. Vou te levar de volta para o hotel.

Coloco os óculos de sol, embora não precise deles, com a esperança de que escondam parte da vergonha lancinante que estou sentindo, e começo a voltar para o hotel.

Ele olha para o relógio.

— Olha, são cinco e meia. Por que você não vem jantar comigo em vez de me deixar no hotel?

— Cam, você é um cliente. Não seria apropriado.

— Acredite em mim, será totalmente apropriado. Eu te dou a minha palavra. Pode confiar em mim, só um pouquinho?

Quando paramos no semáforo, olho de relance e ele está lançando aquele sorriso largo e doce de menino para mim.

Droga.

Sorrio, embora não quisesse.

— Eu provavelmente não deveria, mas imagino que possa confiar em você desta vez.

Ele digita o endereço no meu GPS e, no caminho, me pede para parar em uma loja de vinhos para ele pegar uma garrafa.

— Esta é uma região que não tem estabelecimentos comerciais. Tem certeza de que está certo?

O GPS está nos guiando para uma área residencial.

— Tenho. Estamos quase lá, vire à direita, e o lugar fica do lado esquerdo.

Alguns minutos depois, estaciono perto de uma casinha bonita com um monte de flores coloridas na frente. Nós nos aproximamos da entrada e Cam bate à porta, baixando o olhar como ele costuma fazer, e lança um sorriso malicioso na minha direção capaz de fazer uma calcinha se dissolver.

— Cam! Oi! — uma mulher grita ao abrir a porta, depois fica parada como uma estátua quando me vê. — Droga. Desculpe, é que... caramba. Oi.

Seu olhar pula para Camden novamente e suas sobrancelhas estão erguidas em sinal de dúvida.

— Calliope, esta é a Quinn. Quinn, esta é a minha irmã preferida, Calliope.

— Sua única irmã — ela corrige enquanto abre mais a porta. — É um prazer conhecê-la. Por favor, entre.

Enquanto estou passando, Calliope fica na ponta dos pés e dá um beijo na bochecha do irmão, e ver este momento fofo e afetuoso de família aquece meu coração mais do que quero.

— Que diabo é isto, Cam? — ela tenta sussurrar enquanto o abraça, mas ouço mesmo assim, e tenho de conter uma risadinha. — A última vez que você trouxe uma mulher aqui foi... nunca.

— Fica quieta, Calli. — Eu o escuto dizer por entre os dentes cerrados, com uma voz quase inaudível.

— Nigel está bem ali. Entrem e digam um "oi", sim? — Calliope nos conduz em direção à sala. — Isso é para a gente? — Ela aponta para a garrafa de vinho nas mãos de Camden e ele abre um sorriso largo, entregando-a.

Vamos para a sala e Camden me apresenta seu cunhado. Estamos conversando, os dois homens colocando a conversa sobre os negócios em dia, quando Calliope volta toda cheia de taças de vinho.

— Quinn, é uma enorme alegria conhecer você. Quero que me conte tudo sobre como conheceu meu irmão.

A mão de Calliope pousa no meu braço por um breve momento enquanto ela se inclina, assumindo uma postura conspiratória.

— Na verdade, ele é meu cliente.

Calliope se afasta um pouco e suas sobrancelhas estão próximas e franzidas.

— Estou ajudando seu irmão a encontrar um lugar para morar aqui em Providence.

— Ah! Entendi. Bom, parece que vocês dois... se dão bem — ela diz, sorrindo amigavelmente.

A campainha toca e Calliope franze as sobrancelhas para Camden enquanto vai atender à porta.

— Tenho uma surpresa para você, meu irmão.

As sobrancelhas dele franzem.

— Calli, você sabe que odeio surpresas.

Ela volta pouco depois com um casal — uma morena bonita mais ou menos da minha idade e um homem incrivelmente lindo com cabelo loiro escuro.

— Camden!

O homem caminha a passos largos em direção a ele com os braços totalmente abertos. Eles se abraçam, dando batidinhas nas costas um do outro, ambos exibindo um sorriso largo.

— Simon! Que bom te ver, cara.

Eu nunca tinha visto Cam sorrir de orelha a orelha desse jeito.

— Camden, não vejo você há séculos. Calliope me contou tudo sobre sua nova negociação aqui em Providence, parabéns.

— Vejo que essa linda criatura ainda não entendeu que consegue coisa muito melhor do que um nojento lamentável como você, não é? — Camden pega as mãos dela e se inclina, beijando-a nas duas bochechas. — Olá, Bridget. Que bom ver você, querida.

— Camden, sempre sedutor — ela responde, sorrindo afetuosamente para ele.

Ele me apresenta a todos, e fico sabendo que Simon é o melhor amigo de Calliope, e Bridget é a esposa dele. Simon cresceu com eles em Leeds e conheceu Bridget quando veio para cá fazer residência médica.

— Bridget, aqui está — Calliope diz e entrega a ela uma taça de vinho.

— Vamos brindar a uma rara noite sem filhos — Bridget reage, batendo sua taça na de Calliope.

Todos nós nos reunimos em torno da mesa na sala de jantar, e Calliope traz louças e as coloca no centro da mesa. Sento no canto, rodeada por Bridget e Calliope, enquanto os rapazes colocam a conversa em dia na outra ponta da mesa.

— Tenho mais uma surpresa para você, Cam, apesar de você *dizer* que odeia surpresas — Calliope provoca enquanto tira a tampa de uma das travessas.

— Porra, sensacional! — Camden comemora, e seus olhos se arregalam quando ele olha para as linguiças inglesas na travessa.

— Onde você as encontrou, Calliope? — Simon pergunta. — Procurei por todo lugar aqui e não tive sorte.

— Pedi para minha mãe enviá-las. Me passem seus pratos.

Cada pessoa passa o seu e ela os enche com linguiças, purê de batatas, uma coisa que parece uma variedade diferente de batata, um tipo de pãozinho e uma coisa verde que parece papinha de bebê.

— Obrigada?

Não foi minha intenção que o agradecimento soasse como uma pergunta, mas o jeito como minha voz fica aguda indica o quanto estou me sentindo insegura sobre o que estou olhando no prato.

Felizmente, Bridget se inclina e pressiona o ombro contra o meu.

— A coisa verde é purê de ervilhas. É delicioso. Isso — ela aponta o garfo para o pãozinho — é um pudim *Yorkshire*. É um tipo de pão. E estas são pastinacas assadas, primas da cenoura. — Ela pisca. — Você vai pegar o jeito.

— Não se esqueça das linguiças — a voz de Camden ressoa da outra ponta da mesa.

Quando levanto o olhar, ele está me encarando intensamente, e sinto minhas bochechas começarem a queimar.

— Eu as coloquei na minha lista, Quinn, caso você se lembre. Queria achar um lugar perto de um *pub* decente onde as pessoas gostassem dessas linguiças e eu pudesse comprar comida de verdade. Peixe com batata frita, linguiças inglesas e purê de batata, torta Madalena.

Então era isto *que significava "gente que curta linguiça" na lista dele.*

— Eu me lembro. Tenho certeza de que esta será a nossa semana de sorte. Estou com um bom pressentimento.

Esta tem de ser a semana em que vou achar alguma coisa. Ele já viu quase tudo em Providence e ainda não ficou satisfeito com nenhum lugar. Tenho mais dois para vermos esta semana.

Claro, isso me leva a outro problema — um que tem me incomodado sorrateiramente na minha cabeça, mas que não queria admitir. Assim que eu encontrar uma casa para ele, acabou para nós. Acabam-se as trocas de mensagens em tom de paquera. Acabam-se os dias andando pela cidade juntos. Ele não terá nenhum motivo para interagir comigo uma vez que conseguir um lugar para morar.

Quando levanto o olhar de novo, ele ainda está me encarando, como se pudesse ler meus pensamentos.

— Jantar delicioso, Calliope. Já era hora de a Quinn comer um pouco da comida britânica de verdade. Sabe, ela está tentando entrar na minha cabeça.

— Estava tudo delicioso, Calliope — concordo, olhando rapidamente para a irmã de Camden. — Obrigada por me receber, embora você não estivesse esperando por isso.

— Bem, é como a minha mãe sempre diz. — Quando ela vai falar o resto, Camden se junta a ela e eles falam juntos: — Se você não tem o suficiente para hóspedes surpresa, você não tem o suficiente e ponto final.

A mesa inteira morre de rir à medida que eles retornam à sua infância.

O executivo exigente desaparece. Ele é substituído por uma versão mais suave e fofa dele mesmo. É o mesmo cara que limpou a sujeira no meu carro. O mesmo que faz meu coração ficar apertado quando lança um sorriso de menino para mim.

Todos se recolhem para a sala, conversando e rindo, enquanto a noite transcorre rapidamente. Entro na cozinha e enxáguo minha taça de vinho, optando por tomar um pouco de água.

— Não se preocupe, você vai se acostumar com tudo. — A única outra voz americana na casa me assusta enquanto encho minha taça.

Viro e me deparo com Bridget sorrindo ao reabastecer sua taça de vinho.

— Quando todos eles se juntam deste jeito, começam a falar muito rápido e a usar palavras e expressões do país natal. Chamo isso de *ficar superbritânico* — ela diz e dá uma risadinha.

— Ok, então não sou só eu? Porque, sinceramente, algumas coisas eu não consegui entender.

— Com certeza, não é só com você. Simon adora a nossa vida aqui, mas permanece muito conectado às raízes dele.

Ela baixa a cabeça para ver o anel na sua mão esquerda e abre um sorriso largo.

— Ele parece ser uma ótima pessoa. E é bonito também.

— Não é? Tenho muita sorte. Eu nunca poderia ter imaginado que seria sortuda desse jeito e encontrado um amor como o nosso. Eu era viúva, sabe? Tinha um filho quando nos conhecemos, mas Brendan caiu de amores por Simon assim como eu. Não foi sempre fácil, mas o que temos é *muito* forte. — Seus olhos se voltam para baixo por um momento enquanto ela sorri, depois levanta o olhar na minha direção. — Você também tem sorte. Camden é afetuoso e engraçado. E bonito.

— Hã? Ah, não. Não, não. Nada disso. Somos apenas... — Minhas palavras vão sumindo. Caramba, o que somos? Colegas? Amigos? — Não estamos juntos.

Ela dá uma risadinha.

— Poderia ter me enganado. Quero dizer, o jeito como ele olha para você... E ele também nunca trouxe uma mulher antes, não que eu tenha ficado sabendo. Nunca sequer mencionou uma. Vocês podem não estar juntos, mas poderiam estar, tenho certeza disso.

Permanecemos mais um pouco antes de darmos a noite por encerrada. Conforme andamos em direção à porta, aceno para Bridget, dizendo que espero poder vê-la de novo, e abraço Calliope, agradecendo pela noite tão agradável.

— Por que você não aparece no estúdio uma hora, Quinn, e faz uma aula comigo? A primeira é cortesia minha.

Ela me entrega um cartão com o endereço.

— Ah, seria ótimo. Nunca tentei fazer ioga.

— Bem, tenho certeza de que ficar perto do meu irmão causa estresse, então, provavelmente, seria útil para você.

Ela semicerra os olhos na direção de Camden e depois me dá um sorriso carinhoso.

"Causa estresse" é um eufemismo.

— Você deveria ir ao estúdio da Calli, Quinn. Você é péssima em relaxar. Pode ser que a aula dela te ajude a liberar parte dessa tensão acumulada.

Quando estaciono no hotel, Camden começa a sair do SUV, mas coloco a mão no braço dele para pará-lo.

— Camden? Por que me levou para jantar com a sua família esta noite?

Ele olha para a frente por bastante tempo, depois baixa o olhar para as mãos.

— Na verdade, não sei. Eu só queria você lá. Talvez eu quisesse que você visse que não sou uma pessoa assim tão ruim.

— Não acho que você seja um cara ruim, de forma alguma. Você é exigente e pode ser muito frustrante, mas não é *ruim*.

Ele tensiona os lábios e acena com a cabeça.

— Certo. Bom, boa noite, Quinn.

Quando ele vai embora, as palavras que Bridget disse mais cedo retornam à minha mente. *O jeito como ele olha para você*.

É nesse momento que a minha ficha cai.

Estou começando a ter sentimentos por Camden. Não é só que ele seja absurdamente gostoso, o que ele é, ou que me sinta atraída por ele. Eu me preocupo com o que ele está pensando, com o que ele está sentindo. Eu me preocupo com *ele*.

Estou me apaixonando por um cliente.

Pior: estou me apaixonando por um homem que mora a quase cinco mil quilômetros daqui.

O pior de tudo? Não sei como parar tudo isso.

CAPÍTULO 16

Quinn

Eu gostaria de dizer que saí do trabalho no meu horário habitual e me vesti, despreocupadamente, para a festa. Porém, não foi isso que fiz. Saí do trabalho três horas antes, fui fazer manicure, pedicure e comprei algumas coisas na loja de maquiagem ao sair do shopping.

De volta em casa, tiro o vestidinho preto perfeito do fundo do meu armário. Esta é uma das roupas mais formais que tenho, e eu a deixo ainda mais chique com os brincos e a pulseira de diamante da minha avó. Bem quando estou borrifando um pouco de perfume e dando uma última olhada no espelho, meu celular toca.

CAMDEN: Decidi arranjar um carro para hoje à noite. O motorista vai estar na sua casa às 18h30.

Passo os olhos correndo pela mensagem e leio "8h30".

EU: 8h30? Achei que íamos sair mais cedo.
CAMDEN: 18h30. Seis e meia da tarde, Quinn.

Que excesso de formalidade. Talvez eu nunca me acostume com toda essa pompa britânica.

EU: Ok. Seis e meia. Estarei pronta.

Pego meus sapatos, enfio o batom e alguns cartões de apresentação na pequena bolsa de ombro com alça e sigo até a sala para esperar. A meia hora seguinte passa incrivelmente devagar, mas às seis e meia em ponto há uma batida forte na porta da frente.

Eu a abro e quase me desmancho em uma poça.

Como é que pode um homem real e vivo ser bonito desse jeito?

Camden Reid está parado no meu degrau em um smoking preto feito sob medida com uma camisa impecavelmente branca e bem-passada. O cabelo está todo penteado e ele raspou completamente a barba. Qualquer que seja o perfume ou loção pós-barba que esteja usando deve ser feito só de feromônios, porque a única coisa em que consigo pensar é arrancar esse smoking com os dentes.

Quando sou capaz de desgrudar meu queixo do chão e recuperar a compostura, percebo que ele está me olhando de cima a baixo também. Ele coloca a mão no queixo, deslizando um dedo na mandíbula, enquanto seus olhos deixam uma trilha queimada no meu corpo.

Finalmente consigo falar:

— Achei que você ia mandar vir um carro.

— Eu ia. Mas, considerando que você foi generosa o suficiente a ponto de aceitar me acompanhar, decidi que deveria vir buscá-la. A coisa educada de se fazer e tudo o mais.

Ele dispara aquele sorriso malicioso e abusado, e eu morro um pouco.

— Venha aqui. Só preciso pegar minha bolsa e minha chave.

Ele entra, e consigo sentir seus olhos em mim a cada movimento que faço enquanto junto minhas coisas. Quando volto para o local onde ele está parado, bem na entrada, noto que está me fitando descaradamente.

— Isto serve? — Movo a mão para cima e para baixo, fazendo um gesto em direção ao vestido. — Já o usei em eventos formais. Posso trocar de roupa, se for preciso.

— Não! — ele responde abruptamente. — Não, não precisa mudar nada. — Ele limpa a garganta e se vira de repente. — Acho melhor irmos andando.

Concordo com a cabeça e saímos. Quando chegamos à calçada, descubro que a descrição de Camden de carro não era inteiramente apropriada. Isso não é um carro de aplicativo, é um carro de luxo, que vem até com motorista de terno preto. Camden acena para ele, abre a porta traseira para mim e entra em seguida.

No carro, ele não chega a falar nada. Não olha para mim. Ele só olha para a frente, mantendo as palmas das mãos nos joelhos e a mandíbula cerrada.

— Está tudo bem, Camden? Você parece, não sei, tenso, talvez, ou irritado. Tem certeza de que minha aparência está adequada? Não quero fazer você passar vergonha.

Ele fecha os olhos e mexe a cabeça para cima e para baixo por um tempo, depois responde:

— Duvido muito que, em algum momento, você seja capaz de fazer alguma coisa que me envergonhe. Você está... — ele engole em seco e então finalmente olha para mim — ... você está perfeita, Quinn.

— Ok, certo. Então não está bravo por causa de alguma coisa que eu fiz?

— Não estou bravo com você. — O olhar dele se move para cima e volta, seus olhos dançando, e um sorrisinho malicioso começa a se formar nos cantos da sua boca maravilhosa e tentadora. — Esse vestido sobe um pouco quando você se senta, e suas pernas são espetaculares, então estou tentando não ficar olhando feito um tarado.

Começo a sentir calor no peito.

— Ah! Não percebi.

Tento puxar a barra do vestido e me contorço no lugar, conforme mexo minhas pernas tentando colocar a roupa em uma posição mais recatada.

— Por favor, não faça isso, querida. Você balançando seu traseiro e brincando com a barra do vestido só está tornando tudo mais *duro*... de suportar.

Ele ergue uma sobrancelha.

Não consigo deixar de rir alto.

— Desculpa. Vou apenas ficar sentada aqui nesta situação constrangedora até chegarmos.

— Ótimo, obrigado. Guarde o rebolado para depois da festa. Você pode me presentear com uma dança no colo na volta, se quiser.

Paramos no The Westminster, o espaço exclusivo onde o evento está acontecendo, e Camden deixa o motorista abrir a porta, saindo do carro antes de mim. Na minha vez de sair, ele oferece a mão para me ajudar a me equilibrar. Quando estou em uma posição firme e fora do carro, ele estende o braço para que eu o segure. O gesto distinto me deixa perplexa, não porque ele não seja um cavalheiro; ele claramente é. É porque passa a sensação de proteção – intimidade, até. Coloco a mão no espaço delimitado pelo seu cotovelo, e ele a cobre com a sua palma, apertando-a. É gentil, mas firme, e minha pele frita com o toque dele.

— Podemos, srta. Whitley?

Ele finge um tom formal o suficiente para combinar com a nossa roupa e entro na brincadeira com a minha resposta.

— Com certeza, sr. Reid. Vamos mostrar à equipe quem é o novo chefe.

Ele endireita o corpo e mantém a cabeça erguida enquanto nos conduz para o local.

— O chefe da porra toda. Vamos.

CAPÍTULO 17

Camden

Quinn está gata o suficiente para receber um sexo oral, e é exatamente isso que eu gostaria de fazer com ela. Bom, para começar. A lista de coisas obscenas que eu gostaria de fazer com ela é quilométrica.

Eu não tinha planejado chamá-la para ir comigo hoje à noite. O convite meio que escapou. Esse tipo de coisa tem acontecido com uma frequência muito maior do que eu gostaria ultimamente. Meus pensamentos íntimos parecem escorregar pelos lábios sempre que ela está por perto. Foi a mesma coisa que ocorreu quando eu estava no restaurante. De repente, eu simplesmente sabia que queria estar com ela em vez de ficar sozinho e, antes que pudesse me dar conta, já estava batendo à porta da casa dela.

O vestido dela é um pretinho básico. A parte debaixo dele é justa, o que faz os quadris e a bunda dela ficarem espetaculares. As mangas são justas também, terminando exatamente acima do cotovelo. Não tem decote, a parte da frente é completamente fechada, mas não importa. Ainda assim, ele exibe suas curvas de uma forma sexy, mas a estrela do show é a parte de trás. Há uma pequena tira cruzando a região posterior dos ombros, e então as costas mergulham até lá embaixo. Essa é a zona de perigo. Essa é a área onde estou evitando tocá-la porque, se eu tocar a pele das suas costas, não sei se vou conseguir parar. Tocá-la é como um mendigo sentir o cheiro de pão que acabou de sair do forno . Pode ser prazeroso, mas me deixa infinitamente mais faminto.

O elevador no estilo Art Déco é um pano de fundo apropriado para Quinn, porque é tão elegante e espetacular quanto ela. Quando a cabine chega ao trigésimo primeiro andar, pressiono o botão para manter a porta fechada bem quando Quinn começa a se aproximar. Ela olha para a minha mão, depois para o meu rosto, e seus olhos cor de âmbar expressam curiosidade, não preocupação.

— Posso dar uma sugestão? — pergunto ao dar um passo em direção a ela.

— Claro.

Ela engole em seco. Provavelmente está pensando que estou prestes a tentar beijá-la de novo, e, caramba, é claro que isso passou pela minha cabeça desde o instante em que a vi esta noite.

Estico o braço até a sua nuca e puxo os grampos que estão segurando o cabelo em um coque. Seu cabelo comprido se desenrola ao redor do corpo em ondas dispersas. Eu teria sido um grande idiota se imaginasse que ela não poderia estar mais fabulosa esta noite. Enfio os grampos no bolso do paletó e deslizo meus dedos pelo seu cabelo, soltando-o um pouco mais. É macio e sedoso ao meu toque, e, toda vez que se mexe, solta aquele aroma floral e doce que sempre emana da pele dela.

— Devo considerar que você não gostou do meu cabelo?

Ela dá uma risadinha, tentando quebrar o encanto daquilo que está fervendo devagar entre nós, mas não está funcionando.

— Ele estava lindo. Mas, às vezes, você não precisa ser tão reservada e perfeita. Às vezes, não tem problema soltar o cabelo.

Sorrio e ela sorri de volta, um daqueles sorrisos largos e radiantes que quase me matam. Ela parece tão doce e esperançosa, apesar de a sua empresa estar se afundando na merda. Ela é toda otimismo e inocência, e não sei como, mas sei que vou ferrar tudo isso nela se eu continuar atraindo-a para perto de mim.

Estou tão ocupado olhando para ela que não percebo quando a porta se abre.

— Hum, Cam? — *Porra, adoro quando ela me chama assim.* Ela aponta um dedo com uma unha vermelha para a porta. — A festa?

Limpo a garganta e me viro em direção à porta aberta, tocando o objeto enquanto me movo. Ela sai, entrando no corredor, e eu sigo logo atrás dela.

Quando entramos na área aberta do local, Quinn olha ao redor. Sua boca se abre quando ela leva um choque inicial, e seus olhos se arregalam quando de fato registra tudo. Meu primeiro impulso foi ficar furioso. Essa recepção deve ter custado uma bela quantia, e imagino que ela esteja saindo do orçamento da minha empresa, não do bolso de Fitzpatrick. Ainda assim, os funcionários parecem estar se divertindo, e a expressão no rosto de Quinn, neste momento, faria valer a pena eu mesmo pagar dez vezes mais pela coisa toda.

— Gostou?

— Você está de brincadeira? É fabuloso! Olha o lustre aqui em cima. Olha como dá para ver as estrelas brilhando atrás dele pelo teto de vidro. E o mesmo efeito vindo de todos os cordões com luzes em volta das beiradas... Quero dizer, é... é meio que mágico, não acha? — ela pergunta, e seus cílios longos se agitam contra suas bochechas enquanto ela olha para mim, maravilhada.

— Por que não vamos arranjar algumas bolhas para acompanhar essas estrelas, hein?

Conforme a conduzo em direção ao bar, parece que todos os pares de olhos masculinos no local estão nela. E por que não estariam? Com seu cabelo comprido e ondulado, com toques suaves cor de mel aqui e ali, pernas longas e curvas que são a matéria-prima dos sonhos molhados, ela é estonteante. O que acaba comigo em relação à Quinn, porém, o que realmente me destrói, são os seus olhos. Seu rosto é muito expressivo, animada ou preocupada ou brava, está tudo escrito, bem ali, para o mundo ver. O ponto é que ela parece não se importar com isso. A maioria de nós esconde nossas emoções. Ela exibe as dela como uma medalha de honra.

— Champanhe? Ou você prefere *prosecco*?

— Você acha que eles poderiam fazer um Bellini?

— Um Bellini para a senhorita, e eu vou de gim-tônica.

Enfio uma nota de vinte dólares na taça de conhaque exageradamente grande no bar quando faço o pedido. O barman acena com a cabeça e começa a trabalhar.

Quinn aperta meu ombro e se inclina, sussurrando em tom conspiratório.

— Então todas essas pessoas trabalham para você agora?

— Na verdade, sim. — Faço um gesto para o lado com a cabeça. — Acho que tem umas duzentas pessoas aqui. Temos mais duzentas em Londres, ou algo assim, e algumas outras em escritórios ao redor do mundo onde temos imóveis importantes.

O barman me entrega as bebidas e passo o Bellini para Quinn.

Ela aperta a ponta do nariz com os dedos e dá uma risadinha.

— Qual é a graça?

— Eu tenho uma.

— Uma o quê?

— Uma funcionária. Depois que a minha sócia roubou todos os nossos agentes, sobrou só uma funcionária. Minha assistente Kimberly.

Eu rio.

— Que droga. É melhor ser legal com ela. Mande um cesto para ela no Natal ou algo do tipo.

— Por que eu mandaria um cesto para ela?

— Porque vem com biscoito e chocolate e as pessoas amam. — Ela franze as sobrancelhas com cara de quem não entendeu. — Sabe, tipo um cesto de presente? Vocês não têm isso aqui?

Ela ri, inclinando a cabeça um pouco para trás.

— Uma *cesta* de presentes, você quer dizer? Sim, temos. Cesto é onde colocamos roupa suja.

— É uma loucura. Não entendo por que vocês têm tantas palavras inventadas para as coisas. Vou ter de te comprar um livro para você aprender os termos corretos para as coisas e nós podermos conversar adequadamente.

Pisco e os seus olhos brilham, embora ela os esteja semicerrando como se estivesse brava.

— Meu jeito de falar é *normal*, obrigada. — Ela empina o nariz no ar. — É você que veio do outro lado do oceano. Você conhece o ditado. Quando em Roma, faça como os romanos... Saúde!

Ela levanta sua taça e a faz tinir contra a minha.

Examino o local e vejo que Cindy, minha assistente, está vindo na nossa direção. Está usando uma saia exageradamente justa, mas sua blusa cintilante está abotoada até o pescoço. Pelo menos, ela se esforçou.

— Oi, sr. Reid. Estamos todos muito felizes pelo senhor ter conseguido vir.

Ela junta as mãos na frente do corpo e vasculha meu rosto, tentando encontrar um sinal de aprovação.

— Foi você quem organizou isso, Cindy?

A postura dela se endireita.

— S-sim, senhor. Está tudo de acordo?

— Está perfeito. Você fez um ótimo trabalho.

Seus olhos se iluminam.

— Obrigada, senhor.

Ela dá uma passada de olho em Quinn.

— Esta é Quinn Whitley. Quando ela telefonar, sempre me passe a ligação, onde quer que eu esteja. Entendido?

— Sim, senhor. Prazer em conhecê-la, srta. Whitley. — Ela olha Quinn de cima a baixo. — Seu vestido é incrível.

— Obrigada, Cindy, e, por favor, me chame de Quinn.

Ela estende a mão e Cindy a aperta.

— O sr. Fitzpatrick vai falar dentro de uns trinta minutos e está programado para o senhor fazer o discurso depois dele. — Ela olha para Quinn e então para mim. — Se precisar de alguma coisa, é só chamar.

Peço o braço de Quinn e a conduzo em direção ao terraço na parte de trás do espaço da festa. Enquanto caminhamos, ela se inclina e sussurra:

— Acho que sua assistente te acha bonitinho.

— Ela praticamente se ofereceu para transar comigo nos primeiros cinco minutos depois que assinamos o contrato.

Quinn fica indignada, e percebo que eu deveria ter ficado de boca calada.

— Ah, entendi. Bom, ela é realmente bonita.

Paro e me viro para encará-la.

— Quinn, eu jamais, em hipótese alguma, teria uma aventura com uma funcionária. Disse a ela para manter um comportamento profissional ou então ela poderia arranjar emprego em outro lugar.

— Sério?

— É claro.

Ela baixa as sobrancelhas enquanto examina meu rosto.

— E eu jamais teria uma aventura com um cliente. Por acaso acabamos de descobrir algo em comum?

Merda.

— De jeito nenhum. — Ela inclina a cabeça para o lado, e abro um sorriso largo. — Minha regra faz sentido do ponto de vista ético e legal. A sua é apenas ridícula.

Ela joga a cabeça para trás e ri.

— Alguém já te disse o quanto você às vezes é frustrante?

— Minha mãe e minha irmã, quase toda vez que elas falam comigo. — Faço um sinal com a cabeça. — Vamos conferir a vista antes que alguém perceba que estou aqui, está bem?

A sacada está praticamente vazia, já que a maioria das pessoas ainda está chegando e fazendo fila no bar para pegar drinques. Quinn anda em linha reta até a grade.

— Uau! Que visão espetacular!

O sol acabou de se pôr e o céu está ganhando tons mais intensos de roxo e azul. As luzes da sacada são refletidas nas do cabelo de Quinn e, quando sorri para mim, com as manchas douradas dos olhos cintilando, ela parece um anjo.

Não estou olhando para o céu, estou olhando para ela.

— Absolutamente deslumbrante!

Ela aponta para um prédio bem distante.

— Nossa, olha lá! Aquele é o prédio da Alfândega, e aquele lá é o Arcade. — De repente, ela chacoalha a cabeça e ri. — O que estou fazendo? Estou apontando todas essas construções antigas, e no bairro onde você mora, em Londres, provavelmente existem dúzias de casas mais antigas do que o nosso país.

— Você já esteve lá?

— Em Londres? Não.

Ela balança a cabeça e toma outro gole do Bellini.

— Quinn, você ia amar lá. Minha casa fica numa região chamada Pimlico, não muito longe de Westminster. O prédio foi construído em 1726.

— Viu? — Ela ri. — Até a sua *casa* é mais antiga do que o nosso país.

— É uma área ótima porque, apesar de ter prédios históricos, também tem muitos restaurantes e *pubs* excelentes. Esta é a coisa incrível de se viver em Londres: você pode, literalmente, conseguir qualquer coisa que deseje no mundo e tudo está bem na porta da sua casa.

— Você sente falta de lá, não é?

— Amo viver em Londres.

Ela olha para baixo, cruzando um braço sobre o peito para esfregar o outro com a palma da mão.

— Tenho certeza de que você mal pode esperar para voltar.

— Bem, achei que ficaria muito mal aqui. Não tem sido nada disso, mas realmente gostaria de encontrar um *pub* decente. Não posso contar com Calliope para cozinhar para mim o tempo todo.

Ela baixa o olhar e balança a cabeça para cima e para baixo. A brisa se manifesta com um pouco mais de intensidade e ela treme, se aproximando de mim como se para se proteger do vento. Coloco o braço ao redor dos ombros dela e, ao fazer isso, minha mão entra em contato com a pele macia e lisa.

Ela levanta o olhar e, quando seus olhos se encontram com os meus, há fogo neles. Eu me aproximo, e ela não recua. Ela lambe os lábios e suga o debaixo, passando os dentes por ele. Eu me movo devagar. Ao longo das poucas semanas que se passaram desde que a conheci, percebi que Quinn não é uma mulher com quem ter pressa. Posso sentir o calor do seu hálito, quase posso sentir seu gosto quando me aproximo. Bem quando estou prestes a pressionar os meus lábios contra os dela, uma voz chama.

— Oi, sr. Reid. Já vamos começar. Estamos prontos para recebê-lo lá dentro agora.

Seja lá quem for, vou demitir essa pessoa.

Quinn imediatamente dá um passo para trás.

Merda.

— Senhor?

— Só um minuto! — eu berro.

— Hora de fazê-los se apaixonarem por você, sr. CEO.

Quinn sai de perto da grade, olhando de relance para mim, com uma expressão de triste arrependimento estampada no rosto.

CAPÍTULO 18

Quinn

Eu me mantenho afastada num canto quando a apresentação começa. O homem que suponho ser o antigo CEO diz algumas palavras e apresenta Camden.

Ele começa falando o quanto se sente feliz por estar presente esta noite, o que, com certeza, é mentira, mas ele vende a ideia tão bem que ninguém notaria. Em seguida, toca na questão da força da empresa, e suas palavras parecem reconfortantes para a multidão reunida ali. Ele conta uma piada sobre não ser daqui, e todos riem. Em pouco tempo, ele consegue fazê-los comer na palma da sua mão.

Enquanto escuto Camden fazendo seu discurso, um cara alto e bem-apessoado se aproxima de mim, vindo de trás. Quando me viro para olhá-lo, ele sorri e inclina seu drinque na minha direção em sinal de confirmação.

Conforme o discurso continua, ele se inclina na minha direção.

— Nunca te vi. Você trabalha aqui?

— Não, sou uma convidada. E você?

— Penetra. Vou a todas as festas de casamento e eventos corporativos da região para conseguir comida e bebida de graça. Acabei de sair do Bar Mitzvah dos Jacobson. E aquela sra. Jacobson? Que mulher admirável.

Ele revira os olhos e dá de ombros, e não consigo deixar de rir.

— Bem, não se preocupe. Seu segredo está seguro comigo.

Ele estende a mão.

— Isso foi tudo um monte de besteira, é claro, mas agora você não vai se esquecer de mim. Na verdade, eu trabalho aqui. Meu nome é Kent.

Aperto a mão dele.

— Eu sou a Quinn. Prazer em conhecê-lo.

Ele pergunta com quem estou e explico como vim ao evento com Camden.

— Então hoje é uma coisa mais de *amigo*? — ele pergunta.

Isso sim é uma pergunta capciosa.

— Bom, não estamos saindo, não.

Volto a olhar o palco de onde Camden faz seu pronunciamento. Percebo que ele cola os olhos em mim enquanto finaliza seu discurso, que recebe aplausos ensurdecedores, e depois devolve o microfone para o ex-CEO.

— Bom, até agora, gostei bastante dele. Se ele trouxer mulheres lindas para todas as nossas festas da empresa, definitivamente tem o meu voto.

Kent está flertando comigo sem dó e, além disso, ele é realmente bonito.

Então, por que não estou flertando com ele também?

— Escuta, e se eu te der o meu cartão? Eu adoraria ouvir mais sobre o seu negócio no ramo imobiliário. Talvez a gente possa até tomar um drinque ou alguma coisa do tipo qualquer dia desses.

Forço um sorriso.

— Talvez.

Ele escreve às pressas um número de celular na parte de trás do seu cartão, e enfio o papel na bolsa quando o entrega para mim. Também passo o meu cartão de apresentação para ele, mas não o personalizo como ele fez.

— Foi um prazer te conhecer, Quinn. — Ele pega minha mão e o cumprimento é demorado. — Aguardo ansiosamente o seu contato.

Tento chegar na lateral do palco, por onde Camden e os outros homens estão descendo em direção à multidão, mas há gente demais e não consigo abrir caminho.

Então, em vez de continuar tentando, vou até o bar e pego outro drinque, enquanto dúzias de pessoas clamam pela atenção do novo chefe.

Estou conversando com uma mulher do departamento de recursos humanos quando Camden me surpreende, se aproximando atrás de nós.

— Já posso ir embora. — O tom dele é rude.

— Ok, deixa-me colocar minha taça em algum lugar.

Examino a parede e encontro uma das estações montadas para taças vazias.

— Ah, é o sr. Reid! Ainda não nos conhecemos. Sou Samantha. — A mulher com quem eu estava conversando estende a mão para apertar a dele. — É um prazer conhecê-lo.

— Sim, prazer. — Ele aperta a sua mão como se ela fosse a mulher mais chata que ele já viu na vida. — Com licença.

O jeito com que ele segura a parte de cima do meu braço não só é firme, mas urgente, quando me conduz em direção aos elevadores.

A volta para a minha casa é dolorosamente silenciosa.

Estou hesitante, mas sinto que deveria dizer alguma coisa.

— Tem certeza de que você está bem?

— Estou — ele responde, vomitando as palavras pela mandíbula cerrada.

Cruzo os braços e fico olhando pela janela durante o resto do trajeto.

Quando paramos na minha casa, ele sai e dispensa o motorista, abrindo a porta do meu lado, e então me acompanha até a porta da frente.

— Você não precisava ter me acompanhado — falo.

É bem óbvio que ele preferiria estar em outro lugar.

Os olhos dele ficam semicerrados.

— Seria mal-educado se eu não fizesse isso, e você fez questão de frisar o quanto boas maneiras são importantes, mesmo que seja só quando te convêm.

Eu recuo.

— O que você quer dizer com isso?

— Apenas que você parece julgar os outros com um padrão diferente. Você espera que eu me comporte de uma certa maneira, mas não tem problema nenhum você paquerar outros homens, trocar telefone com eles, quando sai comigo. Na minha cartilha, isso não é exatamente uma conduta educada.

Ele descarrega as últimas palavras através de dentes cerrados.

Que merda é essa?

Ele se vira e começa a descer os degraus, mas corro atrás dele e o agarro pelo braço.

— Ei! Espere aí, senhor! Eu *não* troquei números de celular com homens enquanto saía com você. — Penso por um instante e percebo que ele deve ter me visto trocando cartões de apresentação com Kent. *Droga.* — Bem, eu troquei, mas não do jeito que você está pensando. Além do mais, o que você tem a ver com isso? É você que fica mudando da água para o vinho o tempo todo.

Solto um suspiro frustrado e cruzo os braços.

— Talvez esta noite tenha sido um erro. Você me engana, me dando pequenas amostras do homem que achei que você realmente era, mas aí, em vez de me fazer uma pergunta sobre o que viu, simplesmente faz suposições, agindo como uma criança.

Cruzo os braços numa postura desafiadora e ele se vira, deixando a diferença de altura entre nós dois ainda mais gritante. Ele baixa o rosto até ficar a apenas alguns centímetros do meu.

— Ah, não sou nenhuma criança, querida. Acho que você sabe muito bem disso. — Ele se afasta e balança a cabeça. — Mas quer saber? Talvez você tenha razão. Talvez esta noite tenha sido um erro.

Ele se vira e caminha a passos duros até o carro, e eu também dou meia-volta, bufando enquanto subo os degraus. Assim que abro a porta, eu a fecho violentamente e jogo a chave e a bolsa no banco do hall da entrada. Parada ali, mal tendo entrado em casa, cerro os punhos de frustração, olho para o teto e solto um gemido longo e alto.

Fico chocada com a porta da frente se abrindo. Camden está dentro da minha casa, voando na minha direção. Ele me agarra pelos ombros e me faz andar para trás, me segurando contra a parede. O movimento repentino rouba o ar dos meus pulmões, e a proximidade íntima dele também não ajuda a situação. Ser irritante não anula nem um pouco o quanto ele é absurdamente sexy. Quando ele pega os meus pulsos e os segura contra a parede acima da minha cabeça, minha calcinha quase entra em combustão.

O rosto dele avança devagar na minha direção.

— Isto. — Ele tira as minhas mãos da parede por um breve momento e as empurra de novo, enfatizando suas palavras. — Isto aqui. Isto é real. Você fica lutando contra isto, fica tentando dizer que quer que as coisas fiquem restritas aos negócios, mas isto é real, Quinn. Me diga que você não sente. Me diga que não quer.

Ele pressiona o corpo dele contra o meu, e meu canal queima com uma vontade que chega a doer. A cabeça dele mergulha ainda mais para a frente, e consigo sentir a respiração dele nos meus lábios a cada palavra.

Ele me desafia.

— Me diga para parar.

Abro a boca para falar, mas as palavras não saem.

CAPÍTULO 19

Camden

Ela não me diz para parar. Em vez disso, vira a cabeça para cima e faz os seus lábios colidirem com os meus.

Pressiono o seu corpo e ela se esfrega na minha saliência dolorosamente dura. Seus lábios se separam e deslizo por entre eles, transando com a sua boca usando a minha língua.

Solto suas mãos, e elas desesperadamente agarram minhas costas e deslizam pelo cabelo da parte de trás da minha cabeça. Eu a envolvo com os braços, desesperado para ficar mais perto.

Não me lembro de ter sentido esta ânsia por uma mulher com tanta urgência.

— Me deixa fazer você gozar — imploro. — Posso deixar minha parte para depois, mas agora preciso ver você se desmanchar de prazer, e preciso ser o homem que vai fazer isso acontecer. — Os olhos dela estão carregados de desejo. — Diga sim, Quinn.

A palavra estala quando passa pelos seus lábios, acendendo uma faísca de possibilidade.

— Sim.

Cubro a boca dela de novo e escorrego as mãos debaixo do vestido, enfiando os dedos embaixo da bainha superior na parte de trás da calcinha e deslizando as palmas pela pele lisa da sua bunda. Os preciosos segundos que eu levaria para puxar sua calcinha para baixo dariam a ela tempo para mudar de ideia. Mas, em vez de fazer isso, movo as mãos para as laterais do seu corpo, agarro o cós e arranco a peça, deixando-a cair.

Ela solta um suspiro, que abafo com o nosso beijo.

A respiração de Quinn fica pesada quando meus dedos mergulham entre suas coxas. Levanto o seu queixo com a mão livre, roçando o seu lábio inferior com o meu polegar. Quando deslizo o dedo no seu canal apertado, ela solta um gemidinho fraco de prazer.

— Hummm... Sempre deixo você úmida desse jeito?

Ela desliza a mão para a parte da frente da minha calça, e o seu dedo rastreia a minha saliência dura. Ela sorri com malícia, e os seus olhos ainda estão em chamas.

— Tal-vez. — A resposta dela é sexy e divertida. — Sempre deixo você duro desse jeito?

Deslizo o dedo mais fundo dentro dela, e ela ofega.

— Sempre, meu amor. *Sempre.*

Suas mãos chegam ao meu rosto, os dedos acariciam as minhas bochechas, e o toque delicado é, ao mesmo tempo, suave e ardente. Mergulho a cabeça e devoro os gemidinhos baixos que emanam dos seus lábios.

Movo a mão para cima e para baixo, e os quadris dela esfregam em mim conforme invisto mais fundo dentro dela. Meu polegar se move para o seu clitóris, e ela começa a tensionar, abandonando o nosso beijo para deixar a cabeça tombar para trás.

Meus lábios e minha língua descem pelo seu pescoço longo e esguio, avidamente lambendo e chupando a pele que, por muito tempo, fiquei louco para tocar. Acelero os movimentos, mergulhando os dedos mais fundo, meu toque ficando cada vez mais firme. Seus dedos alisam o meu cabelo quando ela me agarra para me aproximar do seu pescoço.

— Quero sua boca. — Suas palavras violentas e ávidas chamam minha atenção, e movo o rosto para mais perto do dela. — Quero essa boca obscena em mim.

Ela praticamente geme as palavras. E não precisa me pedir duas vezes.

Fico de joelhos e levanto a parte de baixo do vestido. Ela está quase nua, e os seus lábios estão inchados e brilhando de excitação. Quando beijo a parte de cima de uma coxa, ela começa a tremer sob o meu toque. Olho para o rosto dela enquanto beijo os lábios, arrancando um gemido quando arrasto a língua em carícias longas e vagarosas, da abertura até o topo do sexo dela. Quando começo a circular o seu clitóris com a língua, deslizo o dedo dentro dela de novo. A sensação provocada pelos seus dedos passeando no topo do meu cabelo, enquanto ela inclina a cabeça para trás, permitindo-se desfrutar da grande atenção que a minha língua dedica à boceta dela, é incrível.

Deslizo a língua para cima e para baixo contra ela, que geme enquanto se esfrega na minha boca. Enfio um segundo dedo dentro dela, dobrando os dois para atingir o ponto que vai deixá-la mais excitada. Movo uma perna para que a parte de trás do seu joelho fique sobre o meu ombro para dá-la apoio.

— Me diga, Quinn. Me diga qual é a sensação.

Ela desliza os dedos pela parte da frente do meu cabelo mais uma vez, raspando as unhas no meu couro cabeludo.

— A sensação é boa pra cacete, Cam.

— Isto? — Movimento meus dedos dentro dela, e ela se esfrega em mim. — Ou isto? — Dou batidas rápidas no seu clitóris com a língua, e ela pressiona o sexo na minha direção até eu colocar os meus lábios em volta do seu ponto sensível, onde ela quer que eu concentre toda a minha atenção.

— Isso, bem aí. — Desta vez, quando aplico uma pequena pressão e começo a sugar, seus músculos ficam tensos. — Sim, isso mesmo.

Ela estremece e grita, e o meu nome nos seus lábios quando ela goza é a coisa mais sexy que já escutei. Ouvi-lo ao vivo é muito mais agradável do que qualquer gravação poderia ser.

Quando ela volta a si, abaixo sua perna lenta e delicadamente e puxo seu corpo para os meus braços. Ela envolve meu pescoço com os braços e, quando acho que não tem como ela ser mais sexy, ela me beija e solta um murmúrio ao sentir o próprio gosto nos meus lábios.

Ficamos parados assim, nos beijando, abraçando um ao outro por vários minutos. Está ficando tarde, então pressiono a testa contra a dela e falo as palavras que tenho pavor de dizer:

— Tenho um voo para Nova York amanhã bem cedinho.

— Ah... Então você não vai estar por aqui?

— Infelizmente, não, amor, mas vou ficar longe por apenas alguns dias.

— Ok.

Ela faz um movimento com a cabeça, concordando, enquanto pressiona o rosto no meu pescoço.

— Mas quero que você faça uma coisa enquanto eu estiver fora. — Ela levanta o olhar para me observar. — Quero que encontre um lugar para eu morar. — Seguro o rosto dela com as mãos, formando uma concha, e acaricio sua têmpora com minha bochecha, dizendo as palavras bem perto do ouvido dela: — Quero transar com você como se deve. Preciso que a nossa relação de negócios termine para que você possa desfrutar da experiência.

Os cílios dela vibram contra as suas bochechas e ela olha para mim.

— Então, depois que eu encontrar um lugar para você morar... você acha que ainda vamos nos ver de vez em quando?

— É isso que você quer?

Ela levanta e depois abaixa os ombros enquanto olha para baixo, me evitando.

— Não sei o que dizer, Camden. Você vai voltar para a Inglaterra em pouquíssimo tempo.

É neste ponto que um homem melhor do que eu diria que ela está certa. Nunca vou ser o cara que vai dar a ela uma daquelas casas como as que nós vimos nos subúrbios, recheadas de filhos, e cachorros, e jantares em família.

Um homem melhor do que eu se afastaria.

Mas não sou esse homem.

Sou o bastardo ganancioso que não consegue ficar satisfeito com apenas uma pequena amostra dela. Quero consumi-la. Preciso me afogar na luminosidade de Quinn, e não consigo desistir dela, embora eu devesse.

— Olhe para mim, Quinn. — Ela levanta as esferas âmbares e cintilantes na minha direção. — Nunca vou te enganar. Você sabe disso, não sabe?

Ela confirma com a cabeça.

— Não sei quanto tempo vou ficar. Isso é verdade, mas não significa que não possamos passar um tempo juntos enquanto eu estiver aqui — digo, e dou um beijo na mandíbula dela, depois no canto da boca.

— Vou ser honesta. Não fico confortável em ter uma relação física se você for ficar com outras mulheres também. Talvez seja bobo ou antiquado, mas sei que essa não seria eu.

Por mim, tudo bem, porque também não tenho a intenção de deixar outro homem chegar perto de você enquanto eu estiver aqui.

— Respeito isso. Aceito um acordo de exclusividade. Somos adultos. Podemos ser honestos um com o outro e lidar com as coisas conforme elas forem acontecendo. Se a sua proposta não estiver funcionando para algum de nós, podemos simplesmente avisar, não é?

— Parece uma boa ideia. — Ela concorda com a cabeça. — Então, acho que você deveria preparar as suas coisas para o seu voo de amanhã.

Puxo o lóbulo da orelha dela com os dentes.

— Venha comigo para Nova York. — Um gemido suave escapa, e mordisco ao longo do seu pescoço. — Você já transou em um jatinho particular?

Ela dá uma risadinha.

— Não, e não acho que este seja o momento certo para fazer isso. Você precisa tratar dos seus negócios, e eu preciso encontrar um lugar para você morar. Não durmo com clientes, lembra?

— Hum, você fica falando isso, mas suponho que permitir que eles façam sexo oral em você esteja aberto a discussão. Quisera eu saber disso *antes*.

Balanço as sobrancelhas e ela ri.

— Isso *nunca* aconteceu antes. — Ela bate com força no meu peito com a palma da mão. — Além disso, espero encontrar uma casa até você voltar, e aí você não vai mais ser meu cliente.

Antes de sair, capturo os seus lábios mais uma vez e, por mais difícil que seja deixá-la, consigo voltar para o carro e chegar no hotel.

Não é surpresa nenhuma eu precisar bater uma no chuveiro, mas, pelo menos, ainda tenho o gosto de Quinn nos meus lábios e o cheiro dela na ponta dos dedos a que recorrer.

Quando voltar de Nova York, finalmente vou tê-la na minha cama.

E, uma vez que a tenha, não sei ao certo como vou ser capaz de desapegar dela em algum momento.

CAPÍTULO 20

Quinn

Faz dois dias que ele viajou para Nova York. Tenho dois imóveis para olhar, e vou inspecioná-los antes de ele voltar para então poder fazer uma recomendação. Ele foi extremamente claro antes de ir embora. Me disse para encontrar uma casa para ele morar, para que tivesse, nas suas próprias palavras, "*um lugar para transar com você como se deve*".

Quem fala esse tipo de coisa? Homens presunçosos, poderosos e intensamente sexy que sabem que podem conseguir tudo que quiserem. É esse tipo de homem que fala. Homens como Camden Reid. O que Camden diz que quer sou eu e, levando em conta os beijos ardentes que ele me dá e os olhares intensos que dispara na minha direção, talvez eu fique impotente contra os seus encantos, tendo encontrado um lugar para ele morar ou não.

Que bom que tenho uma nova corretora começando, já que estou claramente instável e não está sendo possível confiar na minha capacidade de pensar racionalmente. Conheci a moça que Zoe recomendou e ela é incrível. Vai começar na segunda-feira e, embora seja inexperiente, posso ensiná-la, e ela pode gerar uma receita muitíssimo necessária. Finalmente sinto que estou dando um grande passo para fazer a empresa voltar aos trilhos.

— Kimberly, vou inspecionar esses imóveis para o Camden. Vou demorar um pouquinho. Você precisa de alguma coisa enquanto estou fora?

— Não. Ah, mas tem isto aqui. — Ela vasculha a pilha de papéis na sua mesa. — Isto chegou enquanto você estava ao telefone mais cedo.

Ela me passa um envelope grande, plano e autenticado, entregue pelo correio, que enfio na minha pasta.

— Ah, Quinn? — ela grita para mim e paro à porta, me virando. — Você está com uma aparência realmente fantástica. Um pouco de ação combina bem com você.

Ela ri, e reviro os olhos enquanto me afasto.

— Estou indo.

Quando estaciono no prédio de escritórios do século dezenove convertido em imóvel residencial, tenho esperança, pela primeira vez, de que eu possa finalmente ter acertado uma opção para Camden. Do lado de dentro, o saguão tem seguranças que parecem razoavelmente capazes de deter alguém e há até um *concierge* para os residentes. O saguão é feito de mármore, com os adornos originais, em latão, típicos da Art Nouveau, enfeitando as paredes.

Os donos do imóvel não quiseram arriscar danificar as portas com uma fechadura digital, então deixaram uma chave para mim na recepção.

O elevador totalmente restaurado sobe suavemente e me deixa no último andar, que abriga a cobertura vaga. Saio e vejo grandes portas duplas de carvalho de frente para o elevador, e há também uma menor, que parece ser uma entrada de serviço, ao lado. Quando abro as portas, o lugar quase me deixa sem fôlego.

Uma entrada com ladrilhos pretos e brancos faz fronteira com um piso deslumbrante de madeira maciça escura. O corredor se abre em uma sala de estar de conceito aberto grande, com uma lareira no centro, ladeada por janelas altas que proporcionam vistas magníficas da cidade logo abaixo. Na lateral, uma escada em espiral leva ao segundo andar. O sofá gasto de couro é masculino, mas convidativo.

Um tour pela cobertura revela dois quartos de hóspede, que podem ser perfeitos se Cam quiser receber a visita de amigos ou familiares, e uma suíte máster que, acredito, é o cômodo mais espetacular que já vi na vida. Uma imensa cama *king size* tem um enorme dossel cinza-pombo e creme, e há outra lareira não embutida. Meu quarto inteiro caberia no closet gigantesco, e o banheiro da suíte máster é a matéria-prima dos sonhos das garotas apaixonadas por banho, com uma banheira oval com um zilhão de jatos e um chuveiro que é tão grande que dá para fazer uma festa debaixo dele, mas talvez o melhor de tudo seja o fato de que, da janela do quarto, dá para ver a garagem de barcos do clube de remo à beira do rio.

Verifico a cozinha gourmet, e ela tem armários suficientes para guardar todas as caixas de cereal matinal de Rhode Island. A sala de jantar, a despensa, o escritório e a biblioteca são todos igualmente impressionantes.

Se este lugar não deixar Camden satisfeito, nada vai conseguir.

Devolvo a chave ao segurança e ligo para a agente do proprietário enquanto estou saindo. Quando destranco o carro e ergo o olhar, vejo o sinal que garante que este é o lugar perfeito para Camden.

Mais à frente, na mesma rua e no mesmo quarteirão, identifico o que parece ser um verdadeiro *pub* britânico. Há um letreiro de madeira, entalhado e pintado, pendurado em uma moldura de ferro forjado. A imagem no letreiro mostra o rio ao fundo e um homem parado na margem, perto de um barco, usando uma calça na altura do joelho e uma camiseta regata. O nome que se lê no letreiro é "O Timoneiro e a Concha".

— Oi, sou a Emily.

A voz ao telefone me assusta e me obriga a voltar para o que estava fazendo.

— Oi, Emily. Meu nome é Quinn Whitley. Meu cliente gostaria de alugar o apartamento do Exchange e Westminster. Queria ver com você se podemos preparar a papelada para ele assinar quando voltar à cidade, mais para o fim da semana.

Finalmente encontrar o lugar perfeito para Camden foi um grande alívio. Decido me permitir um pouco de autocuidado, com exercícios e um jantar leve. Começo a ir em direção ao dojô, mas, em vez disso, decido dar uma passada no estúdio de ioga de Calliope. Quando ela me vê entrando, abre um sorriso luminoso e surpreso.

— Quinn! Oi! Que bom te ver.

Ela vem rapidamente na minha direção e me abraça pelo pescoço.

— Sei que foi uma decisão de última hora, mas pensei em arriscar e ver se você poderia ter uma vaga nas suas aulas hoje à noite.

— Tenho, e você escolheu a noite certa para aparecer. Acho que vai ver um rosto conhecido na aula. Na verdade... — Ela olha adiante, por cima dos meus ombros. — Pronto. Aí está ela.

— Oi, Calliope. — Bridget coloca um braço ao redor do pescoço da amiga, e as duas se abraçam de um jeito que só velhas amigas fazem, antes de se virar para mim. — Quinn! Que coisa boa te ver.

Retribuo o cumprimento e Calliope me diz que Bridget vai me ajudar a me acomodar enquanto ela se apronta para a aula.

— Adoro as aulas da Calliope. Ela é a melhor professora que já tive. Foi assim que nos tornamos tão amigas — Bridget explica ao se aproximar da prateleira, pegando um bloco e um tapete para si e um de cada para mim.

Nós duas pegamos colchonetes, uma para cada, e encontramos um espaço no fundo da sala, enquanto outras pessoas entram em fila.

— Nunca fiz ioga — explico. — Já fiz aulas de *spinning*, musculação e, nos últimos anos, tive aulas de Krav Maga.

— Uau! Bom, você vai adorar isto aqui. Ioga é puxado, mais do que a maioria das pessoas acredita antes mesmo de experimentar, mas também pode ser relaxante. Fico correndo de um lado para o outro depois de ter tido as crianças, sem falar no trabalho, então me convenci de que não preciso de mais aeróbicos.

Nós duas rimos.

— Onde você trabalha? — pergunto, enquanto posicionamos os nossos colchonetes e blocos.

— No Hospital Providence Memorial. Reduzi a minha jornada de trabalho desde que as gêmeas nasceram. Simon trabalha em uma clínica de pronto atendimento com horários mais regulares. Demos um jeito de sincronizar os nossos cronogramas de trabalho para passarmos mais tempo em família.

— Você disse que é casada há relativamente pouco tempo, não é?

— Basicamente, ainda estamos em lua de mel. — Ela solta um suspiro e toca a bochecha com a palma da mão. — Desculpe, estou exagerando? Às vezes, não consigo me controlar. — Nós duas soltamos risadinhas. — E você? Como estão as coisas entre você e Camden? Continuam *não* estando juntos?

Ela sorri com malícia, mas noto que não tem a intenção de ser intrometida. Por mais próximos que Camden e Calliope pareçam ser de Simon, podem muito bem ser considerados da mesma família, afinal.

— Bem, você deve ter tido umas pistas naquela noite. Ele parece mesmo interessado em sair, ou algo assim. O que quero dizer é que parece estar tudo bem para ele manter as coisas num nível casual, mas definitivamente está interessado.

Ela exibe as covinhas ao sorrir.

— Você é sozinha, Quinn? Não tem filhos? Nada?

— Não. Sou só eu mesma. Tenho focado muito no meu negócio nos últimos anos.

Bridget assente.

— Olha, Quinn, a gente não se conhece muito bem, embora eu espere que a gente se torne boas amigas. Talvez você não esteja procurando conselho, mas, se quiser a minha opinião, você é jovem, bonita... Por que não se divertir um pouco?

Um sorriso largo estica os meus lábios. Ela tem razão. Não existe motivo para eu *não* desfrutar do tempo que passo com Camden, mesmo se ele não durar para sempre. Quero dizer, estou realmente começando a gostar dele, mas posso refrear isso. Sei que ele vai voltar para a Inglaterra. Não há futuro para a nossa relação. Desde que eu consiga me lembrar disso, vou ficar bem.

Pelo menos, acho que vou.

Calliope está em pé na frente do espaço reservado para a aula e bate em um gongo com uma baqueta de extremidade macia.

— Boa noite a todos. Esta é a aula reparadora. Hoje, vamos começar com a postura da borboleta.

Já perdida, olho para Bridget e ela faz um gesto, indicando para eu pegar o tapete e me sentar no colchonete. Vou repetindo o que ela está fazendo e, de repente, Calliope está se movendo pela sala, verificando a postura de cada um. Ela sorri quando passa por mim.

— Bom trabalho, Quinn.

Calliope nos explica o restante das posturas e o tempo parece simplesmente voar. Quando ela faz o gongo soar de novo, me sinto mais relaxada e centrada, de fato.

Enquanto pegamos os colchonetes e guardamos os blocos na prateleira, Calliope se aproxima novamente. Quando faço menção de pagá-la, ela insiste que já está tudo acertado.

— Eu realmente gostaria de pagar a aula. Aproveitei tanto. Na verdade, queria agendar uma série de sessões.

— Não há necessidade nenhuma disso. Meu irmão pagou antecipadamente por um ano de aulas para você. Ele disse que procurar um lugar para ele morar estava te deixando estressada e que era o mínimo que ele poderia fazer — ela diz, e dá de ombros.

E aí está um outro vislumbre daquele cara atencioso e fofo pelo qual estou ficando muito apaixonada.

— Esta foi a minha última aula de hoje. Nigel está numa festa do banco hoje à noite. Vocês duas gostariam de um jantar mais cedo? Adoraria saber um pouco mais sobre você, Quinn.

Eu e Bridget concordamos, e nós três andamos ao longo da rua rumo a um restaurante próximo.

CAPÍTULO 21

Quinn

Tomada por uma sensação de bem-estar depois da sessão de ioga, opto por uma salada com frutas e molho à base de vinagre balsâmico, mas quero que esse astral de relaxamento dure um pouco mais, por isso também tomo uma taça de vinho.

— E então? Você teve sorte nas tentativas de encontrar uma casa para o meu irmão, Quinn? — Calliope toma um gole de vinho enquanto vira a atenção para mim.

— Na verdade, sim. Pelo menos, é o que acho. Vi o lugar perfeito hoje. Ele está em Nova York, fazendo alguma coisa com os imóveis que eles acabaram de adquirir, mas vai voltar amanhã, e espero que ele assine o contrato de locação.

— Isso é uma boa notícia — ela reage, enquanto se vira na direção de Bridget. — Amo ter Simon aqui, é claro, mas ter Cam também, bom, seria simplesmente a cereja do bolo. Sinto falta daquele tonto irritante, de verdade. Talvez a gente consiga convencê-lo a ficar.

— Talvez. Simon realmente passou a amar aqui, mesmo ficando um pouco nostálgico de vez em quando — Bridget acrescenta.

— Sinceramente, não acho que Camden vá ficar mais tempo do que o necessário. Ele reclama de tudo sem parar, do meu sotaque, até da comida. Parece que mal pode esperar para voltar para Londres.

— Fantástico. Ele mal pode esperar para voltar para Londres e passar o tempo naquela casa enorme, sozinho. Quero dizer, todos os amigos dele estão casados agora, ou vão estar em breve. Nossos pais estão a algumas horas de distância. Ele não tem ninguém estável na vida dele. O que vai acontecer quando começar a ficar mais velho? É que, droga, é um tremendo desperdício. É isso. Ele é um homem bom, mesmo realmente me irritando.

— Nunca se sabe, Calliope. — Bridget lança um olhar para mim. — Pode ser que ele decida que não consegue viver sem todos os encantos que Providence tem a oferecer e fique mais tempo — ela diz, e balança as sobrancelhas.

— Ok. — Calliope inclina-se na minha direção e pousa o antebraço no espaço deixado pelo seu prato, que foi retirado da mesa. — Olha, estou me esforçando *muito* para não ser enxerida e tudo o mais, mas isso está acabando comigo. O Cam nunca levou uma mulher em casa. Ele não namorou ninguém de verdade desde que saiu da casa dos nossos pais para fazer faculdade. Então, o que *exatamente* está acontecendo entre vocês dois, hein?

— Hã, bem...

Merda. Nem eu mesma sei se tenho uma resposta. Essas mulheres têm sido tão gentis, tão acolhedoras, que decido arriscar e contar às duas em que ponto as coisas parecem estar. Bom, a versão permitida para menores. Afinal, é do irmão de Calliope que estamos falando.

Explico como achei que ele era horrível quando nos encontramos pela primeira vez e como ele tem feito muitas coisas adoráveis por mim. Também explico minha regra de não sair com clientes.

— Droga. Ele realmente ama um desafio. Estou surpresa por ele não ter comprado sua empresa inteira e mudado as normas de relacionamento entre funcionários e clientes em favor próprio. Ele odeia perder, sabe? — Calliope fala, e revira os olhos.

— Bem, a questão é que... nós meio que nos beijamos uma noite dessas. E pode ser que a gente tenha dado uns amassos.

— Uau! Comece com essa parte da próxima vez, por favor — Bridget pede, e dá uma risadinha.

— Ele quer que a gente se veja quando ele voltar, mas deixou muito claro que não quer relacionamentos e que vai voltar para a Inglaterra em alguns meses. Realmente gosto de estar com ele, mas também não quero me apegar muito.

— Acho que ninguém pode te dizer o que fazer, Quinn, mas posso te falar o seguinte: quando você está perto de Cam, ele fica mais leve, muito mais parecido com o sujeito engraçado e alegre com quem cresci, como não vejo há muito tempo. Se você acha que há algo ali, espero que explore isso — Calliope opina, e dá um tapinha no meu ombro.

Bridget desvia o olhar de Calliope para mim.

— Gostamos de você e te queremos por perto. Além do mais, sem ofensa, Calliope, mas é legal ter uma garota americana ao meu lado quando vocês três ficam superbritânicos.

Nós todas rimos, e fico muito feliz por ter ido à aula da noite. Gosto delas e, definitivamente, poderia me acostumar a ser parte do seu grupinho.

Antes de nos despedirmos, pergunto sobre as linguiças que ela serviu no jantar na sua casa. Estou bastante satisfeita quanto ao lugar que encontrei para Camden e acho que elas poderiam ser um ótimo presente de inauguração da nova casa dele. Ela faz mais do que só me passar informações e aceita me ajudar, propondo pedir à mãe deles para enviar mais linguiças, junto com algumas outras coisas da terra natal.

— Fico feliz em ajudar — Calliope diz em tom de apoio, e consigo ver nela um lampejo daquele encanto que Camden mostra tão seletivamente. — Nada me agradaria tanto quanto ele ficar por aqui, e estou com a sensação de que você pode me ajudar neste departamento.

No dia seguinte, na hora do almoço, recebo uma mensagem de texto de Camden dizendo que vai ficar em Nova York mais um tempo.

CAMDEN: Parece que temos mais algumas coisas para examinar. Pode ser tarde quando eu chegar no hotel.
EU: Combinamos de conversar amanhã, então?
CAMDEN: Claro. Já encontrou um lugar para mim?
EU: O lugar PERFEITO.
CAMDEN: Uau. Essa é uma boa notícia, mas você está banalizando a palavra "perfeito", Quinn. Tem certeza de que é o lugar certo?
EU: Estou cem por cento segura. Arriscaria a minha reputação nisso.
CAMDEN: Hum. Talvez devêssemos colocar uma pequena aposta nesta história. Se estiver errada, coloco você na mesa de jantar, pingo mel nesse seu corpo delicioso e te lambo até você ficar limpa.

Minha nossa. Isso quase me faz querer estar errada sobre o lugar.

EU: E se eu estiver certa?

CAMDEN: A mesma coisa, mas você pode escolher. Não precisa ser mel.

EU: **emoji com sorriso safado** Isso é totalmente inapropriado, sr. Reid.

CAMDEN: E será totalmente prazeroso, srta. Whitley.

CAMDEN: Minha reunião está recomeçando. Te mando uma mensagem amanhã à noite.

Então, aparentemente, a coisa está tomando forma mesmo. Quando Camden voltar para Providence, vamos olhar o apartamento, ele vai se apaixonar pelo lugar, assinar a papelada da locação e a nossa relação profissional vai terminar. E, em vez de corretora e cliente, seremos... não sei ao certo o quê. Ficantes? Amigos que transam?

Uau!

Não acredito que estou considerando essa ideia. Nunca imaginei que pudesse ser uma dessas pessoas que conseguem se envolver em uma relação extremamente casual e física, como aquelas mulheres cosmopolitas de *Sex and the City*. Sei que Camden é um mulherengo. Um sedutor — um homem que pula de galho em galho, se divertindo. Mesmo assim, quando ele olha para mim, quando faz todas aquelas coisas fofas que me fazem derreter, não consigo deixar de pensar que há mais do que apenas sexo nisso que está acontecendo entre nós, seja lá o que for.

E é isso que continua me preocupando.

Logo depois das quatro da tarde, sigo para o centro da cidade para encontrar as meninas. Hoje vamos filmar o primeiro de uma série de vídeos. O salão de beleza de Zoe não fica longe da margem do rio, onde Addison sugeriu que filmássemos para destacar a beleza de Providence. Todas nós nos encontramos no salão de Zoe, e ela me dá o tratamento glamuroso completo de cabelo e maquiagem. Depois, nós nos amontoamos no SUV de Rowan e seguimos para a margem do rio.

Rowan não estava brincando quando disse que podia me filmar. Ela tem todo o sistema de câmera, microfone e até mesmo um refletor de luz.

Ao chegarmos, caminhamos pela calçada até encontrarmos um local pequeno, com uma reentrância, onde há uma pequena mesa de piquenique. Eu me sento à mesa, apoiando os pés em um dos bancos, e fico de frente para a câmera enquanto reviso por alto as anotações que Addison escreveu sobre o que eu deveria falar. Quando acho que estou pronta, dou uma olhada ao redor e sorrio ao perceber o quanto estamos perto do clube de remo.

— Ok, Quinn, você vai conseguir. Vou começar a filmar, e então apontar para você. Addison, você pode segurar a câmera fora do enquadramento? Vá um pouco mais para trás... perfeito! Pronto? Três, dois...

Quando Rowan aponta para mim, endireito a postura e sorrio.

— Oi. Meu nome é Quinn Whitley, e vou ser a sua guia em alguns locais que fazem de Providence um lugar incrível para fazer negócios, comprar uma casa ou se estabelecer com sua família. Estou no centro da cidade e, como você pode ver — faço um gesto com a mão —, o tempo está maravilhoso hoje. Os invernos da Nova Inglaterra são frios e cheios de neve, mas as outras estações são amenas, e dias bonitos como hoje são perfeitos para desfrutar da cidade ou passar um tempo na água.

Olho ao longe em direção ao rio por um instante, e então viro o rosto para a câmera de novo e sorrio. Fico esperando Rowan falar *corta* ou *pare* ou qualquer outra coisa, mas ela está apenas olhando fixamente. Na verdade, todas elas estão olhando fixamente. Percebo que não estão olhando para mim, e sim para algo que está atrás de mim, e todas as minhas três amigas estão boquiabertas e algo que quase nunca ficam: mudas.

Finalmente, Zoe consegue emitir algumas palavras:

— Transe comigo. É sério. Por favor, transe comigo — ela diz, baixinho, como se estivesse falando consigo mesma.

— Que diabos deixou vocês assim, hipnotizadas deste jeito?

Viro a cabeça para trás e, de repente, fica claro por que todas elas estão com o olhar fixo, em silêncio atônito.

CAPÍTULO 22

Quinn

Uma silhueta masculina alta, com ombros largos e cabelos escuros, usando óculos de sol, se aproxima de nós, vinda da direção da garagem de barcos. À medida que ela chega mais perto, ganha uma arrogante confiança. Quando me vê a encarando, um sorriso malicioso estica aqueles lábios sexy — lábios cujo gosto senti há apenas alguns dias.

Não é só pelo fato de que elas estejam vendo Camden em carne e osso pela primeira vez, embora eu imagine que eu tenha feito mais ou menos a mesma cara no primeiro dia em que botei os olhos em todo o esplendor dele. É também pelo que ele está vestindo que atrai a atenção delas. É uma espécie de macaquinho azul-marinho de lycra, colado ao peito, ao torso esculpido, às coxas grossas e musculosas e... Minha. *Nossa.* O pacote dele está totalmente visível, de forma muito clara, nesse traje. O casaco de *fleece* que está usando com o zíper aberto sobre o macaquinho não faz nada para cobrir a parte muito espetacular da sua anatomia, que está fazendo minhas amigas babarem descaradamente.

— Imaginei que fosse você — ele diz ao chegar perto de mim.

Saio do banco com um pulinho e me aproximo dele.

— Oi. Achei que você fosse me mandar uma mensagem quando voltasse de viagem.

Fico um pouco surpresa quando ele desliza a mão nas minhas costas e me dá um beijo na bochecha.

— Mas eu mandei. Liguei também. Você não está atendendo o celular — ele fala, arqueando uma sobrancelha.

Dou umas batidinhas nos bolsos da minha calça e percebo que meu celular não está neles.

— Droga! Devo ter esquecido o celular no salão de beleza. Desculpe.

— *Ham-ham!* — Zoe limpa a garganta num volume tão alto que tenho toda a certeza de que algumas pessoas no Canadá conseguiram escutá-la. — Quinn — ela diz, meio que cantarolando —, você não vai apresentar seu amigo para a gente?

— Ah, claro. — Fecho os olhos, respiro fundo e confirmo com a cabeça. Faço um gesto na direção de Camden. — Camden Reid, estas são minhas amigas. Addison Walker, Rowan Taylor e Zoe Bianchi. Meninas, este é o Camden.

Zoe dá um passo à frente e estende a mão para apertar a de Camden.

— Claro que ele é o Camden. — Ela dá uma risadinha. — É um prazer conhecê-lo em *carne* e osso.

Ai, meu Deus, quero morrer.

— Oi, Camden — Rowan saúda, e aperta a mão dele.

— Prazer em conhecê-la, Rowan, é isso?

Ele se vira para Addison e aperta a mão dela também, mas o máximo que ela consegue dizer é *hum-hum*.

— E esse shortinho? Você é dançarino ou alguma coisa do tipo? — Zoe pergunta, olhando-o de cima a baixo de forma totalmente gratuita.

Camden solta aquela risadinha grave e sexy dele, fazendo todas as minhas três amigas quase desmaiarem juntas.

— Não, acabei de ingressar em uma equipe aqui no clube de remo. Pensei em encaixar uns treinos na minha agenda enquanto espero o retorno deles. — Ele volta a sua atenção para mim de novo, tirando os óculos escuros e me encarando daquele seu jeito intenso. — E então? Que coisa toda é essa com a câmera? Você aceitou um trabalho como âncora do jornal local ou algo do tipo?

Eu rio.

— Não exatamente. Estou fazendo uns vídeos sobre a cidade e tudo o que ela tem a oferecer para colocar no meu site. Também vou fazer uns trechos nos quais falo para as pessoas o que elas devem procurar quando forem comprar uma casa e como escolher o melhor corretor. Foi tudo ideia da Addison.

— Mas que ideia formidável!

Assim que a pompa britânica começa a escapar da boca dele, todas as minhas três amigas explodem em risadinhas, como se fossem colegiais. Pelo menos, agora sei que não é só em mim que ele tem este efeito ridículo.

— Quero dizer, do ponto de vista do marketing de nichos, é um plano fantástico.

Ele coça a mandíbula, indicando que as engrenagens no cérebro de negócios dele estão claramente girando, mas Addison não reage. Ela parece ter ficado muda de surpresa de repente.

— Addison usou vídeos parecidos para a empresa dela, e eles realmente fizeram sucesso. Ela é proprietária de uma floricultura — Rowan acrescenta.

— Ah, é? E vocês duas? O que vocês fazem? — Camden pergunta, passando dois dedos no ar entre Rowan e Zoe.

— Eu sou confeiteira e a Zoe aqui...

Zoe não a deixa terminar a frase.

— Tenho um salão de beleza. Gosto de me ver como uma "consultora de agressividade". Ajudo as mulheres a se exibirem e se sentirem da melhor forma possível para elas poderem conquistar o mundo. — Ela ergue uma sobrancelha em tom desafiador, depois mexe a cabeça na minha direção. — Fui eu que fiz o cabelo e a maquiagem da Quinn para o vídeo. Ela não está maravilhosa?

Morrendo. Estou literalmente morrendo aqui.

Camden ri.

— Ela sempre está maravilhosa. Você se saiu muito bem, é claro, mas ter uma tela deslumbrante assim na qual trabalhar deve facilitar a expressão da sua arte, não é?

Ele pisca para Zoe e ela sorri maliciosamente de volta.

— Gostei dele, Quinn. Você deveria ficar com ele, definitivamente.

E agora terminei de morrer.

— Então — falo, juntando as mãos, desesperada para mudar de assunto —, você tem um tempo mais tarde para ver o apartamento?

— Você já providenciou um contrato para ele?

— Sim. Falei com a corretora do dono do imóvel. Ela só está esperando a gente dar notícias depois que você tiver uma chance de fazer um tour pela propriedade.

Ele se aproxima e impõe a sua altura sobre mim. Praticamente tenho de esticar o pescoço para olhar para ele.

— Tem certeza de que vou gostar dele? Você está cem por cento segura, Quinn?

Há fogo em seus olhos, e sei exatamente do que ele está falando.

Sorrio com malícia.

— Estou cem por cento segura, exatamente como eu te disse. Está tudo pronto para você entrar já.

— E ele tem uma mesa de jantar? Uma grande o suficiente para a refeição que eu disse que pretendo fazer imediatamente?

Quase entro em combustão com o calor que ele está irradiando. Minhas bochechas estão queimando e minha calcinha está encharcada por causa das palavras dele.

Minha voz sai baixa quando respondo:

— Tenho certeza absoluta de que você vai ter espaço mais do que suficiente para os seus planos. Estou tão segura disso que acho que você deveria parar em alguma loja para comprar um frasco de calda de chocolate quando estiver prestes a entrar lá.

— Mas que diabos está acontecendo agora?

Escuto Addison sussurrando para Rowan, enquanto todas elas se movem para ficar bem próximas umas das outras, com os olhos colados na interação entre mim e Camden.

— Tenho certeza absoluta de que isso envolve sexo e chocolate — Zoe entra na conversa e a minha cabeça se move subitamente na direção delas. — O quê? Estou certa?

Quando volto a atenção para Camden de novo, o olhar dele ainda está abrindo um buraco em mim.

— Se você está segura desse jeito, srta. Whitley, por que simplesmente não combinamos de nos encontrarmos no apartamento às seis horas? Vou assinar os papéis da locação assim que chegar lá.

— Certo, você quer ver o lugar às seis. Vou chamar a outra corretora e me organizar para buscá-lo no hotel às quinze para as seis, pode ser?

— Não preciso vê-lo. Vou ficar com ele. Você sabe do que gosto, Quinn. Você trabalhou duro para entrar na minha cabeça, lembra? Tenho certeza de que, se acha que é o lugar certo, então é o lugar certo.

— Mas você deveria pelo menos ver o apartamento antes. E se eu estiver enganada?

— Você não está enganada. Você sabe exatamente o que quero. Então, te vejo no meu hotel às quinze para as seis, combinado? — Ele sorri maliciosamente, coloca os óculos de sol de novo, depois se vira para as minhas amigas. — Senhoritas, foi um prazer, de verdade.

Com isso, ele dá meia-volta e continua a andar na direção pela qual veio.

Eu me aproximo de Zoe e todas nós simplesmente ficamos observando como a bunda perfeita dele, envolta em lycra, desaparece rumo à garagem de barcos.

— Caramba — Addison murmura.

Zoe se vira para mim e dá um tapa na parte de cima do meu braço, com força.

— Ai! Posso saber o que foi isso?

— Por que você ainda não transou com esse cara? Que diabos há de errado com você?

— Ele é um...

Rowan me interrompe:

— ... cliente, certo, entendemos isso perfeitamente. Mas, Quinn, fala sério. Quero dizer — ela vira a mão na direção em que Camden foi, com a palma para cima, enquanto a agita —, fala sério.

— Acho que esse foi o maior pau que já vi. — Addison ainda está com os olhos cravados ao longo da calçada, como se ele fosse reaparecer magicamente. Todas nós nos viramos para encará-la. — Que foi? Qual é, gente! Aquela coisa que ele estava vestindo não deixou sobrar *nada* para a imaginação. É o homem mais bonito que já vi na minha vida.

— Mas, esperem, podemos falar sobre a parte importante? — Rowan olha para Addison e Zoe, como se eu nem estivesse presente. — O jeito com que ele estava olhando para *ela*?

Todas fazem um sinal afirmativo com a cabeça, dizendo alguma forma da palavra "sim" em uníssono.

— Como ele estava olhando para mim? — tento enrolar.

— Querida! — Zoe abre os braços e agarra os meus ombros com firmeza, me sacudindo um pouco. — Acorda pra vida! O cara simplesmente ficou parado aqui e conversou sobre comer você no jantar, literalmente. Esse é o sonho, querida. Toda pessoa quer alguém que olhe para ela do jeito que ele acabou de olhar para você... Como se ele fosse te dobrar naquela mesa de piquenique e transar com você alguns instantes atrás se a gente não estivesse aqui.

Eu pisco, surpresa em perceber como foi óbvio o fato de existir alguma coisa acontecendo entre mim e Camden, e de que vai muito além da relação de negócios.

— É, mas também...

Todo mundo olha para Addison.

— Tem mais coisa aí. Ele está todo gentil com você. Você fez alguma coisa com ele.

Minhas bochechas queimam.

— Não fiz. Quer dizer, eu o beijei, mas...

— O quê?! — todas perguntam em uníssono, atônitas com essa nova informação.

— Nós... demos uns amassos. Depois do coquetel. Na minha casa.

Zoe me arrasta de volta para a mesa de piquenique e planta a minha bunda sentada, enquanto elas fazem uma rodinha ao meu redor.

— Desembucha!

— Tivemos uma briga feia.

Cruzo os braços e remexo os pés para a frente e para trás no banco.

— Ai, meu Deus! O sexo pós-briga é simplesmente o *melhor* que existe! — Addison diz, revirando os olhos, e Rowan concorda com a cabeça, cruzando os braços na frente do peito.

— Nós não transamos. Nós só... Nós brigamos porque um cara me deu o número do celular dele na festa, e Camden disse que isso era mal-educado, já que eu estava com ele. Quero dizer, eu não estava *com* ele. Enfim, tivemos uma discussão feia quando voltamos para a minha casa e ele saiu furioso, mas, quando me dei conta, ele cruzou a porta da frente bruscamente, pegou os meus pulsos e os segurou contra a parede em cima da minha cabeça, e...

— Ai, meu Deus, acho que acabei de ter um orgasmo só de ouvir isso — Zoe fala, revirando os olhos.

— Tipo, *segurou os seus pulsos* contra a parede? Tipo...

Rowan ergue os braços no ar e junta as mãos em cima da própria cabeça, e eu confirmo.

Todas as três suspiram.

— *E*? — Zoe praticamente grita.

— Ele disse que havia alguma coisa entre a gente e eu... o beijei.

— E? — Addison insiste, inclinando-se e instigando.

— E nos beijamos por um tempo...

— Continua... — Rowan pressiona.

— E ele... — Olho para baixo e depois de novo para elas. — Vocês sabem.

— Ele lambeu a sua boceta?

Zoe pergunta tão alto que a senhora praticando marcha atlética ao longo da calçada ao lado quase cai num arbusto.

Confirmo com a cabeça.

— Ai, meu Deus! Sua sortuda, mas aquele *sotaque*... Por favor, me diz que ele fala sacanagem com aquela voz grave e britânica dele. — Addison revira os olhos, como se estivesse sonhando acordada.

— Olha, a questão é que foi um erro. Ele é um cliente e não deveríamos ter saído juntos.

Rowan sorri com malícia.

— Mas ele não vai ser seu cliente por muito tempo e, do jeito que ele estava ansioso para assinar o contrato de locação, Quinn, estou com a sensação de que ele está louco para mudar essa situação de corretora-cliente para algo *muito* mais divertido.

CAPÍTULO 23

Camden

A viagem para Nova York foi dura, mas produtiva.

Um amigo meu, Liam Calvo, tem uma empresa de imóveis comerciais em Manhattan e se ofereceu para ajudar a resolver a questão das propriedades de Nova York. Todos os prédios que adquirimos lá estão totalmente alugados. Mas, quando ele começou a examinar os contratos, viu que a empresa que detinha as locações cobrou taxas de administração imobiliária exorbitantes. A esposa de Liam trabalha com ele e, como disse que ela tem olhos de lince para contratos, eles estão passando um pente fino nos documentos para mim, para sabermos como proceder.

Depois de ligar para Ash e deixá-lo a par dos últimos detalhes do progresso que estou fazendo aqui, encerrei as atividades e voltei para Providence antes do esperado. Como não consegui entrar em contato com Quinn, segui para a garagem de barcos para malhar um pouco.

Foi um azar eu estar vestido de forma tão inapropriada ao dar de cara com ela, mas, quando enxerguei o grupo de mulheres ao sair da garagem e caminhar de volta para o hotel, eu a reconheci imediatamente. Passei tanto tempo pensando nela e fantasiando com ela que a reconheceria a quilômetros de distância.

Mas as amigas dela pareceram se divertir muito ao me ver fazê-la corar de vergonha. Além disso, ouvir que ela tinha falado de mim para elas foi uma tremenda massagem no ego.

Jogo alguns itens essenciais na minha mochila e fecho o porta-ternos e a mala grande. Quando chego no térreo, aviso no balcão de atendimento que vou fazer o checkout mais tarde e encontro o porteiro, que foi muito prestativo durante a minha estadia. Explico que as minhas malas estão no quarto e que vou recompensá-lo se ele as levar para o meu novo apartamento mais tarde. Ele concorda avidamente, então coloco com força uma nota de cem dólares e o meu cartão-chave na palma da mão dele. Enquanto salvo o seu número no meu celular, saio pela porta da frente, onde Quinn está acabando de encostar, pontualmente, como de costume.

Jogo a mochila no banco de trás do SUV dela e entro. Ela está com os dedos colados no volante, como no dia em que aconteceu o quase acidente.

— Tudo certo, Quinn?

— Hum-hum. — Ela engole em seco. — Então você trouxe a sua mochila. Está mesmo seguro de que finalmente achamos o lugar, não é?

— Confio em você total e plenamente, querida. Vamos?

Faço um gesto na direção do para-brisa e ela arranca.

O prédio fica a apenas alguns quarteirões do hotel, na direção do clube de remo. Gastamos um tempo com uma troca de cordialidades com a corretora chamada Emily, que está representando os proprietários, e começamos a nos dirigir para o andar da cobertura.

Assim que entro, eu sei. Ela acertou em cheio. O lugar é exatamente o que eu teria projetado para mim, se tivesse tempo e aptidão para isso.

— Podemos fazer o tour completo? — Emily indaga, caminhando pela sala de estar e se afastando da entrada principal, fazendo um gesto com a mão como se ela fosse a apresentadora de um programa de jogos de televisão.

— Não há necessidade. Confio totalmente na Quinn. — Pisco para ela, e seus ombros relaxam um pouco. — Vamos apenas assinar o contrato para eu poder entrar, pode ser?

Quinn revira os olhos de forma divertida na minha direção, enquanto Emily subitamente pega uma pasta da sua maleta, sorrindo.

— Ele está bem aqui.

Talvez eu nunca tenha assinado um contrato em tão pouco tempo.

Quando Emily me entrega as chaves e vai embora, fecho a porta assim que ela sai e me viro para Quinn.

Os olhos dela estão repletos de fogo. Ela diminui a distância entre nós e pressiona as palmas da mão no meu peito à medida que me encurrala contra a porta.

— E agora, srta. Whitley? Você acha isso apropriado?

— Ah, é bem mais apropriado do que aparecer de surpresa metido naquele traje que estava usando hoje. Você sabia perfeitamente que estava tudo à mostra.

Ela lambe os lábios.

— Não planejei nada. Calhou de você estar lá, só isso.

Estendo os braços e puxo levemente o rabo de cavalo dela.

— Minhas amigas estavam comendo o seu pau com os olhos, como se nunca tivessem visto um.

— Com ciúmes, querida?

Puxo o elástico do cabelo dela e enrosco os dedos nele na altura da nuca. Sua cabeça se inclina para trás quando pressiono a boca contra a dela.

Ela agarra minha camisa polo com os punhos cerrados e a puxa para cima, então desliza as palmas da mão pelo meu abdômen e depois pelo meu peito. A sensação dos seus dedos macios escorregando na minha pele é a perfeição em chamas. Interrompo o beijo por tempo suficiente de arrancar a camisa, e logo minha boca está colada na dela de novo.

Ela entreabre os lábios e nossas línguas escorregam juntas. Suas unhas arranham a extensão do meu peito conforme ela se inclina na minha direção, e não consigo esperar mais. Eu a levanto, e suas pernas instintivamente envolvem o meu corpo enquanto a carrego até o sofá — a mobília mais próxima do lugar onde estamos.

Quando me sento, ela monta em mim e me prende com as pernas, colocando os braços em torno do meu pescoço e roçando o meu corpo, enquanto os nossos lábios se esforçam e as nossas línguas exploram. Puxo a parte de trás da sua blusa para cima e a sinto sorrir contra os meus lábios. Suas mãos macias pressionam a pele quente do meu peito e ela se inclina para trás, dando um jeito nos botões da blusa rapidamente, tirando-a e se livrando dela. Meus olhos absorvem o seu corpo macio e cor de creme.

As pontas dos meus dedos delineiam sua garganta e chegam à pele aveludada da clavícula e do ombro. Elas mergulham sob a alça cor de pêssego do sutiã dela e a fazem escorregar até a parte de cima do seu braço. Sigo em direção ao seio, enfiando o polegar embaixo da borda do bojo de renda. Quando ele desenha círculos ao redor do mamilo enrijecido, ela estremece. Puxo a parte de renda para baixo, liberando o seio, e meus lábios parecem não conseguir chegar à pele dela rápido o suficiente.

O gemido suave que ela emite quando meus lábios se fecham ao redor do botão durinho faz o meu pau se contorcer. Ela se inclina para trás para que suas mãos encontrem meus joelhos, e ela se firma, enquanto lambo e chupo. Seus quadris se projetam para a frente, e seu calor encontra o meu pau e se esfrega nele através das nossas calças. Minhas mãos vão parar nas suas costas para ela ter apoio, e me movo para poder colocá-la de costas no sofá. Agarro sua calça e a puxo para baixo, enquanto ela estica os braços para abrir o sutiã, jogando-o por cima da cabeça com uma risadinha sexy.

Meus dedos deslizam pela pele macia, começando no pescoço, passando pela barriga e chegando ao quadril.

— Você é linda pra caralho, Quinn.

Os olhos dela estão fixos nos meus, e a dourada cor de mel agora está parecendo brasa em uma fogueira.

Pressiono os dedos na renda cor de pêssego da calcinha. Puxo a renda até ela rasgar, desfiando-a do seu corpo. Ela solta uma risada delicada e morde o lábio.

— O senhor é um perigo para a lingerie, sr. Reid.

— Então pare de usar. — Deposito beijos ao longo da sua barriga e adoro como o seu corpo estremece com a risada fofa, depois com um gemido sexy. — Pensando bem, não pare. Gosto demais de arrancá-la do seu corpo. Vou simplesmente comprar mais para você.

Meus dedos mergulham entre suas coxas, e ela é perfeição quente e macia.

— Me diga o que quer, querida.

— O que você está fazendo agora... É isso que quero.

— Vamos lá, sua safadinha. Você sabe fazer melhor do que isso. Me diga o que quer que eu faça. Você com certeza não tem vergonha de pedir o que quer.

Seu rosto está ruborizado, os mamilos, duros, e ela está quase ofegando.

— Quero você... dentro de mim.

Meu Deus. Minhas mãos estão quase tremendo de tão urgente que é a vontade de sair desta calça jeans. Solto minha ereção e pego um preservativo do bolso antes de escorregar para fora da roupa.

Antes que eu consiga colocar a proteção, a mão dela está em mim, alisando para cima e para baixo. Ela se inclina para a frente, mergulhando a cabeça, e gira a sua língua ao redor da extremidade do meu pau, e fico dividido entre foder sua boca perfeita ou estar dentro dela, mas a faço parar, pegando sua mão para guiá-la a ficar de pé, enquanto me masturbo. Beijo seus lábios suavemente, depois dou um tapinha no seu quadril.

— Se ajoelhe no sofá para mim, Quinn.

Ela faz o que peço, segurando-se na parte de trás do sofá. Ela abre bastante as pernas e, quando me ajoelho atrás dela, deslizando o meu comprimento ao longo da sua fenda escorregadia, ela inclina o traseiro para trás para me alcançar.

Meus lábios pressionam a parte de trás do seu ombro, e ela solta um barulhinho suave e sexy enquanto sua cabeça cai para trás. Minha mão escorrega para o seu quadril conforme ela me alcança para me guiar em direção à sua entrada.

Faço força para a frente em uma investida longa, e ela arfa quando a preencho. Ela é apertada, e *não* sou pequeno, mas não tive intenção de machucá-la.

— Você está bem?

No meu desespero, fui um babaca egoísta.

Seu quadril começa a mexer com a sua resposta.

— Sim.

— Desculpe. Simplesmente não consegui parar.

— Não... *não pare.*

Ela está se esfregando em mim agora, então agarro seu quadril e começo a me mexer para dentro e para fora, chegando mais fundo a cada investida.

Não usamos palavras enquanto nos movimentamos, pele contra pele, carne contra carne. Nossa respiração é o único som ecoando pelo espaço enorme.

Me inclino para a frente de modo que meu corpo cubra o dela, agarrando a beirada da parte de trás do sofá enquanto mantenho uma mão no seu quadril para me firmar.

— Sua boceta é perfeita, Quinn. Você fica maravilhosamente apertada em volta de mim. — Minhas palavras soam como um rosnado no ouvido dela, e dou uma mordida no lóbulo da sua orelha. — Me diga que vai gozar para mim, querida. Não consigo segurar por muito tempo.

Ela ainda está se segurando com uma mão, e a outra está esticada atrás para deslizar pelo meu cabelo. Meto com mais força e ela balança de volta para me alcançar, nossos corpos deslizando juntos como se estivéssemos executando essa dança pela milésima vez.

— Cam...

O ar deixa seus pulmões antes que ela seja capaz de encontrar mais palavras. Ela se prende ao meu redor e o seu corpo se tensiona todo à medida que o orgasmo se apodera dela. Estou bem ali com ela, segurando firme os seus quadris, penetrando fundo dentro dela quando seu canal se aperta e se contrai em torno do meu pau.

Após desmoronarmos, pego minha cueca e a uso para me limpar um pouco, depois colapso no sofá de novo, puxando Quinn para cima de mim. Sua bochecha está no meu peito, e a palma da sua mão, descansando ao lado dele, enquanto o corpo dela relaxa sobre o meu. Deslizo os dedos para cima e para baixo na pele macia das costas dela, e minha outra mão está enfiada atrás da minha cabeça enquanto ficamos ali, juntos, nos recuperando do orgasmo mais completo e recompensador de que me lembro de ter tido em muito tempo.

Pensei que seria capaz de tirá-la de dentro de mim depois de transar com ela. Não existe nenhuma maneira de fazer isso. Vou continuar voltando, querendo mais, até quando ela deixar.

CAPÍTULO 24

Quinn

A primeira vez em que você faz sexo com alguém com quem começou a sair há pouco tempo é sempre constrangedora. Ele quer que você fique? *Você* quer ficar? Você transa de novo e depois vai embora? A coisa toda é um campo minado no terreno social, e isso se você *realmente* estiver saindo com a pessoa.

Mas o que é que eu e Camden estamos fazendo? Quer dizer, acho que estamos nos vendo, mas não é um passatempo a longo prazo, então essa coisa toda deveria ser totalmente constrangedora.

Só que não está sendo.

Ficar deitada aqui nos braços dele parece a coisa mais certa a se fazer no mundo.

Depois de um silêncio longo e confortável, cheio de carícias românticas e beijos suaves que me desarmaram, Cam inclina a cabeça para o lado.

— Está com fome?

— Provavelmente preciso muito de comida depois desse exercício.

Cam levanta uma sobrancelha.

— E antes do segundo *round*.

— Segundo *round*? — Apoio o queixo na mão. — O senhor está soando terrivelmente seguro de si mesmo, sr. Reid.

— Eu sou muito seguro de mim mesmo, srta. Whitley. — Ele pisca. — Tenho certeza de que esse foi o melhor orgasmo da sua vida.

Eu rio.

— Agora você está sendo apenas um simples convencido. Como você saberia que foi o melhor orgasmo da minha vida?

— Porque nada tão bom poderia ser unilateral — ele responde, e faz um movimento com o ombro.

Levanto um pouco o corpo, mantendo as mãos no peito dele.

— Então foi bom para você também?

— Claro. Você não percebeu? — Ele ergue uma sobrancelha. — Mas você precisa parar de falar sobre isso, ou o segundo *round* vai acontecer já. Precisamos colocar um pouco de comida em você antes de colocarmos mais de *mim* em você. — Ele estica o braço e dá um tapinha na minha bunda. — Quer pedir alguma coisa?

— Na verdade, tenho uma ideia melhor. — Agora, sou eu quem está se sentindo presunçosa. — Vamos nos limpar. Tem um lugar aqui perto nesta rua que quero mostrar para você.

Depois que tomamos banho e encontramos nossas roupas, exceto a minha agora rasgada calcinha, que dispenso, nós nos vestimos e caminhamos pelo quarteirão até O Timoneiro e a Concha.

— E então? O que você acha?

— Você me arranjou um apartamento que fica perto de um *pub*?

Endireito a postura, parecendo mais alta, e empino o nariz no ar enquanto cruzo os braços.

— Arranjei.

— Se tiver cerveja de verdade e comida decente, pode ser que você seja perfeita.

Entramos e encontramos uma mesa perto da janela. Camden me passa um dos cardápios de papel que estão em uma caixa de madeira, abastecida com frascos de ketchup, vinagre e algo chamado molho HP.

Viro o cardápio de um lado e do outro.

— Cadê o resto?

— É só isso. Ninguém precisa de cinquenta páginas de itens de cardápio, como todo restaurante neste maldito país parece pensar.

— Ok. Então isto é o que comemos na casa da Calliope, certo? — Aponto para linguiça com purê de batata no cardápio.

— Sim, exato. Torta Madalena sempre é bom, e eles têm bacalhau com batata frita e torta de carne com cerveja. Do que você acha que vai gostar?

— Acho que eu ia gostar de tudo o que estou vendo aqui, então por que não me faz uma surpresa?

— Cuidado, querida. Você me dá carta branca para surpreendê-la e é impossível saber o que posso estar planejando.

Ele mexe as sobrancelhas e segue para o balcão, voltando pouco depois com dois copos.

— Fiquei sabendo que você foi fazer uma aula no estúdio da Calliope — ele diz, arqueando uma sobrancelha escura.

— Fiz e, aliás, obrigada. Não precisava pagar as sessões para mim, mas foi muito atencioso da sua parte.

— Bem, imaginei que você pudesse usar um pouco dessa coisa de relaxar, e sempre fico feliz em ajudar minha irmã preferida.

— Também encontrei a Bridget enquanto estava lá. Nós todas fomos jantar.

Ele revira os olhos e murmura: "O que foi que eu fiz?", depois toma um gole de cerveja.

— E então? Calli fez você se deliciar com histórias constrangedoras da minha infância?

Eu rio.

— Infelizmente, não, mas vou continuar tentando convencê-la a me contar. Vocês parecem ser muito próximos. Quisera eu ter um irmão de quem depender desse jeito.

— Então você é filha única? E seus pais?

Ele é cauteloso ao fazer a pergunta, como se pudesse estar se aventurando em território perigoso.

— Somos só minha mãe e eu. — Tomo um gole de cerveja. — Meu pai morreu quando eu tinha cinco anos. Ela se casou algumas vezes, mas parece que nunca dura muito — digo com uma risadinha.

— Sinto muito, Quinn. Então, você é assim tão independente porque o seu pai não esteve presente? Você acha que foi isso?

— Acho que sim. Quero dizer, vi a minha mãe pular de homem em homem, tentando encontrar alguém que desse a ela o que estava faltando. Nunca quis ser desse jeito. — Encolho os ombros. — E os seus pais? Eles ainda estão juntos?

— Ah, sim. Já faz quase quarenta anos. Só entrei na história depois que eles estavam casados há vários anos, e Calliope nasceu quando eu tinha quatro anos. Nossos pais são o retrato da felicidade conjugal e não conseguem imaginar um mundo em que isso não seja o que todo mundo quer.

— Imagino que você não consegue se enxergar se casando, não é?

Ele se retrai, não como se a minha pergunta o deixasse nervoso, mas como se ela causasse dor.

— Quando eu era mais jovem, imaginava que talvez fosse me casar, mas agora não tenho tanta certeza. E você?

— Na verdade, não sei. Não é que eu não queira um marido ou uma família, mas agora estou mais focada no que estou construindo. Quero que minha empresa esteja em uma boa situação antes de eu considerar me estabilizar, para poder dar à minha família a atenção que ela merece, eu acho.

Depois de devorar uma torta de carne com cerveja e virar três copos de cerveja inglesa clara, Camden atira o guardanapo ao lado do seu prato na mesa.

— É isso. Você é uma bruxa — ele declara em tom teatral.

— Como é? — Eu rio. — Como assim, sou uma bruxa?

— Você encontrou o apartamento perfeito, na mesma rua da garagem de barcos, e é só atravessar a rua, praticamente, que estou num *pub* de verdade, com comida decente e um nome que tem a ver com remo. Fala a verdade, você torceu o nariz e invocou tudo isso, não foi?

Faço um beicinho e ergo as sobrancelhas.

— É sério isso?

Meu tom é sarcástico, mas brincalhão.

Ele olha o seu celular.

— Vamos! O hotel deve entregar minhas malas daqui a pouco e quero dar um pulinho em uma das lojas pelas quais passamos no caminho.

Quando a campainha toca, ele sai da cozinha, caminhando animadamente para atender à porta, e me ocupo guardando a dúzia de caixas de cereal matinal infantil que ele comprou no mercadinho no qual paramos, junto com alguns itens essenciais.

— Então é isso. Eu me mudei.

Ele tira o pó das palmas da mão, esfregando uma na outra, enquanto volta para a cozinha e espia a última sacola do mercado.

— Essa pode ter sido a mudança mais rápida da história. — Dou uma risadinha.

— Talvez você tenha razão, mas é só uma mudança temporária, é claro.

As palavras dele fazem um nó se formar no meu peito, que eu tento, sem sucesso, desmanchar.

— Muito bem. Estou vendo que você deixou a melhor sacola de todas para eu abrir.

Ele olha para mim e noto que há malandragem dançando em seus olhos. Então, ele tira lentamente um frasco de mel e o coloca na ilha da cozinha, entre nós dois. Ele ergue uma sobrancelha, e eu rio alto.

— Espera aí, você estava falando sério sobre isso?

— Nunca estou de brincadeira quando se trata de aposta ou de sexo. Os dois são assuntos muito sérios, Quinn. — Ele limpa a garganta. — Mas, infelizmente, você realmente ganhou essa nossa aposta, então a escolha é sua.

Ele puxa uma garrafa de calda de chocolate da sacola em seguida e a coloca no balcão, fazendo um teatrinho, abrindo um sorriso malicioso e sexy.

— Ou você pode escolher...

Ele mergulha a mão dentro da sacola mais uma vez e tira uma garrafa de calda de framboesa feita só com a fruta. A sobrancelha dele se curva para cima de novo.

— O que vai ser, hein?

Sentindo o rubor se arrastando do pescoço em direção às bochechas, me aproximo e examino cada opção.

— Bem, se é você quem vai lamber, não é você quem deveria escolher?

Ele sorri durante uma fração de segundo, depois pega a garrafa de calda de framboesa e a balança para cima e para baixo no ar, com os olhos misteriosos.

— Venha comigo, querida.

Ele segura minha mão e, praticamente, me arrasta para a sala de jantar.

Camden coloca a garrafa de calda no canto da mesa da sala de jantar e me puxa na direção dele, capturando os meus lábios com um beijo ardente. Ele puxa minha blusa, desencostando seus lábios dos meus por tempo suficiente para puxá-la sobre a minha cabeça, então puxa as alças do sutiã para baixo para seus lábios poderem queimar minha pele com beijos ardentes.

Quando estico o braço para trás para tirar o sutiã, ele desliza as mãos em direção à minha calça e, quando ele a puxa para baixo, abre um sorriso largo.

— Sem calcinha. Quase esqueci.

— Como eu disse, o senhor é um perigo para a minha lingerie, sr. Reid.

— Hum, bem, vamos ver se consigo te compensar.

Ele desliza as mãos nas minhas costas, na região da cintura, e me levanta com um movimento, de modo que estou deitada de costas na mesa. Então, ele agarra o frasco de calda e levanta a tampa enquanto segura com cuidado a parte de trás da minha panturrilha com a mão livre, erguendo-a delicadamente.

— Pontos favoritos pelos quais gostaria que eu começasse, srta. Whitley?

Antes que eu consiga responder, ele empurra minha perna até ela ficar na vertical e despeja uns fios da calda escura e vermelha na região traseira da panturrilha. A língua dele traz o músculo para a superfície, e então os seus lábios se fecham, sugando todo vestígio da doçura grudenta da minha pele.

Meu coração bate violentamente, e minha pele esquenta conforme minha excitação aumenta. Eu não tinha a menor ideia de que a parte de trás da panturrilha era uma zona erógena, mas ele com certeza a fez virar uma.

Os olhos dele turvam quando me encaram.

— Vire-se para mim, querida.

Estou incapaz de fazer qualquer coisa, exceto obedecer, ansiosa por seja lá o que ele estiver planejando fazer em seguida. Fico de bruços e ele solta um gemido baixo.

— Puta merda, essa bunda.

Sinto gotas frias na parte de trás da coxa, bem acima do joelho. Quando a língua dele encontra a minha pele quente e a calda gelada, eu me contorço.

— Então isso está funcionando para você?

Ele soa brincalhão enquanto beija até o ponto em que a parte de cima da minha coxa encosta na bunda e pega um pedaço de carne, de leve, entre os dentes.

— Isto *definitivamente* funciona para mim.

Ele continua o processo ao longo das minhas costas, logo acima do traseiro, e sobe pela coluna, até chegar na parte de trás do meu ombro. Seus lábios são firmes e fortes, mas suaves. Sua língua cobre a minha pele com pinceladas quentes e úmidas, e estou ficando tão gelatinosa quanto a calda, enquanto o meu corpo se submete à atenção dele.

Ele agarra os meus quadris e me vira de costas para a mesa de novo, sentando-se em uma cadeira na cabeceira. Ele puxa meus tornozelos, e escorrego até os arcos dos meus pés descansarem na parte de trás da cadeira, atrás dele.

Ele pinga a calda ao longo do meu joelho e na parte de cima da minha coxa e, quando os seus lábios se movem mais para cima, eu me apoio nos cotovelos.

— Gosta de observar, é?

Por incrível que pareça, nunca fiz isso, mas o jeito como ele deposita cada beijo, com tamanha reverência, tanta determinação, é impressionante de se contemplar.

— Gosto de *te* observar. — Minha voz está rouca de desejo.

Seus lábios se contorcem, então ele mergulha a cabeça e a sua boca me embrulha, e a sensação é arrebatadora. Nossos olhos estão fixos uns nos outros, enquanto ele move a língua ao longo da minha fenda, circula o clitóris e fecha os lábios em torno dele.

Perco o controle.

— Ah, meu Deus!

Vejo seus lábios se mexerem um pouco, formando o mais indecente dos sorrisos, mas sua boca nunca desencosta da minha carne. Meus músculos tensionam e meu corpo vai ficando rígido conforme eu me excito, e ele agarra meus quadris, me segurando enquanto se enterra entre minhas coxas. Mesmo quando me mexo na direção dele, tentando me levantar da mesa, ele me segura firme e, em pouco tempo, a luz branca e quente atrás dos meus olhos assume o controle do meu corpo quando fecho as pálpebras, colapsando de novo na mesa.

Ele desenha uma trilha com beijos suaves até minha barriga quando se levanta, rastejando em direção à mesa para pairar sobre mim. Faço uma nota mental para engatinhar embaixo desta coisa e descobrir qual é o fabricante, porque Camden é bastante musculoso e ela facilmente aguenta o peso de nós dois.

— Você fica linda pra caralho quando goza, Quinn. Eu poderia ficar viciado em fazer isso acontecer.

Dou a minha resposta ofegando:

— Você não vai ouvir nenhuma objeção de mim.

— Que menina safada... — ele rosna contra os meus lábios, e então os abre à força com sua língua. A calda de framboesa ainda está na sua língua, fazendo o nosso beijo ter um gosto um pouco doce, além de sacana.

Pouco depois, ele se levanta e me puxa até os meus pés tocarem o chão.

Antes de eu me dar conta, ele se abaixa um pouco, desliza o braço ao redor da parte de trás das minhas coxas e me arremessa sobre o seu ombro.

Solto um grito, dando uns chutinhos com os pés. Ele dá um tapa na minha bunda.

— Pare com isso ou vou te soltar para você cair.

— O que você está fazendo?

— Imaginei que deveríamos checar o quarto.

Ele entra no cômodo e sustenta o meu corpo ao me virar, me deixando de barriga para cima na cama. Ele fica parado, olhando ao redor, depois olha para baixo, onde estou deitada. Ele arranca a camisa por sobre a cabeça.

— Esta cama definitivamente fica melhor com você sobre ela.

CAPÍTULO 25

Camden

Quando estou no banco de trás de um táxi amarelo e preto, meu celular desperta com uma nova mensagem.

QUINN: Recebi seu presente. Foi muito atencioso da sua parte

Enviei a ela umas duas dúzias das mais finas calcinhas de renda da melhor loja de lingerie de Providence. Ao longo das últimas semanas, arranquei quase todas as que ela tinha do seu corpo em algum momento. Ela estava começando a ficar sem.

EU: Que bom que gostou, mas acredite quando digo que ver você dentro delas vai ser agradecimento suficiente.
QUINN: Que tal eu demonstrar um pouco de gratidão agora para te ajudar a sobreviver até você voltar?

Pontos quicam na tela do meu celular e uma foto aparece. É a bundinha perfeita da Quinn em uma calcinha de renda preta. Suas nádegas despontam ao fundo, e há um lacinho no centro da parte superior. Meu pau fica em posição de sentido com a visão.

Ainda não, cara. Não vamos vê-la em carne e osso por mais alguns dias.

EU: Você está me matando, mulher.

Ela me manda um *emoji* com uma cara de diabinho sorrindo com malícia e diz que espera ansiosamente o meu retorno para poder bancar a modelo pessoalmente. Respondo que mal posso esperar.

Acabou de dar cinco horas da tarde, e é terça-feira, então ela vai seguir para a academia e ter aula de Krav Maga. Ela faz ioga com a Calli às quintas à noite. Elas criaram o hábito de jantar um pouco mais cedo depois da aula às vezes, Quinn, Calli e Bridget. Calli não para de falar sobre o quanto Quinn é maravilhosa.

Como se eu já não soubesse.

Quase implorei a ela que fosse a Nova York comigo, como o sujeito desprezível e patético no qual, de alguma forma, eu me transformei. Até ofereci para ela voltar em um jatinho logo de manhã cedo, para poder retornar ao trabalho antes, mas ela não aceitou. Gosto de tê-la por perto. Gosto dela na minha cama. Gosto de mergulhar nela.

Ela é a única mulher da qual não enjoei em anos e isso está tornando quase impossível deixá-la ir embora como eu gostaria. Sei que temos um prazo de validade. Vou voltar para casa, em Londres, em alguns meses. A vida dela é em Providence.

Tomo um gole de água da garrafa que está ao meu lado para acalmar a ardência na minha barriga, que borbulha toda vez que penso nela seguindo a vida quando eu for embora.

— Tem certeza disso, Liam?

Estou sentado no escritório do meu amigo, repassando os contratos das propriedades de Nova York que pedi para ele checar.

— Temo que sim — Chloe entra na conversa.

A esposa de Liam foi quem encontrou as anomalias no faturamento.

— Merda — murmuro, deslizando a mão pelo cabelo. — De quanto estamos falando?

— São dezenas de milhares, pelo menos, talvez centenas, ao longo do último ano — Liam diz, e joga a caneta dele na pequena mesa de reuniões em torno da qual todos estamos sentados.

Graças a algumas taxas infundadas da empresa de administração de imóveis que Fitzpatrick contratou, as propriedades residenciais de Nova York estão sangrando dinheiro. Eu tinha encontrado algumas coisas examinando os registros em Providence, mas nada tão flagrante quanto isto.

Deslizo minha cadeira para trás e me inclino para a frente, colocando os cotovelos nos joelhos.

— Como fechamos essa empresa, então?

— Bem, o contrato de administração de imóveis é impecável. Podemos dar entrada em uma alegação de fraude. Tenho certeza de que você poderia conseguir um advogado para processá-la por reparação civil.

— E a empresa? O que você sabe sobre ela?

— A firma de administração é a Lá em Casa Imóveis — Chloe diz, digitando alguma coisa no laptop dela. — Parece que a empresa incorporada deles em Nova York é uma sociedade de responsabilidade limitada... A responsável se chama Connie Overbrook.

— Ela está prestes a ter um péssimo dia, porque vou botar um fim na brincadeirinha dela e pretendo destruir toda a sua empresa.

Liam me dá os nomes de alguns dos mais renomados advogados, cujos serviços ele já usou, e faz algumas chamadas telefônicas para encontrar alguém que esteja disponível imediatamente. Passo o resto da tarde com um deles, preparando toda a papelada para desvencilhar a nossa empresa desses golpistas e processá-los até eles não terem mais nada.

À tarde, de volta ao meu hotel, ligo para Ash para deixá-lo a par do que está acontecendo.

— Bom, pelo menos você arrancou o mal pela raiz, e agora podemos colocar um ponto final nisso. — Ashok suspira. — E o resto das *holdings*? Parece que você está analisando tudo num ritmo bastante acelerado. Acha que vai voltar antes do que o previsto no começo?

Fecho os olhos e solto um suspiro.

— Acho que não, cara. Ainda há muito o que examinar e precisamos contratar alguém para administrar as coisas aqui. Provavelmente, isso vai demorar os seis meses completos.

— O que não está me contando, Cam? Você se deparou com alguma coisa que não mencionou?

— Claro que não. Apenas quero garantir que sejamos meticulosos.

Eu estava determinado a voltar para casa o mais rapidamente possível antes de viajar, mas agora não estou com tanta pressa.

— Bom, me mantenha informado sobre os imóveis de Nova York, certo? Faça o que for necessário.

— Como está Natalie? Ela já deve estar totalmente imersa nos preparativos do casamento.

— Você não faz ideia. Quem imaginava que é necessário comprar presentes para as madrinhas e meia dúzia de festas de noivado, chás, despedidas de solteira... Ela vai me levar à falência.

Ele está reclamando, mas, pelo som da sua voz, ela ainda faz exatamente o que quer com ele.

Dou risada.

— Imagino que eu deveria comprar um presente de noivado para vocês. Alguma ideia do que ela iria gostar?

Ele fala um monte de itens, a maioria dos quais com certeza estava na lista de presentes do último casamento real, e anoto rapidamente alguns deles.

— Falando nisso... Eu preferiria pedir isso pessoalmente, imagino, mas, como você não está aqui para eu fazer isso, vai ter de ser por aqui mesmo. Você vai estar ao meu lado, Cam? Preciso de um padrinho, e não gostaria que fosse ninguém além de você.

Estou um pouco comovido, de verdade.

— Eu ficaria orgulhoso, Ash.

Desligamos, e sigo até o restaurante para pegar o meu jantar. De volta ao meu quarto, estou inquieto, não consigo dormir, e não sei ao certo por quê.

Os problemas em Nova York, sem dúvida, são um saco, e poderiam ter nos custado muito mais dinheiro, mas vamos resolvê-los, e nem de longe são o maior obstáculo que já enfrentamos.

Pego o celular e, quando ativo a tela, vejo que a troca de mensagens de texto que tive mais cedo com a Quinn ainda está aberta. Clico na foto da bundinha perfeita dela coberta com renda preta. Ela é tão absurdamente magnífica. É engraçada e alegre, e o seu corpo é a perfeição sexy. Quando penso nela, o meu corpo reage, e estico o braço para baixo para liberar o meu pau da calça de pijama.

Eu estaria deitado na cama com aquela bundinha fofa apertada contra o meu pau se estivesse em casa.

Droga. Se estivesse em casa?

Minha casa é em Londres, não em Providence. Passar muito tempo com a Quinn está fazendo uma bagunça na minha cabeça. *Não* que eu esteja planejando parar com isso, é claro.

Entro nas minhas fotos e navego por algumas delas que tirei ao longo das últimas semanas. Tem uma em que ela segura um sorvete que comprou depois da última regata. Ela está dando uma lambida na parte de cima, usando óculos de sol e sorrindo para o celular. É fofo e sexy ao mesmo tempo, exatamente como ela.

Tem outra que tirei no *pub*, uma tarde. Transamos a noite inteira e metade da manhã, e estávamos famintos, então pegamos um café da manhã inglês completo. Quando voltei do banheiro, ela estava sentada ao lado da janela, olhando através do vidro, e o sol a inundava de luz. Ela parecia tão feliz — tão linda que não resisti e tirei uma foto dela de surpresa.

Adoro a forma como o sol bate nos olhos dela e faz o dourado deles cintilar. Adoro a forma como ela ri com o corpo inteiro e como ela semicerra os olhos quando a deixo irritada. Adoro os barulhinhos que ela solta quando estou profundamente dentro dela.

Lembro a mim mesmo que, amanhã à noite, nesta mesma hora, é lá que vou estar. Novamente dentro da mulher espetacular que se incorporou intimamente à minha vida.

E é aí que me ocorre o quanto fiquei acostumado a tê-la por perto. Não vou ficar muito mais tempo nos Estados Unidos, mas uma coisa da qual tenho certeza é que, quando eu tiver de deixá-la, não vai ser fácil.

CAPÍTULO 26

Quinn

Como é que eu poderia saber que o meu cliente milionário (correção: *bilionário*) seria um ladrão? Mas ele é. Ele rouba beijos dos meus lábios. Pega os meus suspiros e os enfia no bolso despreocupadamente, ficando com eles. Ele obtém de mim todos os gemidinhos de prazer e suspiros de frustração que consegue achar e fica com eles também. Ele é um ladrão mesmo. Um canalha. Um invasor indecente dos meus sonhos mais obscenos.

— Quinn! Pare de fazer essa cara.

Rowan fica com a testa toda franzida ao olhar para a tela da câmera.

Encolho os ombros.

— Que cara? Esta é *exatamente* a minha cara.

— Ela tem razão. Você parece um pouco chapada, querida — Addison diz, entrando na conversa, mas isso não ajuda em nada.

— É a cara de fantasia sexual de novo. Ela está pensando no amiguinho britânico dela — Zoe graceja enquanto olha para baixo, examinando suas unhas.

Fecho os olhos e aperto as palmas das mãos contra eles. Estou exausta. Estamos filmando há horas. Este é o último vídeo do dia e estamos tentando pegar a cidade durante o pôr do sol, com o brilho dourado da tarde refletido nos prédios ao longo da linha do horizonte.

— Apenas dê uma sacudida.

Rowan balança os braços e as mãos loucamente para demonstrar.

Sigo a sugestão dela e solto um suspiro alto e exagerado, balançado as mãos.

— Ok, mais uma vez. Vou contar até três e apontar para você. Pronta? Um, dois...

Ela só articula a palavra *três* e aponta para mim.

— Este é o meu momento preferido do dia na cidade. Não existe nada tão mágico quanto um pôr do sol deslumbrante, um coquetel e uma linda vista do alto, como esta aqui. — Gesticulo, fazendo um movimento amplo com a mão ao longo da vista diante de mim. — Espero que você venha a Providence em breve. Eu adoraria dividir o meu lar com você e te ajudar a torná-lo a sua casa também.

Seguro a taça e a levanto um pouco, como se estivesse fazendo um brinde, e tomo um gole, depois sorrio animadamente.

— Corta! — Rowan grita, dramaticamente.

Ela está fazendo um ótimo trabalho com os vídeos, mas acho que todo esse papel de cineasta está subindo um pouco à sua cabeça. Juro que vou comprar uma boina e uma cadeira de diretor de presente de aniversário para ela.

— Isso foi incrível! Eu sabia que você tinha o que era necessário dentro de si.

Ela se aproxima para fazer um "toca aqui".

— Obrigada. E obrigada por todo o trabalho duro, a todas vocês.

Minhas amigas se juntam em uma rodinha, e as acolho em um abraço coletivo.

— Vocês são sensacionais.

— Ei, estou feliz por isso estar ajudando.

Addison é quem está me ensinando a subir os vídeos no YouTube com as *hashtags* e as descrições certas.

Guardamos o equipamento de Rowan e seguimos para nossos respectivos carros, dando um último abraço de despedida umas nas outras, e planejamos nos encontrar na próxima semana para um *brunch*.

Recebi meia dúzia de ligações de famílias que estão se mudando para a região apenas nas poucas semanas que se passaram desde que começamos a postar os vídeos. Samantha, a moça que Zoe recomendou, está se saindo muito bem, e adicionamos outra corretora, Glenn, ao escritório. Fechamos alguns contratos este mês, e fiz uma lista com alguns lugares novos sob minha administração. As coisas, definitivamente, estão melhorando.

Infelizmente, acho que os dias longos e frenéticos, seguidos por noites que passei com Cam *sem* dormir, estão começando a pesar. Tive uma dor de cabeça na maior parte do dia, que parece não passar. Resisto à ioga, mas peço desculpas a Calliope e a Bridget, pulando o jantar para voltar para casa e encerrar o dia mais cedo.

O banho quente que pensei que poderia aliviar um pouco a dor de cabeça e a muscular não resolve, então tomo dois comprimidos de ibuprofeno e adormeço no sofá, assistindo ao drama de época sobre o lorde esnobe e a plebeia.

Quando acordo algumas horas depois, noto que chutei o cobertor para longe, e estou encharcada de suor. Sento e me sinto tonta. Assim que levanto, meu estômago dá voltas, e chego ao banheiro bem a tempo de vomitar na privada em vez de no corredor. Não consigo ficar totalmente em pé de novo e já vomito mais uma vez, expelindo mais conteúdo da minha barriga.

Me olho de relance no espelho enquanto jogo água fria no rosto. Meus olhos estão fundos e escuros, e a minha pele, pálida e úmida. Tenho energia suficiente para parar no caminho que leva à cozinha e mandar uma mensagem para Kimberly, avisando que estou com uma virose e que vou ficar em casa no dia seguinte. Agarrando o celular, me arrasto de volta para o sofá e caio em sono profundo mais uma vez.

Acordo absolutamente morta de frio, tremendo dos pés à cabeça. Não sei ao certo quanto tempo dormi, mas meu estômago está ameaçando de novo. Sigo para outra rodada de adoração no santuário de porcelana. Puxo o cobertor e o travesseiro da cama, arrastando-os pelo corredor atrás de mim enquanto volto para o sofá por tempo suficiente apenas para deixá-los cair e corro de volta para o banheiro.

Desta vez, não há nada além de bile para vomitar. Pego a toalhinha de mão da bancada e a lixeira, imaginando que posso precisar dela se ficar enjoada de novo, e retorno para o meu ninho no sofá.

Agora tenho certeza de que isto deve ser gripe.

Estou rouca, minha garganta está arranhando de tanto ficar enjoada, e minhas costelas doem. Ligo para o telefone fixo que fica na mesa de Kimberly e deixo uma mensagem para ela, pedindo para reagendar tudo o que está marcado até o fim da semana. Se isso for contagioso, a última coisa que quero é contaminar os meus clientes. Quinn Tifoide, a Corretora Tóxica, não é o tipo de reputação que quero.

Consigo colocar um gole de água para dentro antes de desmaiar de novo.

Durmo pesado, às vezes imaginando estar escutando algo como um brinquedo de dar corda se mexendo no chão, ao longe, mas não consigo acordar o suficiente para saber de onde o som está vindo. Perambulo pela consciência tempo suficiente apenas para vomitar na lixeira branca de plástico que eu trouxe do banheiro, mas estou muito cansada, e minhas costelas estão doloridas demais para me sentar de novo.

Quando caio no sono mais uma vez, tenho a sensação de que estou escutando algo parecido com o meu nome, grave e baixo, sendo chamado de longe. Parece que eu conseguiria distinguir o som se o escutasse direito, mas ele está muito abafado e distante para eu realmente identificá-lo. Sinto algo pesado no meu rosto, e depois há uma luz brilhante, e estou flutuando.

De repente, não estou tremendo. Estou quente e me sinto segura, mas ainda me sinto muito cansada. Afundo em alguma coisa tão aveludada que parece uma nuvem.

Minhas pálpebras estão muito pesadas, não quero abri-las.

Não consigo abri-las.

Tudo o que consigo fazer é ceder à atração profunda e persuasiva do sono.

CAPÍTULO 27

Camden

Não gosto de joguinhos psicológicos.

Falei com Quinn algumas vezes no começo da semana, e ela me mandou aquela foto sexy da sua bunda com a lingerie que comprei para ela, prometendo que iria bancar a modelo para mim usando as calcinhas quando eu voltasse para Providence. Trocamos mais algumas mensagens, mas ela não respondeu nenhuma das minhas mensagens nem atendeu minhas ligações no dia anterior. Mandei uma mensagem hoje de manhã também, para avisá-la de que voltaria hoje à tarde e, mesmo assim, nada. Quando o avião aterrissa, ligo para o escritório dela e Kimberly atende.

— Ah, oi, Camden. Ela está tirando uma folga. Está doente. Pela mensagem que deixou no correio de voz, parecia que estava realmente mal. Ela pode estar com gripe — Kimberly diz, com empatia, mas não muita preocupação.

— Então você não falou com ela desde que ela deixou a mensagem?

— Não, não falei. Ela disse que queria descansar, então eu estava tentando não incomodá-la. Ela está bem?

Agora Kimberly soa mais preocupada.

— Tenho certeza de que sim. Estou indo agora para a casa dela para checar como ela está.

Concordo em mantê-la informada e desligo.

Quinn é *workaholic*. Ela não tira um tempo para descansar e com certeza não sabe relaxar. Nem me preocupo em deixar a mochila no apartamento. Peço para o taxista me deixar direto na casa da Quinn.

Pelo menos, ela não está tentando fazer um joguinho psicológico idiota, no fim das contas. Apenas espero que ela esteja bem.

A luz da varanda não está acesa, e também não vejo nenhuma luz nas janelas. Bato de leve à porta, mas ela não atende. Ela nunca tranca a porta da frente, então vou entrando.

Tiro o paletó e afrouxo a gravata. O ar dentro da casa está estagnado e ligeiramente quente demais. É final de tarde agora e está ficando mais escuro lá fora, mas não há praticamente nenhuma luz na casa dela. A única coisa que vejo é o brilho fraco da televisão vindo da sala de estar.

Largo a mochila na entrada e sigo a luz. Quando a vejo no sofá, dormindo, percebo que ela não deve estar se sentindo bem. Conforme me aproximo, o cheiro chega até mim. Vejo o celular dela na mesinha de centro e, perto dele, uma toalha de mão. Há uma lixeira pequena, de plástico, ao lado do sofá, e com certeza ela é a fonte do mau cheiro na sua casa habitualmente imaculada.

Afasto a lixeira e me agacho ao lado dela.

— Quinn, querida, você está bem?

Pressiono a palma da mão na sua testa, e sinto que ela está fervendo. Dou um tapinha no ombro dela.

— Quinn? Acorde. Sente-se. Estou te pedindo.

Ela solta um gemido fraco, mas não responde. Tento conter a preocupação que está se revolvendo na minha barriga.

Eu me aproximo do abajur na mesa e aperto o interruptor para acendê-lo, e então levo um susto. Agora consigo ver como ela está mal. Seus lábios estão secos, e o seu rosto está pálido e brilhando de suor.

Merda.

Seus olhos estão fundos e escuros. Ela parece muito pequena e muito fraca.

Eu me sento ao lado dela no sofá e pego os seus ombros, puxando-a para ela se sentar ereta.

— Quinn — falo mais alto —, acorde. Estou te pedindo. Você precisa acordar já.

Ela geme de novo, mas sua cabeça apenas pende para o lado. Eu a deito, delicadamente, e sinto o seu pulso. Seu peito sobe e desce rapidamente, mas sua respiração parece superficial. Tenho a impressão de que o seu pulso está um pouco fraco, mas não sou um profissional da área médica. É neste momento que me ocorre a ideia. De fato, conheço alguém que é, e talvez ele possa ajudar.

Puxo o celular do bolso e ligo.

— Simon, é o Camden. Preciso da sua ajuda, cara. Estou na casa da Quinn e ela está com algum tipo de virose, ou algo assim. Ela não está nada bem.

Ele pergunta qual é o endereço e, por sorte, fica bem no caminho para a casa dele. Como acabou de sair do trabalho, ele acha que vai ser mais rápido ele chegar aqui do que os paramédicos.

Dez minutos depois, estou abrindo a porta da frente para ele entrar e o conduzindo para a sala de estar. Ele dá uma espiada na lixeira quando passa por ela, indo em direção ao sofá onde Quinn está deitada.

— Hum, quanto tempo faz que ela está assim? — ele pergunta, enquanto se inclina sobre ela para checar seu pulso e auscultar o coração com o estetoscópio.

— Não converso com ela desde segunda-feira, mas trocamos mensagens na terça de manhã. A assistente dela disse que ela deixou uma mensagem tarde da noite na terça, pedindo para reagendar tudo o que estava programado para esta semana.

Cruzo os braços na frente do peito enquanto o observo impacientemente, andando de um lado para o outro, examinando cada movimento dele.

Ele delicadamente levanta uma das pálpebras dela e acende uma luz no seu olho, mas ela não parece se incomodar. Ele faz o mesmo processo com o outro olho e, ainda assim, ela mal se mexe. Então, ele puxa a mandíbula dela e olha dentro da boca. Ele apalpa ao redor do pescoço, depois remove o cobertor e desliza as mãos debaixo dos braços dela, ao lado dos seios.

— Espera aí, o que você está fazendo?

— Relaxe. Estou apenas checando as glândulas dela.

Simon então belisca a pele nas costas da mão dela, que permanece levantada, e demora bastante tempo para voltar ao lugar original.

Paro de andar de um lado para o outro e me viro para Simon.

— E então? Você pode fazer alguma coisa para ajudá-la, não pode? O que há de errado com ela?

— Ela está desidratada. Precisa de fluidos. Vamos levá-la para a clínica para ela receber medicação intravenosa, e depois você pode trazê-la de volta para ela descansar.

Eu a embrulho no cobertor que a está cobrindo e a carrego para o banco de trás do SUV dele. Eu me prendo com o cinto de segurança no assento ao lado dela e coloco o braço ao redor do seu corpo para ela se apoiar em mim. De vez em quando, ela faz uns barulhos fracos e, ocasionalmente, suas pálpebras vibram, mas ela mal as abre.

A ida à clínica leva apenas uns dez minutos, mas parece interminável.

— Aguenta firme, cara. Vamos pegar uma cadeira de rodas para ela — Simon grita enquanto fecha a porta, logo depois de chegarmos.

Salto para fora e contorno o carro até chegar do outro lado do banco de trás, abrindo a porta e tirando Quinn. Simon sai com a cadeira e eu posiciono Quinn nela. Quando entramos, ele acena para uma das enfermeiras, e ela nos segue para uma sala de exames, de onde ela veio.

— Qual é o nome da sua esposa? — a enfermeira me pergunta.

— Ela não é minha esposa. Ela é... Ela é minha namorada. — Engulo em seco. — Quinn Whitley.

— E qual é a data de nascimento?

— Não sei.

— Ok — a enfermeira diz, balançando a cabeça, enquanto fica tocando em um tablet sem parar.

Faço uma nota mental para aprender tudo sobre Quinn assim que ela se recuperar.

— Vamos colocá-la na cama, está bem?

Simon olha para mim, e eu a levanto embaixo dos ombros, enquanto ele ergue os pés dela, deitando-a.

Ela está usando uma camiseta e um short curto, então puxo o cobertor sobre ela para não ficar tão exposta. Simon levanta uma mão e olha para ela, depois faz o mesmo com a outra, examinando as costas de cada uma.

— Ela é destra, Cam? Você sabe?

Penso um instante. Quando assinamos os contratos do meu apartamento, ela usou a mão direita.

— Destra, com certeza.

Sei disso, pelo menos.

— Ok. Estas veias estão muito melhores. Odeio ter que usar a mão direita dela, mas acho que vou ter mais sorte aqui. — Simon dá tapinhas nas costas da mão dela, dando uns petelecos para deixar a veia mais saliente. — Enfermeira Benson, você pode pegar para mim um litro de solução salina e cem mEq/mL de K+, por favor?

— Claro, dr. Hogue — ela responde conforme sai correndo.

Do lado oposto da cama onde está Simon, seguro a mão de Quinn com força, cobrindo-a com a palma da minha outra mão. Ela parece tão pequena, tão frágil. Graças a Deus que fui checar como ela estava naquela hora. Se algo acontecesse com ela... Pensar nessa possibilidade me faz sentir mal.

— Tudo certo, cara?

Simon levanta o olhar da prancheta, onde rapidamente faz umas anotações.

— Sim, só estou preocupado. Só isso. Ela parece estar muito fraca.

Minha sobrancelha fica toda enrugada quando olho para Quinn.

— Ela vai ficar bem. Vamos injetar um pouco de fluido nela e ela vai voltar a ficar animada em um ou dois dias. — Simon olha para Quinn e de novo para mim. — Você realmente se preocupa com ela, não é?

Concordo com a cabeça.

— Ela é maravilhosa. Inteligente. Engraçada. Corajosa pra caralho. Generosa, também. — Dou uma risadinha. — Nunca conheci alguém como ela.

A enfermeira volta e começa a limpar as costas da mão de Quinn com um algodão encharcada com álcool.

— Não! — Deixo a palavra escapar com mais vigor do que eu pretendia, e tanto Simon quanto a enfermeira param o que estão fazendo e me encaram. — Simon, você se importa de fazer isso? É que eu ia me sentir melhor.

— A enfermeira Benson é perfeitamente qualificada...

E então ele me olha nos olhos. Ele deve ter percebido o quão nervoso estou, porque assente e puxa um par de luvas, pegando o algodão da mão da enfermeira.

A primeira bolsa fica vazia depois de uma hora ou algo assim. Não saio do lado de Quinn, nem quando a enfermeira vem vê-la e prende uma nova bolsa cheia de fluido.

— Tem alguma coisa que eu possa pegar para você, querido? — a mulher pergunta, dando uns tapinhas no meu ombro.

— Obrigado. Talvez um café seja bom, se não for muito incômodo.

Levanto o olhar na direção dela e faço o meu melhor para abrir um sorriso agradecido.

— É pra já. Volto em um instante.

Ao longo das horas seguintes, eles dão a Quinn mais fluido e uma dose pesada de remédio. Ela finalmente fica um pouco mais animada, e Simon diz que posso levá-la para casa se eu seguir suas instruções para cuidar dela e ligar se ela piorar.

— Não vou deixar nada acontecer a ela, não precisa se preocupar. Se ela piorar, vou ligar para você imediatamente ou chamar uma ambulância — eu o tranquilizo.

— Deixo vocês na casa dela? Vou fazer exatamente esse caminho — Simon oferece.

— Prefiro que ela fique na minha, se você não se importar em nos deixar lá.

No meu apartamento, posso instruir o porteiro a levar para cima qualquer coisa de que a gente precise, se eu pedir para entregarem comida ou algum produto.

— Claro. Fico feliz em ajudar. Que bom que ela está melhor. Apenas a mantenha hidratada, dê os remédios seguindo os horários, e ela deve ficar bem até o fim de semana.

— Obrigado, Simon. Não sei o que eu teria feito sem você.

CAPÍTULO 28

Camden

Faço o melhor que posso para passar um pano em Quinn, com um pouco de sabonete e água, para fazê-la se sentir um pouco mais refrescada, e a visto com uma das minhas camisetas, depois a coloco na minha cama.

Pedi para entregarem alguns isotônicos, junto com sopa, e um pouco de besteira, já que, suponho, ela vai querer praticar a autoindulgência quando finalmente sentir vontade de comer de novo. De manhã, ela consegue ficar suficientemente sentada para beber uns goles, usando um canudinho, e tomar o remédio. Ela passa a maior parte do dia cochilando, ainda bastante fora de si.

Passo dois dias trabalhando no meu apartamento. Recebo chamadas na sala de estar e trabalho sentado na cadeira do quarto tanto quanto posso, para ficar de olho nela. Tenho um bloquinho de papel no balcão da cozinha e estou monitorando quanto fluido ela está ingerindo, junto com os horários que toma os antibióticos.

Da cozinha, onde estou fazendo um sanduíche, escuto um barulho vindo do quarto. Largo tudo e entro no cômodo correndo para descobrir que Quinn não está na cama.

— Quinn? Onde está você?

Escuto a descarga.

— Aqui.

A voz dela está fraca, mas, basicamente, é a primeira vez que a escuto formar uma resposta inteligível em dias.

Resisto ao impulso de entrar de no banheiro e invadir completamente a privacidade dela. Em vez disso, fico parado, me escorando na parede perto da porta, até que ela sai. Ainda está fraca. Trôpega, mas está andando.

— Você está bem, querida?

Deslizo o braço em volta da cintura dela, segurando seu cotovelo, que está mais próximo de mim, enquanto a guio de volta para a cama.

— Estou bem. Só precisei fazer xixi.

Sua cor está voltando, e ela está um pouco constrangida por me contar sobre as suas funções corporais, então deve estar se sentindo melhor.

— Você fez xixi? Isso... Bom, isso é magnífico! — Olho para o relógio para registrar o horário mentalmente. — Vou anotar isso.

Ela lança um olhar desconfiado para mim.

— Você não vai ao banheiro há quase dois dias. Estava desidratada. Levei você para a clínica. Simon tratou você com fluidos e estou te dando antibióticos e bastante líquido para beber.

Ela volta para a cama, e eu me sento na beirada e pego o termômetro.

— Deixe-me medir sua temperatura de novo. — Coloco o termômetro no ouvido dela, que apita um pouco depois. — Hum. Bem melhor. Você está com 37,2 graus. Aqui, tente beber um pouco mais — digo, passando a caneca para ela, que toma um gole com o canudinho.

— Quer dizer que estou aqui, na sua casa, há dois dias? — ela pergunta entre goles.

— Sim. Voltei de Nova York e te encontrei desmaiada no seu sofá. Você me assustou pra cacete, Quinn. Nunca fiquei tão preocupado — conto, e aperto a mão dela.

— Então, você cuidou de mim todo esse tempo? — O brilho está de volta naqueles olhos lindos dela. — Não precisava fazer isso, Camden.

— O prazer foi meu. Só estou feliz por ter te encontrado. Se isso não tivesse acontecido e você tivesse continuado doente do jeito que estava por mais alguns dias... Bem, apenas estou feliz por ter passado na sua casa.

Dou um beijo no topo da cabeça dela.

— Estou me sentindo bem nojenta. Eu realmente gostaria de tomar um banho.

Ela tira as cobertas de cima do corpo e gira os pés na direção oposta, mas eu a faço parar.

— Ei, espera aí. Você ainda está muito fraca. Se quiser tomar banho, me deixe ajudar você.

— Cam, temo que eu ainda esteja muito cansada para fazer isso.

Ela faz uma cara muito pesarosa.

— Não é isso o que eu tinha em mente. Embora esses dias tenham sido incrivelmente longos, para ser sincero. — Pisco para ela, que sorri. — Me deixe te ajudar no banho para você poder se refrescar um pouco. Depois, você acha que consegue tentar comer alguma coisinha?

— Parece uma boa ideia. Estou com fome.

— Está? Que coisa fantástica de se ouvir.

Eu a seguro pelo cotovelo de novo e a conduzo para o banheiro.

Tiro a roupa dela e também toda a minha, exceto a cueca. Quinn olha para ela.

— Como eu disse, dias longos, querida. Não vá querer arriscar ver o meu corpo se comportando mal.

Entramos no chuveiro e esguicho sabonete na esponja de banho, apertando-a até formar espuma, e a deslizo na pele de Quinn. Depois, trago o chuveiro para baixo e molho o cabelo dela, então coloco xampu e massageio o seu couro cabeludo. Quando pressiono essa região e a base da cabeça, ela a inclina contra os meus dedos e o seu corpo descansa contra o meu torso.

— Hummm, que gostoso. — Ela solta um suspiro profundo. — Obrigada.

Dou um beijo delicado no ombro molhado dela.

— O prazer é meu.

Eu a enxugo e a embrulho com o meu roupão, depois a visto rapidamente com um short seco e uma camiseta e a ajeito no sofá. Preparo uma bandeja para ela e levo para a sala. Ela toma uma colherada da sopa e sorri.

— Muito gostosa — ela elogia, mergulhando a colher de novo e trazendo caldo e macarrão para a superfície, engolindo-os com um barulho. — O queijo quente está com uma cara boa — completa, e então dá uma mordida no sanduíche e sorri.

— Chamamos isso de tostex. — Dou uma mordida no meu. — Que bom ver o seu apetite de volta. Você vai se recuperar rapidinho.

Depois que ela come, dou uma camiseta limpa para ela. Troco o lençol da cama e, quando me pede para deitar com ela até adormecer, *não consigo* dizer não.

Deito-me de lado atrás dela, e ela se aconchega contra o meu corpo em uma posição de conchinha. Coloco a mão na sua cintura e beijo seu pescoço. Senti falta de ficar assim com ela. Ela ficou na minha cama, mas estava tão doente que eu mal consegui dormir.

— Não consigo acreditar em como você cuidou de mim. — Ela aperta o meu braço, sem olhar para mim, ainda deitada de lado. — Nunca ninguém fez isso por mim. Bom, ninguém exceto a minha mãe, quando eu era pequena.

— Sei que você é independente, Quinn. Amo isso em você. Mas, às vezes, não tem problema precisar que alguém cuide de você.

Ela se mexe na minha direção, e a sua bundinha perfeita pressiona o meu pau.

— Quinn, o que você está fazendo?

— É só que... — ela diz, esfregando os quadris e recuando para encostar na minha saliência — estou me sentindo bem melhor.

Minha mão involuntariamente vai parar no quadril dela, roçando a pele debaixo da camiseta, que está enorme nela.

— Não devemos. Você precisa descansar.

— Podemos fazer exatamente assim. — Ela olha para mim sobre o ombro. — A não ser que você não me queira.

— Droga. — Abaixo a cueca e solto minha ereção, deslizando o pau entre suas coxas. — Você é esperta o bastante para saber que não é assim. Sempre te quero.

Ela estica o braço até alcançar o espaço entre as pernas, virando o traseiro, e me guia para sua abertura.

Deslizo a mão para cima, apertando a palma contra seus seios à medida que a agarro para trazê-la mais perto de mim. Meu pau entra e sai do seu canal quente e apertado. Fizemos sexo mais vezes do que consigo contar. Transamos em todas as superfícies do meu apartamento e da casa dela, em uma dúzia de posições diferentes.

Isto é diferente. Isto não é transar. Isto é uma coisa muito mais perigosa.

Ela está em silêncio enquanto roça o seu corpo contra o meu.

— Caralho, Quinn. Isto é tão...

— Eu sei. Para mim também.

Escorrego para fora dela e viro o seu corpo para ela se deitar de costas e eu poder ficar sobre ela e olhá-la. Seus olhos estão quase brilhando, como se estivessem acesos do lado de dentro. Ela desliza um braço em torno dos meus ombros, pressionando a outra palma contra a minha bochecha enquanto me encara com uma intensidade profunda.

Suas pernas deslizam até minhas costas e mergulho mais profundamente na sua perfeição suave e quente. Aperto os lábios contra os dela.

— A sensação de estar dentro de você é incrível — sussurro contra a boca dela. — Fiquei muito preocupado. Quando pensei na possibilidade de nunca mais sentir você desse jeito...

— Consigo te sentir bem dentro de mim, Cam.

Ela olha fixamente nos meus olhos, e o que vejo me excita e me deixa apavorado.

— Cam, eu... eu...

— Eu sei. — Esfrego o meu polegar nos lábios dela para silenciá-los. — Eu sei. Eu também.

Ela assente e sorri suavemente. Então, ela se entrega. Escala mais alto, se apertando ao redor do meu corpo, e estou bem ali com ela.

Depois, permaneço com ela enquanto nós dois nos recuperamos, me segurando sobre ela à medida que roço os lábios pela sua pele.

Mais tarde, quando ela está deitada nos meus braços, dormindo, observo seu peito subir e descer. O alívio de tê-la desse jeito, de saber que ela está bem, é enorme.

Estou aliviado também por ela não ter dito as palavras que estavam estampadas no seu rosto. Mesmo sabendo, não posso ouvi-la dizendo-as. Não posso ouvi-la dizer as palavras porque não posso dizê-las para ela.

Mesmo sendo verdade.

A minha casa fica a seis mil e quinhentos quilômetros daqui.

Não foi para isso que vim. Nunca esperei que isso fosse acontecer.

Não sei que diabos vou fazer, mas preciso resolver isso. Não posso ficar sem ela. Sei disso, mesmo não existindo uma forma de fazer o nosso relacionamento dar certo na prática.

Preciso achar uma forma de não perdê-la, e o tempo está se esgotando.

CAPÍTULO 29

Quinn

Não me lembro de qual foi a última vez que fiquei tanto tempo longe do escritório.

Passei metade da semana anterior e todo o fim de semana doente ou me recuperando. Quando, finalmente, retomei a consciência, saindo da neblina induzida pela febre, eu estava na casa de Camden e ele estava cuidando de mim. Ele foi muito fofo, muito delicado comigo. Quando fizemos amor, as sensações tomaram conta de mim de tal forma que quase deixei as palavras escaparem.

Porém, eu não as disse, e ficou claro que ele não estava preparado para ouvi-las. Mesmo assim, ele me indicou, do jeito dele, que ele também tem sentimentos por mim.

Temos menos de dois meses até a estadia dele terminar, e não sei o que vou fazer quando eu tiver de dar o beijo de despedida nele e vê-lo voltar para a sua vida em Londres.

— Você é um colírio para os olhos! — Kimberly levanta com um pulo e corre, circundando a sua mesa, para me abraçar assim que entro. — Você está com uma cara muito boa. Quer dizer, um pouco cansada, mas, no geral, bem boa. — Ela cruza os braços e sorri para mim. — Ah, espera! Aqui, isto pode ajudar.

Ela vasculha a mesa e retira dela um livro sobre bem-estar holístico chamado *Sinta-se Muito Bem Naturalmente*.

— Obrigada, Kimberly. Samantha e Glenn estão aqui agora?

— Estão, e tenho ótimas notícias também.

O sorriso dela está largo enquanto ela cruza os braços. Ergo a sobrancelha com uma expressão de dúvida no rosto, e ela continua:

— Tenho solicitações de três novos corretores que estão interessados em se juntar à nossa equipe.

— Sério? Isso é incrível. E as assinaturas de contrato que a Samantha e a Glenn tinham organizado para a semana passada?

— Fechamos negócio nas quatro propriedades. E estou com uma lista de clientes que estão se mudando para Providence e querem fazer uma reunião com você. Está tudo na sua *nuvem*. Posso marcar ligações para eles quando você quiser.

— Uau! — Balanço a cabeça. — As coisas estão se ajeitando, não é?

Kimberly concorda com a cabeça.

— Quer que eu te leve um café?

— Que tal um chá descafeinado? Ainda estou tentando permanecer hidratada.

Ela assente e eu sigo para o meu escritório.

Antes de enfrentar a caixa de entrada dos meus e-mails, dou uma olhada na pilha de correspondências na minha mesa. A maioria das coisas é porcaria, propaganda e folheto de serviços, mas há uma carta autenticada. Eu a abro, e preciso lê-la duas vezes para me certificar de que estou entendendo. Quando Kimberly entra com o meu chá, ela me diz que estou com cara de quem viu um fantasma.

— É uma notificação extrajudicial. — Balanço a cabeça. — É do advogado de Connie. Aparentemente, ela registrou a Lá em Casa como o nome da empresa dela e está exigindo que eu pare de usá-lo ou pague os direitos de franquia. — Afundo na cadeira de novo e solto a carta para ela cair na mesa. — Ela está roubando o meu *nome*. Está dizendo aqui que esta é a segunda notificação.

Kimberly olha para o envelope.

— Acho que passei um assim para você algumas semanas atrás.

Vasculho o meu cérebro aturdido pelo choque e não consigo me lembrar de nada parecido. Enfio a mão na minha pasta e nela, na parte de baixo do bolso interior, está a primeira carta, ainda lacrada.

— Bom, que merda. Eu estava absolutamente morta de cansaço. Eu a soquei aqui e nunca a abri. — Chacoalho a cabeça e cruzo os braços. — O que é que vou fazer? Nem sei se isso é legal.

— Você se lembra daquele livro que lemos sobre passar de fase? Vamos pensar em quais recursos você tem. Pense na sua rede. Quem saberia lidar com isso?

Kimberly se senta na frente da minha mesa, batendo o dedo no queixo.

— Bem, só consigo pensar em uma pessoa que saberia, e normalmente não conversamos sobre negócios. Detesto ter de perguntar a ele, mas ele com certeza saberia o que devo fazer — digo, e encolho os ombros.

— Acho que deveria ligar para ele. Você está procurando somente uma orientação, não ajuda propriamente dita. — Kimberly se levanta e caminha até a porta. — Quer que eu feche?

Confirmo com a cabeça.

— Acho que sim. Obrigada, Kimberly.

Ligo para o escritório de Camden do telefone fixo.

Quando ele atende, conto uma versão resumida do meu problema. Ele me faz algumas perguntas conforme explico a situação, então faz uma pausa quando termino, parecendo considerar qual é a melhor abordagem. Eu o ouço embaralhar alguns papéis.

— Quinn, você disse que a sua sócia era *Connie Overbrook*? Eu não fazia ideia de que essa era a sua empresa.

Solto um suspiro.

— Sim, é ela. Abri a Lá em Casa anos atrás, quando nos conhecemos. O que você acha que eu deveria fazer?

— Quinn, você não teria como saber isso, mas, na verdade, ela te fez um grande favor ao entregar essa papelada para você.

Minha mandíbula fica rígida.

— Como exatamente roubar o nome da minha empresa é um favor?

— Bem, porque ela está usando o seu nome para fazer negócios em Nova York. Está extorquindo proprietários de imóveis em troca de serviços de manutenção. Acabamos de entrar com uma ação judicial contra ela e contra a Lá em Casa em Nova York. Ao enviar uma notificação extrajudicial, ela desligou você das atividades desonestas dela. — Escuto-o se mexendo na cadeira. — Olha, sei que você quer lidar com isso sozinha, mas, se quiser responder judicialmente, ficarei feliz em te colocar em contato com o nosso advogado. Ele poderia embasar melhor o seu caso com aquilo em que ele já está trabalhando para você não ter o custo de começar a coisa toda do zero.

— *É uma oferta muito generosa, Cam. Fico agradecida.*

— Bom, se eu já estava com vontade de arruiná-la antes, você pode imaginar o quão furioso estou agora que sei o que ela fez com você. Não vou deixá-la se safar, Quinn. Vou enviar as informações do nosso advogado assim que eu desligar, e vou avisá-lo para esperar a sua ligação.

— Obrigada, Cam. É sério, estou feliz por termos pegado isso antes de ela fazer mais estrago usando o meu nome.

Balanço a cabeça e solto um suspiro.

— *É bom saber que as coisas estão melhorando para a sua empresa*, mas eu queria que você me deixasse ajudá-la de uma forma mais tangível. Você sempre pode me reembolsar com títulos de obscenidades, se isso a faz se sentir melhor sobre aceitar a minha ajuda.

— Obrigada pela oferta, sr. Reid. Quanto aos títulos de obscenidades... Bem, de fato, preciso te reembolsar por todo cuidado e atenção.

— Vou terminar na garagem de barcos lá pelas seis e meia. Devo ir à sua casa depois?

Concordo, dizendo que vou fazer o jantar, e desligamos. Consegui os produtos que Calliope e a mãe de Cam mandaram e estou animada para me aventurar em uma refeição preparada em casa para ele.

Estou mais do que aliviada em saber que vou poder reivindicar um pouco de justiça pelo que Connie fez. Ao mesmo tempo, uma coisa está me incomodando. Não posso negar os sentimentos por Cam que se instalaram no meu coração. Só não sei como vou lidar com eles quando chegar a hora de ele ir embora, e essa hora está mais próxima a cada dia que passa.

CAPÍTULO 30

Camden

Quando chego na casa de Quinn, um aroma familiar está flutuando pelo ambiente. Avanço até a cozinha, e ela é a materialização de todos os sonhos eróticos que já tive.

A mulher está usando salto alto, uma calcinha preta de renda que comprei para ela e um avental... Só isso.

Ando na direção dela, vindo casualmente por trás, e coloco as mãos na sua cintura, roçando o nariz no seu pescoço, enquanto ela empurra batatas cortadas da tábua para uma tigela.

— Não sei o que está cozinhando, linda, mas espero que você esteja no cardápio.

A cabeça dela se inclina para trás enquanto ela ri.

— Imaginei que você pudesse gostar desta roupa. — Ela se vira para olhar para mim e coloca os braços ao redor do meu pescoço. — E que tal eu ser a sua sobremesa?

Mergulho a cabeça e capturo os lábios dela com os meus. Ela faz aquele barulhinho suave de sempre ao se derreter com o nosso beijo. Depois de um tempo, ela empurra o meu peito e faz eu me afastar.

— Preciso terminar de cozinhar. — Ela pega uma colher de pau, a agita no ar e me enxota. — Você pode pegar uma cerveja e se sentar enquanto termino, se quiser.

Tiro o sapato, pego uma cerveja e me instalo do outro lado da ilha da cozinha para poder observar sua bundinha empinada enquanto ela prepara o jantar. Ao abrir a geladeira para pegar leite, ela estremece. Quando se vira, seus mamilos estão cutucando o tecido do avental.

— Nós poderíamos só...

Fico de pé e ela ergue a palma da mão.

— Sente-se! Vamos ter muito tempo para isso depois.

Ela abre um sorriso largo e pisca na minha direção, fazendo os cílios grossos e escuros vibrarem.

— O que você está cozinhando? O cheiro está muito bom.

Espicho o pescoço, mas a panela está tampada.

Ela abre um enorme sorriso.

— Ok, feche os olhos, respire fundo para sentir bem o cheiro e veja se consegue descobrir.

Fecho os olhos e escuto o zunido do mixer quando ela o liga. Sinto o cheiro dos temperos apetitosos, e não estou mais na casa de Quinn. Estou na cozinha da minha casa. Minha mãe e minha avó estão agitadas perto do fogão, preparando o jantar. Escuto Quinn abrindo o forno e, quando uma panela emite seu tinido metálico ao ser colocada no balcão, ouço o crepitar que o seu conteúdo faz, e consigo ter uma boa ideia do que ela está aprontando.

— Não acredito. — Abro os olhos. — São pudins *Yorkshire*? E este cheiro, isto seria... Não pode ser. Você não consegue achá-las aqui.

Ela tira a tampa da frigideira com um gesto teatral para revelar uma porção generosa de linguiças britânicas autênticas.

— Mas como você conseguiu isso?

— Calliope me ajudou. Ela convenceu sua mãe a enviar algumas, junto com alguns outros produtos, e me contou como prepará-las. — Ela dá umas cutucadas na parte de cima de um dos pudins *Yorkshire*. — Mas estou em dúvida sobre esta coisa aqui. Estou com a sensação de que errei a mão com eles.

Fico em pé e me aproximo do fogão, deslizando um braço pela cintura dela enquanto olho para baixo.

— Eles estão perfeitos, querida. — Beijo sua têmpora. — Não acredito que você teve todo esse trabalho por minha causa.

Ela encolhe os ombros.

— Parece que você realmente sente saudade de Londres. Sei que o *pub* foi um grande achado, mas imaginei... Bem, só queria fazer uma coisa legal para você. Só isso.

Ela é tão absurdamente perfeita, esta mulher. Puxo o queixo dela para cima com dois dedos e a beijo delicadamente.

— Obrigado. Significa muito para mim. De verdade.

Ela abre um sorriso radiante de orgulho.

— Vá se sentar na sala de jantar. A mesa já está toda posta. Vou levar as travessas.

Despejo vinho em uma taça para ela, então levo a garrafa, junto com a minha cerveja, para a sala de jantar, como ela pediu.

A sala de jantar está repleta de bandeirolas do Reino Unido. No aparador, há um armarinho vermelho com o formato de uma cabine telefônica. Do outro lado, há um pequeno buldogue inglês de pelúcia.

Rio alto, e Quinn encolhe os ombros quando entra com as travessas. Não acredito que ela se deu ao trabalho de fazer tudo isso.

— Dei um tiro no escuro aqui, sabe? Nunca fui à Inglaterra. — Ela coloca a travessa na mesa e olha para mim. Seu quadril está inclinado para o lado. — Gostou?

Eu a puxo para o meu colo, e ela solta um gritinho.

— Ficou incrível, Quinn. É sério. Obrigado.

Ela sorri e dá uns tapinhas na minha mão que está ao redor da sua cintura.

Tudo está na mesa, e os nossos pratos estão cheios com algumas das minhas refeições favoritas. Quinn está sentada do outro lado da mesa, usando o avental.

— Ok. Manda ver! Espero que esteja bom.

Ela levanta o garfo, mas eu a faço parar.

— Não tão rápido assim.

Ela faz um beicinho com os belos lábios e suas sobrancelhas franzem.

— Qual é o problema?

Eu me inclino para a frente, e minha voz sai séria e baixa:

— Solte o avental.

Um sorrisinho sacana repuxa os cantos dos seus lábios. Ela se levanta e desamarra a parte da cintura, depois puxa a tira sobre a cabeça e joga o avental na cadeira perto dela. Quando se senta de novo, endireitando a postura, espalhando o guardanapo no colo, aqueles peitos fartos e maravilhosos ficam totalmente à mostra. Ela é espetacular. Beleza. Cérebro. Uma mocinha atrevida e sexy, mas talvez o maior atrativo de todos seja quem ela é. Ela é afetuosa e gentil com aqueles com quem se importa. Ela é independente. Nunca me pediu nada, uma única vez sequer, e raramente aceita ajuda quando a ofereço.

Aquela noite em que entrei na casa dela e a encontrei muito doente foi, honestamente, umas das experiências mais assustadoras da minha vida. Foi quando cuidei dela que a minha ficha caiu. Sei que ela está começando a gostar de mim. O que eu não tinha esperado foi começar a gostar dela também. Não imaginei que seria capaz de sentir algo parecido e, mesmo assim, aqui está ela, tomando conta a cada dia mais do meu coração.

— E então? Está ruim? Acho que está bom, mas não sou exatamente a melhor pessoa para julgar.

Ela examina o meu rosto, aguardando a resposta.

— Está delicioso. Se a Calli te deu a receita, preciso me lembrar de agradecer a ela. — Estico o braço e aperto a sua mão. — De verdade, Quinn, obrigado por tudo isso.

— Eu só queria fazer você se sentir mais em casa. Sei que não falta muito para você voltar, mas...

Não deixo de notar o jeito como o olhar e os ombros dela baixam um pouco.

— ... mas apenas achei que isto poderia ajudar você a aguentar a saudade se ela estiver muito grande.

É uma ideiazinha minúscula, que está me incomodando num canto escondido da minha mente, mas ela não será ignorada. Tento calá-la, mas ela quer sair, e parece que não consigo detê-la.

— Talvez você vá a Londres um dia. Acha que iria gostar?

Hesito para levantar o olhar, mas, quando finalmente o faço, ela meio que está olhando, fixamente, para longe.

— Não sei. Talvez? Com certeza eu iria gostar de passar umas férias lá.

Ela coloca um sorriso corajoso no rosto, mas a tristeza está estampada em toda a sua feição.

Talvez mais do que só umas férias. A ideia me cutuca de novo, mas, desta vez, eu a afasto para longe de mim. Ainda tenho tempo para resolver a situação toda.

Digo a ela o quão incrível todas as refeições acabaram saindo, e ela fica satisfeita consigo mesma.

— Também estou gostando muito do cenário. Acho que sempre deveríamos jantar com você sem roupa da cintura para cima daqui em diante.

Ela ri e, ao fazer isso, seus seios pulam um pouco.

— Tenho certeza de que seríamos expulsos de restaurantes por isso.

Eu me levanto e ando até ficar atrás dela, colocando as mãos nos seus ombros e as deslizando até seus seios.

— Não em público — rosno no ouvido dela, e a sua pele fica arrepiada. — Ninguém pode ver você nua, exceto eu.

Beijo seu pescoço, e ela suspira.

Porque nunca vou desistir de você, Quinn.

O toque do celular dela nos assusta, e nós dois rimos como se tivéssemos sido flagrados fazendo alguma coisa. Puxo a cadeira dela e me ajoelho na sua frente.

— Deixa ir para a caixa postal, ok?

Dou um beijo na sua coxa e os seus dedos vão direto para o meu cabelo, deslizando pelos fios daquele jeito sexy e atencioso dela.

O celular toca de novo um minuto depois. Ela puxa um pouco o meu cabelo, afastando os meus lábios da sua pele.

— Pode ser uma emergência. Ninguém liga duas vezes seguidas a esta hora da noite.

Levanto as palmas das mãos e recuo um pouco, deixando-a se levantar para atender à ligação.

— O quê? Como? — Escuto o pânico na sua voz e me junto a ela na cozinha. Quando me aproximo, ela pega minha mão e a aperta. — Ele está bem? — Seus olhos estão arregalados, e ela fica acenando com a cabeça para cima e para baixo. — Sim, claro. Consigo chegar aí em vinte minutos.

Ela desliga, e eu a seguro nos ombros.

— O que foi?

— Era a Kimberly. O marido dela sofreu algum tipo de acidente. Ela precisa de alguém para ficar com as crianças para ela poder ir ao hospital.

Concordo com a cabeça.

— Ok, claro. Vá se vestir e vamos direto para lá.

— Você quer ir comigo?

— Claro. Pode ser que eu consiga ajudar com alguma coisa. — Encolho os ombros. — Se você quiser que eu vá.

Ela indica que sim com a cabeça. Seus olhos estão úmidos. Depois, ela sai correndo em direção ao quarto para colocar uma roupa.

Por mais que eu esteja triste por não ter desfrutado da sobremesa que eu tanto aguardava, estou preocupado com Quinn. Sei que ela não quer ver os seus amigos sofrendo, e o nó na boca do meu estômago me diz que, seja lá o que for que esteja acontecendo com o marido de Kimberly, com certeza não é coisa boa.

CAPÍTULO 31

Quinn

Quando chegamos à casa de Kimberly, Cam diz que precisa fazer uma ligação e permanece parado, enquanto eu entro correndo. Kim está segurando Willa, que está gritando a plenos pulmões. Seus olhos estão cheios de lágrimas, com as beiradas das pálpebras vermelhas, e os da mãe não estão muito diferentes disso.

— Pode ficar com ela?

Ela ergue Willa e, apesar dos protestos da bebê, finalmente a arranco dos braços da sua mãe, e ela enterra a cabeça no meu pescoço, travando as mãozinhas gordas nos meus ombros e me agarrando com força. Deslizo a palma da mão para cima e para baixo nas costas dela em uma tentativa inútil de acalmá-la.

— Wyatt está no quarto dele, vendo *Hora do Dinossauro*.

Kimberly dá um beijo na minha bochecha e sai de casa pela porta da cozinha. Eu a sigo, balançando Willa nos braços.

Quando levantamos o olhar, Cam está agitando a mão no ar na direção de um carro preto de transporte executivo de luxo, que está estacionando na entrada da garagem de Kimberly. Um homem usando um terno preto sai e Cam faz um gesto, indicando para nos aproximarmos dele.

— Kimberly, este é Sean. Ele vai levá-la para onde você precisar ir. Ele vai te esperar e vai estar pronto para te buscar na porta assim que você mandar uma mensagem para ele.

Não deixo de notar que ele tira um maço de cédulas do bolso discretamente e o coloca na palma da mão do motorista quando o cumprimenta.

Kimberly joga os braços em volta do pescoço de Cam.

— Obrigada — ela sussurra, e então olha de novo para mim.

— Vá! Estamos bem. Vamos ficar o quanto você precisar.

Pressiono a bochecha no topo da cabeça de Willa enquanto a balanço no meu quadril.

Cam fica do meu lado e coloca a mão no meu ombro. Espio de relance na direção dele, e sei que a emoção está se acumulando nos meus olhos, mas não me importo. Ele apenas sorri para mim.

— É o mínimo que posso fazer, de verdade. Ela não deveria dirigir. — Ele encolhe os ombros. — Venha. Vamos levar esta pequena para dentro.

Willa ainda está soluçando, enquanto estou parada na frente da geladeira, tentando descobrir o que poderia levá-la a parar de chorar.

Escuto barulho de papel sendo amassado atrás de mim e percebo que Camden encontrou o estoque de cereal matinal na despensa.

— Hummm — ele diz, exagerando, ao enfiar um punhado de Captain Crunch na boca. — Isto é realmente gostoso, Willa. Se você passar um tempo comigo, podemos comer um pouco disto juntos, que tal?

Ele coloca a caixa no balcão e levanta um pedacinho do cereal no ar para ela vê-lo, oferecendo a outra mão para levá-la.

— E então? Vamos lá, sou um cara legal, prometo. A Quinn gosta de mim, e ela nunca iria te dar um conselho ruim.

Willa inspira profundamente e me solta, se esticando para alcançar o cereal. Cam desliza a mão em volta dela e a puxa para o seu peito, e ela rouba o cereal dos dedos dele, mastigando a nuvenzinha minúscula de açúcar.

— É bom, não é? Quer mais? — Ela estende a mão, e os seus dedinhos balançam na direção da caixa. — Claro, tudo bem.

Ele dá outro pedacinho a ela e atira um na própria boca também.

Estou de queixo caído. Não consigo acreditar que Camden Reid, solteiro convicto e playboy notório, tem talento com criança.

Ele dá de ombros.

— O que posso dizer? As mulheres me amam. Mesmo as pequenas. — Ele enfia os dedos na barriga dela, que dá uma risadinha. — Não é, Willa?

Enquanto ele se reclina de costas para o balcão, servindo cereal à sua nova melhor amiga sem parar, ouço a batida de pés descalços ao longo do chão de madeira maciça vindo do corredor. Wyatt aparece na porta, mãos nos quadris, completamente pelado.

— Olá, Win.

Eu o encaro, separando os meus pés e colocando os meus punhos nos quadris, na pose de super-herói.

— Olá, Wyatt.

De repente, Wyatt nota Cam segurando Willa.

— Quem é *você*? — ele desafia, e os seus olhos grandes se semicerram embaixo das pequenas sobrancelhas desgrenhadas.

— Sou Camden. Quem é você?

— Sou Wyatt. Esta é a minha Willa. — Ele aponta para a irmã. — Por que você está com ela no colo?

— Estamos aqui só de bobeira, não é, Willa? — Ela confirma com a cabeça, e as suas bochechas estão volumosas por causa do cereal que ela está mastigando. — Sou amigo da Quinn.

— Quero cereal.

Wyatt deixa de lado a sua postura de super-herói, soando de novo como o menininho que ele é.

— Bom, você pode comer um pouco, mas não é muito educado comer sem estar vestido — Cam diz e dá de ombros com indiferença.

— Ah, é mesmo? — sussurro, com uma voz baixa o suficiente para só ele ouvir. — Que vergonha do que fiz.

— Você será punida mais tarde, mocinha.

As palavras dele fazem a frustração da nossa questão pendente de pouco tempo atrás arder na minha barriga, embora este seja um momento totalmente inapropriado para isso.

Wyatt está fazendo beicinho.

— Vou te falar uma coisa, campeão. Você vai vestir uma bermuda e nós vamos nos sentar em frente à televisão e comer cereal juntos, certo? — Cam negocia com ele, mas Wyatt apenas aparenta estar confuso.

Cruzo os braços e encosto o quadril no balcão.

— Ele quis dizer um short. Vista um short e ele vai deixar você ver TV e comer cereal com ele e a Willa.

Wyatt abre um sorriso enorme e sai correndo em direção ao seu quarto. Logo depois ele volta, usando um short com elástico na cintura, do avesso.

— Trato é trato. — Cam encolhe os ombros e pega a caixa de cereal. — Mostre o caminho, rapazinho.

Cam olha para trás sobre o ombro e pisca para mim enquanto segue Wyatt rumo à sala de estar.

Observá-lo com Wyatt e Willa e ver como ele é firme, mas, ainda assim, brincalhão e gentil com eles faz o meu coração se derreter e virar uma poça.

Eu me junto a eles no sofá e, depois de um filme sobre bonecos de neve e princesas, seguido pela sua sequência, os dois estão esparramados no colo de Cam, dormindo profundamente.

Dou um tapinha na mão de Cam que está pousada no meu joelho.

— Devemos colocá-los na cama?

Ele diz que sim com a cabeça, então me levanto e pego Willa, embalando-a nos meus braços. Ele ergue Wyatt.

— Vou deitá-la e já chego lá — sussurro.

Depois que Willa está segura no berço, eu me junto a Cam no quarto de Wyatt. Puxo o seu short para baixo e coloco uma fralda nele, então o cubro com o cobertor e beijo o topo da sua cabeça antes de sairmos na ponta dos pés.

Nos sentamos no sofá de novo, e um braço forte desliza pelos meus ombros. Lábios fortes pressionam a minha bochecha, e aconchego irradia pelo meu corpo.

— Esses dois te adoram.

— Acho que sou uma espécie de tia postiça para eles. Eu os conheço desde que nasceram. — Eu me aninho na curva do seu braço e o meu corpo relaxa. — Eles gostaram muito de você também, sabia?

Ele ri.

— Talvez eu seja incrivelmente imaturo e eles apenas me vejam como uma outra criança.

Meu celular toca e atendo rapidamente quando vejo o nome de Kimberly.

— Como as estão as coisas, Kimberly? O David está bem?

Ela suspira.

— Ele vai ficar bem. É o que parece. Estão fazendo mais exames. Vão mantê-lo aqui em observação mais alguns dias, mas devo conseguir voltar para casa em umas duas horas. Peço desculpas. Achei que estaria de volta muito antes.

— Não se preocupe com isso. Cuide do David. As crianças já estão na cama, ferradas no sono. — Olho para Cam e sorrio. — Assistimos a uns filmes e eles tiveram uma noite ótima.

— Por que vocês dois não dormem no quarto de hóspedes? Deveriam pelo menos tentar dormir um pouco. Vão estar bem perto da Willa e do Wyatt, então vão ouvi-los se eles se agitarem, mas, normalmente, eles dormem bem pesado.

— Ok. Talvez a gente faça isso. Apenas nos mantenha informados se precisar de alguma coisa, está bem?

Desligamos e me viro para Cam.

— Kimberly disse que o quarto de hóspedes está arrumado, se quisermos dormir um pouco.

Ele estica o braço e coloca um fio de cabelo atrás da minha orelha.

— Você realmente parece um pouco cansada, querida. Vamos tirar um cochilo.

Concordo, fazendo um gesto com a cabeça, e pego a mão dele, conduzindo-o para o quarto de hóspedes. Vesti uma regata com uma camisa de botão e uma calça jeans antes de sairmos correndo da minha casa, então tiro a roupa até ficar só de regata e calcinha e vou para a cama, debaixo das cobertas. Cam tira a calça e a camisa social, subindo na cama, ao meu lado, de camiseta e cueca.

Ele desliza um braço ao redor do meu corpo, me puxando para mais perto do seu, e se inclina para beijar minha bochecha. Ao fazer isso, sua mão desliza para cima e pressiona o meu seio. O toque pode ter sido sem querer, mas seus dedos roçando o mamilo através do tecido fino da regata me deixam excitada. Esfrego a bunda contra ele.

— Meu pau vai me matar por isso, mas tem certeza de que é uma boa ideia? Os pequenos estão, literalmente, a poucos passos no corredor — ele sussurra no meu ouvido enquanto os seus dedos desenham pequenos e delicados círculos em torno da carne enrijecida que está espiando através da minha regata.

— Você provavelmente está certo. Pode me abraçar, então?

Ele me puxa para perto e dá beijos suaves no meu cabelo enquanto me aninho no seu peito. Adoro a sensação dos seus bíceps quando eles fazem uma curva ao redor dos meus ombros. Adoro o ritmo constante do seu coração batendo sob o meu ouvido.

Ele se saiu muito bem com as crianças esta noite. Foi generoso ao ajudar Kimberly, facilitando que ela chegasse ao hospital com segurança. Ele é um homem *bom*.

De repente, a emoção toma conta de mim. Eu queria que isso fosse simples. Nunca tive a intenção de me apaixonar por ele.

Mas, agora que me apaixonei, não sei o que vou fazer quando ele for embora.

CAPÍTULO 32

Camden

— Então o dia 14 está bom para todos nós, certo?

Ashok está andando de um lado para o outro atrás da sua mesa falando comigo no viva-voz. Sei disso porque é o que ele sempre faz quando está empolgado.

— Falta mais de dois meses, Ash. Nem comprei as passagens para o meu voo de volta ainda. Isso não pode esperar?

— Não, não pode esperar coisíssima nenhuma. É o melhor lugar em Ibiza, e ele vai estar ocupado se eu não o reservar agora. Até lá, você já vai estar de volta há bastante tempo. Preciso lembrá-lo de que você é o meu padrinho? É você quem deveria estar fazendo essa reserva.

Escuto um som que sei que é ele atirando uma bola para cima no ar e a pegando.

— Vamos, Cam. Vai ser incrível. Beber na praia o dia inteiro, ganhar massagem tailandesa e festejar a noite toda. Garotas até onde o olho alcança. Você pode escolher, duas por vez. Puta merda, até uma dúzia por vez.

Solto um suspiro. Eu deveria estar animado. Mas a verdade é que estou sentindo algo que nunca esperei sentir.

— Por que não marca no dia nove do mês seguinte? Só para ter certeza, ok?

— Tudo bem, claro. Dia nove, mas preciso dizer que você tem andado cauteloso demais ultimamente. O que está acontecendo por aí? Você não se apaixonou por esse lugar, não é? — Ele ri. Eu, não. — Não é, Cam?

— Hein? Nossa, não. Você sabe que não suporto os Estados Unidos.

— O que é, então?

Faço uma pausa, sem saber ao certo se estou pronto para dizer o que tem rolado na minha mente quase sem parar nas últimas semanas, mas Ashok é mesmo o meu melhor amigo. Nós nos conhecemos há anos. Posso confiar nele.

— Estou saindo com uma garota aqui. É só isso. E preciso descobrir como terminar as coisas delicadamente antes de voltar para casa.

Metade da verdade é melhor do que nada, eu acho.

— Mas você vai terminar, certo? Quero dizer, não está pensando em ficar por aí, está?

— Claro que não. Não seja maluco. É que ela... Ela não é como as outras garotas com quem geralmente saio. Só isso. Ela é legal. Não quero ser cruel. Só isso.

— Que bom. Por um instante, você me assustou. Não gosto da ideia de você ficar nos Estados Unidos. Você é um pé no saco, mas eu sentiria sua falta.

Ele ri.

— Não se preocupe, Ash. Vou voltar. Só preciso concluir tudo relacionado às propriedades em Nova York, o que há aqui em Rhode Island e cuidar dessa questão toda com a Quinn. Só isso. Vamos voltar à atividade, fechando o *pub* daqui a pouco tempo.

Peço a ele para me mandar o nome do hotel e digo que vou cuidar da sua despedida de solteiro. Ele tem razão. Sou o padrinho. Preciso me esforçar mais.

Quando encerro a ligação, uma sensação que raramente tenho arde no meu peito. Culpa. Eu a sinto por mentir para Ash, e eu a sinto por dizer, mesmo sendo mentira, que Quinn é algo com que devo lidar.

O carro estaciona e bato à porta de Calliope.

— O-lá! — ela cantarola enquanto estica o braço para me abraçar pelo pescoço. Então, ela imediatamente olha atrás de mim, para além do meu ombro. — Onde está a Quinn?

— Como assim? Você só me convida para vir à sua casa porque acha que vou trazê-la comigo?

— Bem... — Ela cruza os braços e bate o dedo no queixo, como se estivesse pensando. — O que quero dizer é que ela, definitivamente, é um grande bônus.

Dou um soquinho, de leve e de brincadeira, no braço dela.

— Muito obrigado. Achei que poderia ser legal se fôssemos só nós hoje à noite.

— Ah, merda. Entre e pegue uma bebida, então. Parece coisa séria.

— Não é. Não posso simplesmente querer ter uns momentos agradáveis com minha irmã favorita?

— Na verdade, não.

Dou risada.

— Certo. Devidamente anotado.

Nós nos acomodamos na sala de estar com dois copos do uísque, que eu trouxe para ela na última vez que a visitei. Amo minha irmã, mas a conversa fiada é interminável. Na verdade, quero que ela mencione Quinn de novo para eu poder ver se ela tem alguma ideia se estou certo sobre ela — sobre o que ela está sentindo e, mais importante de tudo, se Calli acha que ela iria gostar da minha ideia. Estou tão ocupado remoendo tudo isso que acabo não prestando atenção na maior parte do que ela acabou de falar.

— E então lá estávamos nós, na aula, fazendo a postura, e ela simplesmente caiu de lado.

Deixei de prestar atenção nela completamente, perdido demais nos meus pensamentos, eu acho.

— Desculpe, de quem você estava falando mesmo?

Calli apoia o seu copo num móvel e pousa os cotovelos nos joelhos, juntando e apertando as mãos enquanto me encara.

— Quinn. Lembra? Você gosta dela, mas é teimoso demais para admitir isso, lembra?

— Espera, ela caiu de lado? Como assim?

— Ela desmaiou bem no meio da ioga quente ontem à noite. Eu a coloquei na postura da criança e dei um pouco de água para ela tomar, e ela ficou bem. Bridget já passou por isso antes, mas ela vive desmaiando, aquela lá. Quinn disse que não se lembrava de ter desmaiado antes na vida. Então ela disse que ia deixar Simon dar uma examinada nela. Achei que isso podia estar relacionado com aquela virose que ela teve um tempo atrás, ou algo assim. — Ela balança a cabeça. — Ela não te contou? Estou surpresa, já que vocês dois estão morando juntos.

— Hum. Sim, eu também.

Esfrego o queixo enquanto presto pouca atenção ao responder. Estou incomodado por ela ter tido algo assim e não ter me contado. Ela realmente disse que estava cansada e que iria encerrar o dia mais cedo em vez de ir ao meu apartamento. Ela anda meio exausta desde que ficou doente algumas semanas atrás, então não vi nada de mais nisso.

— Eu sabia! — O dedo de Calli está apontando diretamente para o meu rosto. — Caramba, eu sabia! Vocês *estão* morando juntos. Admita, Cam. Você se importa com ela, não é? Me diga a verdade ou vou ligar para a mamãe.

— Você está mesmo ameaçando me dedurar para a mamãe agora? Quantos anos nós temos, mesmo?

— Estou usando a mamãe para te chantagear, sim, pode ter certeza. Vou ligar para ela e dizer que acho que você encontrou a pessoa certa, mas que é tímido demais para dizer. Você sabe como ela é. Não vai querer falar de outro assunto.

Calli esfrega as palmas das mãos umas nas outras, joga a cabeça para trás e parece cacarejar de tanto rir.

— Já te contei que eu queria que você fosse um irmão preferido? — pergunto, erguendo uma sobrancelha na direção dela.

— Você me ama e sabe disso. — Ela vem para o meu lado, quicando ao se atirar no sofá, e passa seu braço em torno do meu. — Agora me diga a verdade, irmão. Você gosta da Quinn? — Ela semicerra os olhos e examina o meu rosto. — Cam, você a ama?

Arrasto a palma da mão pelo rosto.

— Não sei. Não sei nem se tenho certeza do que é isso, para ser honesto. Gosto de estar com ela e, quando não estou, mal posso esperar até poder estar de novo. Ela me faz rir. E, no quesito sexo...

— Pare! — Calli levanta a palma da mão e torce o nariz. — Não seja nojento. Não quero ouvir nada disso. — Ela balança a cabeça. — Mas que sujeito que você é! A questão é: você contou a ela como se sente?

— Não sei se devo. Não deu muito certo da última vez, não é? — Solto um suspiro. — Quero dizer, pensei na questão, em pedir para ela ir comigo para Londres.

Calli aperta o meu braço que está imóvel e envolto no dela e pousa a cabeça no meu ombro.

— Ou você pode se mudar para cá.

Ela levanta o olhar para o meu rosto e dá umas rápidas piscadinhas.

— O quê? Para os Estados Unidos? Eu? Puta merda, Calli, você enlouqueceu de vez?

— Admita, aqui é melhor do que você esperava. Além do mais, Quinn tem uma empresa aqui, e amigos, e uma vida. Se você a ama, não pode esperar que ela faça todos os sacrifícios.

— Eu não disse que a amo.

Olho para a minha irmã preferida.

— Mas você ama.

Droga. Odeio quando ela tem razão.

CAPÍTULO 33

Quinn

Consegui ficar trinta e um anos da minha vida sem desmaiar uma única vez.

Agora, essa minha sequência foi quebrada.

Tenho me sentido um pouco desanimada desde que aquela virose quase me matou algumas semanas atrás. Meu estômago tem andado meio embrulhado, estou tendo dores de cabeça com frequência e me sentindo muito mais cansada e fatigada do que o habitual. Pensei que era porque eu ainda estava me recuperando, mas, quando desmaiei na aula de ioga quente de Calliope, fiquei assustada.

Estávamos fazendo uma saudação ao sol e, quando me curvei para tocar o chão, fiquei tonta. Havia uma luz ofuscante atrás dos meus olhos fechados, me senti enjoada e essa é a última coisa de que me lembro.

— Droga! Quinn? Você está me ouvindo? Levanta.

Senti uma mão no meu ombro e dedinhos batendo na minha bochecha.

— Quinn?

Meus olhos se abriram, depois de as minhas pálpebras vibrarem várias vezes, e vi Calliope pairando sobre mim, junto com algumas outras mulheres da aula.

— Ah, graças a Deus! Para trás, todo mundo. Deem espaço para ela poder tomar um ar, ok? — A mão de Calliope estava atrás do meu ombro, me levantando para eu ficar sentada. — Você consegue se sentar? Vamos tentar.

— Acho que estou bem. Só estou me sentindo um pouco enjoada. Estou bem, é sério.

Tentei me levantar e o estúdio girou, então me sentei de novo.

Demorou um pouco para ela concordar em não chamar uma ambulância. Depois de prometer passar na clínica e deixar Simon me examinar, finalmente consegui convencê-la a me permitir ir embora.

Agora que estou na sala de espera, preenchendo os documentos de admissão em um tablet, me sinto perfeitamente bem, para falar a verdade. Mesmo assim, não quero uma recaída do que quer que eu tenha tido antes, então imagino que a melhor coisa a fazer é ser examinada.

Preencho o meu nome, endereço, seguro de saúde, altura, peso... Todas as perguntas de sempre estão ali. A parte seguinte é sobre sintomas, e menciono o desmaio, o cansaço e o enjoo geral que tenho sentido.

Quando deslizo o dedo para ver a próxima tela, leio a pergunta, e uma súbita sensação ruim fisga o meu peito.

Quando foi sua última menstruação?

Pisco, e leio de novo. A pergunta continua a mesma, e ainda não consigo me lembrar da resposta. Tiro o celular da bolsa e abro o aplicativo de saúde. Rolo a barra lateral para achar os dados sobre o meu último ciclo... e a tela continua descendo. Quando finalmente encontro, fico de queixo caído e com o olhar fixo na tela.

Quase oito semanas atrás?

Não menstruo há quase dois meses? Dois meses! Como é possível eu não ter percebido?

Minha mente começa a zunir com cálculos, datas e todas as escapadas sexuais explosivas que eu e Cam nos permitimos nos últimos dois meses. Uso métodos contraceptivos desde a época da faculdade, e nunca me apavorei desse jeito. Depois que eu e Cam concordamos em sermos parceiros exclusivos um do outro e confirmamos que estávamos ambos saudáveis, paramos de usar preservativo, mas tomo a pílula com a regularidade de um relógio. Menstruei umas três semanas antes de o vírus me deixar doente.

Droga! Não, não, não, isto não pode estar acontecendo. Aquele vírus idiota! Eu estava vomitando há uns três dias seguidos quando Cam me encontrou. Fizemos sexo dois dias depois, na casa dele. Eu tinha ficado muito fora do ar. Não tinha nem considerado tomar a pílula até voltar para casa.

Cruzo o braço, levantando a mão para bater a ponta dos dedos no polegar. Quando faço isso, meu antebraço roça no meu seio, e eu o sinto — mesmo através do sutiã, percebo a sensibilidade. Dou uma olhada rápida ao redor para checar se há alguém observando, e discretamente aperto o braço contra a parte central do meu seio.

Ai!

Sinto minha cabeça começar a girar, mas, desta vez, é por um motivo totalmente diferente.

Posso mesmo estar grávida?

Pego minhas coisas e corro para o balcão da recepção.

— Desculpe, apareceu um problema, mas vou voltar mais tarde — minto enquanto empurro o tablet de volta para a recepcionista.

— Ah, não faz mal. Bem, o doutor Hogue está livre se você quiser que ele te examine, só por garantia...

— Não! — Minha resposta é mais enfática do que eu pretendia. — Quer dizer, não, está tudo bem. Estou me sentindo bem. Apareço aqui e faço uma consulta com ele outra hora. Preciso ir cuidar de uma emergência familiar.

Neste caso, a emergência é que eu posso estar começando uma família.

— Ok. Ligue se precisar de nós. Cuide-se.

A recepcionista lança um sorriso preocupado para mim, e saio voando de lá.

Paro na farmácia mais próxima que consigo achar e, após vasculhar todos os corredores para me certificar de que não tem ninguém que eu conheça espiando na loja, levo testes de gravidez de três marcas diferentes para o balcão da frente.

Não quero correr o risco de ir à minha casa, porque Cam pode ter passado por lá, coisa que ele tem feito com frequência. Em vez disso, vou à padaria de Rowan. Quando me aproximo da porta da entrada, o lado "fechado" da placa está virado para a rua. Bato furiosamente no vidro.

— Só um minuto! — Escuto Rowan falando com a voz irritada.

Quando ela vê pela janela que sou eu, aperta o passo e destranca a porta, me acompanhando para dentro.

— Quinn, você está bem? Está com cara de quem viu um fantasma.

— Estou. Vi. Talvez não um fantasma. Talvez o futuro. Meu futuro — divago, sem coerência alguma.

— Calma, devagar. Que diabos está acontecendo?

Ela tranca a porta e então alisa o meu ombro com a palma da mão.

— Pode ser... Pode ser que eu esteja...

Não consigo falar as palavras. Simplesmente empurro a sacola da farmácia na direção dela.

Ela pega uma alça de plástico em cada mão, afastando-as, e espia o conteúdo.

— Meu. Senhor. Jesus! — Os olhos dela estão do tamanho de dois pires quando encontram os meus. — É sério?

Minha cabeça se mexe em câmera lenta, para cima e para baixo.

— Quanto tempo faz que você está atrasada?

Engulo em seco.

— Sete semanas.

— Sete semanas? Quinn!

— Eu sei, eu sei! Simplesmente perdi a conta. Tenho andado muito ocupada, e tive aquela virose e, sabe como é... O sexo e tudo o mais. Não estou acostumada a ter de monitorar isso. — Desmorono em uma das cadeiras. — O que é que eu vou fazer, Ro?

— Bem, em primeiro lugar, você já fez algum exame? Pode ser outra coisa, certo? — ela diz, erguendo os ombros e depois os baixando.

— Eu não queria estar sozinha na hora de fazê-los.

Porque tenho certeza absoluta de que vou estar sozinha para criar esta criança se o resultado for positivo.

— Ok. Vamos ver com o que estamos lidando, certo? — Ela pega minha mão, me ajuda a levantar e me conduz para o seu escritório na parte de trás da loja. — Vamos resolver tudo, ok? Quero dizer, mesmo se as coisas não forem... Quero dizer, com Camden, mesmo se as coisas não forem ideais, você ainda tem a gente. Addie, Zoe e eu. Vamos passar por essa juntas.

Ela sorri, e há muito amor no rosto da minha amiga. Eu a abraço com tanta força que quase a derrubo e mando nós duas para o chão.

— *Opa*! — Ela ri. — Certo, não somos homens, então vamos ler as instruções e descobrir com algum grau de segurança com o que estamos lidando.

Concordo com a cabeça e ela despeja o conteúdo da sacola da farmácia na sua mesa. Não demora muito para analisarmos cada uma das embalagens e decidir que a melhor estratégia é fazer um teste de cada marca. Entro no banheiro, armada com três bastõezinhos de plástico rosa e branco.

Rowan tem me oferecido água sem parar desde que entrei, então estou totalmente cheia no momento em que preciso executar a ação. Distribuo várias toalhas de papel na bancada, uma em cima da outra, e faço xixi em cada bastão, colocando-os um do lado do outro na pilha de toalhas.

Lavo as mãos e saio do banheiro para me deparar com Rowan me esperando no corredor.

Ela curva o polegar na direção da cozinha.

— Vamos. Quero que você experimente uma receita nova de cobertura com a qual ando brincando.

— É sério? Agora?

— Bem, aqui estão as suas opções. Você pode passar os próximos seis minutos surtando, ou pode passar surtando enquanto come cobertura. A escolha é sua — ela diz, e pisca.

— Bem pensado. Você realmente tem uma cabeça que funciona em cima dos ombros, caso eu não tenha te dito isso ultimamente.

Entramos na cozinha, onde Rowan me apresenta dois cookies com pedacinhos de chocolate e quatro amostras diferentes de cobertura com manteiga de amendoim. Mergulho o cookie nas coberturas e dou uma mordida, e é uma cobertura mais deliciosa do que a outra.

— Todas elas são gostosas, Ro. — Fecho os olhos e lambo os lábios quando termino o último pedaço. — Você é um gênio da confeitaria.

— Eu sei. Sou boa demais, não sou? — Ela ri. — Mas, falando sério, tive dificuldade para decidir. Acho que a última é a minha favorita.

— Com certeza é a mais cremosa. Ela ficaria boa em cupcakes ou em cookies, ou talvez em algum tipo de biscoito em outro formato.

Quando mergulho o dedo para provar os sabores de novo, nós duas ouvimos o toque do meu celular vindo do escritório.

Ficamos como duas estátuas quando nossos olhares travam um no outro.

Deu o tempo.

Aperto a mão dela e andamos pelo corredor. Quando chegamos à porta do banheiro, congelo.

— Não consigo. — Balanço a cabeça. — Não consigo olhar.

Ela franze as sobrancelhas. Seu olhar pula de mim para a porta e o seu dedo se move para a frente e para trás entre ela e o cômodo minúsculo que contém o meu futuro.

— Quer que eu...?

Indico que sim com a cabeça. Ela respira fundo, se aproxima e abre a porta.

Um momento depois, ela sai, com os braços cruzados, e, quando os olhos dela encontram os meus, eu sei.

Minha voz treme.

— Tem certeza?

Ela faz que sim com a cabeça.

— Três de três, querida.

Quase passo por cima dela e olho os três detestáveis bastõezinhos do destino na bancada. Um está com duas linhas rosa, não um rosa desbotado, mas sim um rosa vivo de batom. O bastão seguinte está exibindo um grande sinal de positivo em azul. Por fim, o terceiro, a versão que, suspeito, foi criada apenas para situações como esta, está mostrando a palavra *grávida* no visor, com enormes letras maiúsculas.

Tombo para trás para descansar o peso contra o batente da porta e deslizo até o chão.

— O que é que eu vou fazer, Ro?

Olho para a minha amiga, que agora está ajoelhada ao meu lado.

— Você vai agir como uma mulher adulta e lidar com a situação. Você vai ter uma alimentação saudável, tomar vitaminas, ter consultas com o médico e, daqui a mais ou menos sete meses, vai empurrar com muita força até uma pessoa minúscula sair. — Ela esparrama os braços em torno do meu pescoço e encosta a bochecha na parte de cima da minha cabeça. — E nós vamos amar a criaturinha do mesmo jeito que amamos você.

CAPÍTULO 34

Camden

Entro no bar do Waldorf Astoria e vejo Liam sentado bem ao fundo, me esperando.

— Que bom que conseguiu vir, Liam.

Aperto a mão dele e ele se levanta para podermos ir ao restaurante, onde temos uma mesa reservada.

— Obrigado por me convidar. É bom podermos colocar a conversa em dia. Fiquei feliz por Brent ter conseguido fazê-los chegar a um acordo. — Ele me passa o envelope de papel manilha que o advogado que contratamos deixou para mim no escritório dele. — Essa Connie é osso duro de roer, hein? Não acredito que ela estava enganando proprietários de imóveis, conseguindo centenas de milhares de dólares na forma de taxas e, além disso, teve a coragem de tentar roubar o nome da empresa da sua namorada. — Ele balança a cabeça e ri. — Os colhões dela devem ser maiores do que os meus.

— Que bom que você me ajudou a encontrar Brent e que ele conseguiu resolver o problema. — Ergo a sobrancelha e inclino a cabeça. — Você sabe o quanto aprecio a discrição dele.

— Acredite em mim, Camden, entendo completamente. Existem poucas coisas tão perigosas quanto uma mulher orgulhosa e brava. — Ele ri. — Quero dizer, fala sério. Você conheceu a Chloe.

Penso na ira de Quinn se ela descobrisse que eu tinha ajeitado as coisas com o advogado para recuperar o nome da empresa dela e resolver o problema com Connie de uma vez por todas. Talvez ela não ficasse furiosa comigo por muito tempo, mas, não importa o quanto isso duraria, seria tempo demais para o meu gosto.

Eu e Liam jantamos e nos despedimos. Quando estou a caminho do aeroporto, minha mente volta para a conversa que tive com Calli. Antes de viajar, não pressionei Quinn sobre o desmaio dela na aula de ioga. Tenho certeza de que ela não queria que eu ficasse preocupado, e também não quero constrangê-la nem a deixar saber que Calli compartilhou uma coisa comigo que ela mesma claramente não queria que fosse dita.

Quando aterrissamos em Providence, mando uma mensagem para Quinn e pergunto se ela vai passar na minha casa. Ela escreve que sim, dizendo que não preciso mandar um carro e que ela não se importa de dirigir.

Fico agitado ao esperá-la chegar. Durante os meses que se passaram desde que a conheci, e mais ainda a partir do momento em que começamos a sair juntos, eu a quero comigo o tempo todo. Só preciso descobrir como convencê-la a ir para Londres comigo. Sei que ela gosta de mim. As palavras ficaram penduradas nos lábios dela mais de uma vez. Ela tem evitado qualquer conversa sobre o futuro, porque sabe que o futuro envolve eu voltar para o meu país. Então, vou convidá-la para ir para Londres. Vou mostrar a ela tudo o que a cidade tem de melhor a oferecer. Vou tornar a experiência tão atraente que ela nunca vai querer ir embora.

Faço uma ligação para pedir o nosso jantar e coloco o Cabernet Sauvignon na geladeira para esfriar um pouco. Em seguida, mando uma mensagem para Susan, que está em Londres, e fico feliz por ela ainda estar acordada, embora eu odeie o fato de que a teimosia do seu bebê recém-nascido para dormir à noite seja a causa.

Estou passando a ela as informações para fazer a reserva da despedida de solteiro do Ash, e pergunto sobre os preparativos da viagem para o casamento. A festa de casamento de Ash e Natalie será no Blenheim Palace, em Oxfordshire, então vamos ter de passar o fim de semana lá. Ela diz que vai pesquisar um pouco e fazer todas as reservas. Quinn chega bem quando estou desligando.

Quando abro a porta da frente, noto que ela está usando um vestido azul larguinho, que não me deixa ver o seu corpo deslumbrante, e o seu cabelo está solto, em ondas cor de mel dispersas em volta do rosto e sobre os ombros. As duas mãos estão segurando firmemente a alça de uma dessas pequenas bolsas de mão que ela usa — aquelas que me fazem lembrar do que vejo a rainha carregando por aí. Quando ela me vê, seus olhos cor de âmbar brilham, e os ombros copiam o movimento das sobrancelhas quando ela as ergue.

— Bem-vindo da viagem a Nova York. — Seu sorriso enorme me diz que ela está tão contente em me ver quanto eu estou em vê-la. — Conseguiu terminar tudo que tinha a ver com as suas propriedades lá?

Respondo que sim com a cabeça enquanto me aproximo, reduzindo a distância entre nós. Deslizo os dedos ao redor da sua nuca e viro o seu rosto para juntar os seus lábios aos meus. Minha língua se lança para fora para sentir o seu gosto, e ela relaxa, encostada no meu corpo.

O gosto de Quinn é incrivelmente distinto. Seus lábios macios sempre têm um sabor parecido com baunilha e uma doçura que lembra um pouco mel. É um sabor para o qual o meu apetite é completamente insaciável.

Estou tão ocupado devorando a beldade à minha porta que não ouço a campainha do elevador quando ele se abre no meu andar.

— Hum-hum!

Tiro os meus lábios de Quinn com relutância e vejo um cara de camisa polo vermelha parado atrás de nós, segurando uma sacola com comida para viagem. Ele está sorrindo maliciosamente.

— Desculpe, mas você é o Cameron? — ele diz, olhando para o recibo grampeado na sacola.

— *Camden*. Sim. Sou eu.

— Trouxe o seu pedido do Café Romano.

Enquanto ele segura a sacola no ar, noto que ele dá uma olhada de cima a baixo no corpo de Quinn.

— Tira o olho daí, parceiro.

O menino ri até eu entregar uma nota de cinquenta dólares para ele, e seus olhos se arregalarem.

— Ok, aqui está. Agora cai fora.

— Muito obrigado.

Ele sorri e vai embora pelo corredor.

— Agora, entre aqui, você. Estou morto de fome.

Enfio o braço ao redor da cintura de Quinn e a puxo para o apartamento.

Sirvo vinho para ela em uma taça e, bem quando nos sentamos para comer, meu celular toca.

— Desculpe, querida, é a Susan, de Londres. Você se importa? — pergunto, e aponto para o celular.

— Claro que não. — Ela força um sorriso após dizer isso, e não sei ao certo por que parece tão preocupada. — Vá em frente.

Susan me dá os detalhes das reservas que ela já conseguiu fazer.

— Você é um tesouro. Eu já te disse isso?

— Já, mas você poderia dizer isso com um aumento. Fralda não é barato, sabia? — ela diz, e dá risada.

— Vou me certificar de que você seja bem tratada, Susan. Outra coisa. Tome todas as providências para que tenhamos um quarto de verdade em Oxfordshire, está bem? — Olho por cima do ombro no ponto do corredor onde estou, mas acho que Quinn não consegue me ouvir. — Quero champanhe, rosas, tudo.

— Uau! Quem quer que seja a moça sortuda, ela deve ser especial. — Ela ri.

— Você não sabe da missa a metade. — Sorrio, pensando em como planejo agradar Quinn com comida e bebida cara para persuadi-la a ficar na Inglaterra. — Quero passar o fim de semana inteiro no lugar.

— Pode deixar, Camden. Algo mais que eu possa fazer por você?

— Você poderia mandar alguém para limpar e abastecer minha casa antes de eu voltar? Talvez dar uma passada lá e checar as coisas você mesma. Dê um toque feminino no lugar para mim. Vai haver alguma coisa boa a mais no seu próximo pagamento para compensar o trabalho.

Retorno pelo corredor, me encaminhando para a sala de jantar para me juntar a Quinn novamente.

— Ok, então. Vejo você em algumas semanas. É, vai ser bom voltar para casa, com certeza. Sim. Ok, Susan. Tchau.

Imagino Quinn lá na minha casa em Londres. Imagino nós dois passeando de barco ou indo ao teatro, e isso parece tão perfeito...

Não me permiti querer ninguém por um longo tempo, não do jeito que a quero. Agora, tudo está começando a fazer sentido.

CAPÍTULO 35

Camden

Eu me sento de novo e percebo que Quinn já terminou a taça de vinho. Ela está arrancando pedacinhos de pão de alho e os beliscando quase que sem prestar atenção. Estico o braço para encher a sua taça.

— Está tudo bem, Quinn? Você parece muito pensativa.

Ela sorri para mim, mas é um sorriso forçado.

— Sim. Tudo certo.

Ela coloca a mão sobre a taça antes de eu conseguir despejar mais vinho.

— Acho que vou trocar por água, obrigada.

Concordo com a cabeça e coloco a garrafa na mesa.

Depois que terminamos o jantar, puxo sua mão e a levo para o quarto, vamos para a cama e nos beijamos. Ela, definitivamente, está gostando, desfrutando do momento, mas há algo pairando no ar entre nós que não consigo identificar com exatidão.

Toco os cachos que caem na bochecha dela, colocando-os atrás da sua orelha.

— Tem certeza de que está bem, querida? Parece que está preocupada com algum problema. Você resolveu toda aquela questão com a Connie, não é?

Claro, sei a resposta à pergunta, mas não quero que ela saiba que paguei o advogado para ele cuidar de tudo. Ela é independente, a minha garota, e amo isso.

Ela confirma com a cabeça.

— Resolvi. Estou bem, é sério. Acho que estou um pouco cansada. — Ela encolhe os ombros. — Acho que ando pensando também, e parece estranho, sabe? Quero dizer, não falta muito para você voltar para a Inglaterra.

Deslizo para mais perto dela, beijando sua têmpora.

— Acho que não falta muito mesmo.

Eu a provoco ao deslizar uma das mãos ao longo da curva suave da sua barriga. Meus beijos descem para o seu pescoço longo, e acho maravilhoso o jeito como ela levanta a cabeça como se por instinto, me dando um maior acesso.

— Você já pensou mais sobre me fazer uma visita?

Deslizo a mão para baixo, e meus dedos mergulham no calor entre suas coxas.

— Talvez.

Ela ronrona à medida que meus beijos trilham um caminho ao longo da sua clavícula e descem para os seios.

Quando desenho círculos, contornando os bicos, seus dedos se emaranham no meu cabelo.

— Talvez? Hum. Quinn...

Levanto a cabeça para encontrar seus olhos, e eles estão cheios de fogo. A respiração dela está pesada, e amo ver o quanto ela está sedenta por mim. Estico o braço e esfrego seu outro mamilo entre o meu polegar e o indicador, e os quadris dela se erguem enquanto ela emite uns barulhinhos, expressando luxúria e desejo.

— Se você vier me visitar, vou poder fazer isto aqui.

Puxo o seu mamilo delicadamente entre os dentes e ela fecha os olhos, fazendo ar entrar na sua boca por entre os dentes. Seus dedos agarram a parte de trás do meu cabelo, me instando a oferecer mais.

Minha mão desliza entre suas coxas de novo, enquanto meus lábios embrulham o mamilo, e ela está incrivelmente úmida. Sabia que ela gostava de atenção nos seios, mas está especialmente ávida por esse tipo de carícia esta noite.

Retiro os dedos e os levo à boca, chupando o gosto de Quinn deles. Mas, quando começo a beijar suas costelas e barriga, ela me faz parar.

— Não, Cam. Quero você dentro de mim agora. — Ela empurra meu ombro. — Você vai se sentar para mim?

Indico que sim com a cabeça, deslizando para me sentar de costas para a cabeceira, como ela está pedindo. Ela prende meus quadris com as pernas e, puta merda, que visão perfeita que ela é. Seu cabelo cai ao redor dos ombros. Seus olhos estão cintilantes, então as manchas douradas brilham ainda mais intensamente do que de costume. Seus lábios estão inchados dos nossos beijos, e os mamilos são picos perfeitos em cima de esferas fartas, de pele macia, das quais as minhas mãos não parecem conseguir ficar longe.

Ela se aproxima, deslizando os dedos contra a parte de trás da minha cabeça, e então ela lambe os lábios. É absurdamente sexy.

Não posso desistir dela. Não vou. Vou fazer o que for preciso para convencê-la a ficar comigo.

Ela se move lentamente na minha direção, com a língua se projetando para fora para lamber aqueles lábios cheios e rosados, e depois sua boca está na minha. Ela lambe, suga e mordisca o meu lábio, e sou um completo caso perdido no que diz respeito a essa mulher. Ela interrompe o beijo por tempo suficiente para me olhar nos olhos e pressionar a palma da mão na minha bochecha.

— Quero tanto você, Cam...

As palavras dela saem como um gemido.

— Você me tem, querida. Estou bem aqui.

Cubro a boca dela com a minha e movimento uma mão para acariciar meu pau. Seus quadris se levantam, e o seu centro me acha duro e pronto para ela. Ela se abaixa no meu pau dolorosamente devagar.

Pego seus quadris nas palmas das mãos e ela pressiona a testa contra a minha. Nossas bocas estão abertas, enquanto ela sobe e desce, nosso hálito se misturando, os batimentos dos nossos corações sincronizando quando ela se abaixa e eu me levanto para encontrar o seu corpo, uma vez após a outra.

Ela me olha com tanta intensidade que todas as minhas dúvidas desaparecem. Minha mão faz uma trilha ao longo da sua barriga, e o meu polegar encontra o seu clitóris, desenhando círculos que a deixam mais excitada.

— Isso é meu — digo a ela, com a voz rouca e cheia da dor que permeia o meu corpo apenas para ela. — Isso me pertence.

Ela concorda com a cabeça, e os seus olhos estão úmidos e cheios de emoção quando o corpo dela tensiona ao redor do meu.

Agarro seus quadris e empurro com mais força, mais fundo dentro dela até ela segurar com tanta força que puxa tudo do meu corpo.

Quando desmoronamos, meu corpo está esgotado e minha mente, exausta do orgasmo e do alívio por saber o que fazer.

Quinn sai da cama para ir ao banheiro, e então gira para ficar de lado, com o traseiro maravilhoso dela pressionando o meu quadril. Rolo o corpo dela e a puxo para perto do meu peito.

— Por mais que eu ame a sua bundinha perfeita, quero você aqui. Fique comigo, Quinn. Quero você aqui.

Ela assente, a palma da mão encontrando o meu peito enquanto deposita uma dúzia de beijinhos na minha pele, e eu pressiono os lábios na parte de cima do cabelo dela.

Isto é real. Ela faz valer a pena correr o risco.

Sei disso porque sei o que ela significa para mim.

Eu a amo, e não vou deixá-la escapar.

No dia seguinte, vamos sair para tomar café da manhã. Talvez a gente vá à feira. Quinn gosta disso. Quando voltarmos, vou contar a ela o que ando pensando. Vou contar como estou me sentindo. Vou pedir a ela para ir para a Inglaterra comigo.

E ela vai dizer sim, porque está sentindo a mesma coisa. Eu sei.

Completamente exausto, estou vagamente ciente do sorriso que ainda está nos meus lábios, enquanto os meus dedos roçam a pele macia dessa mulher que eu jamais conseguiria ter sequer imaginado que poderia existir.

Conforme vou adormecendo, acho que a ouço conversando comigo, suavemente, mas estou entrando num sono tão profundo, e a voz dela é tão delicada, que não consigo despertar o suficiente para responder. Nem tenho cem por cento de certeza do que ela disse. Talvez eu já esteja sonhando, mas sei como o que ela disse soa.

Soa como as três palavras que nenhuma mulher me disse antes, querendo que elas significassem alguma coisa de verdade.

Espero que seja isso que ela tenha dito, porque é exatamente o que estou planejando dizer a ela.

CAPÍTULO 36

Quinn

Existe algum tipo de grupo de apoio ou de intervenção para covardes? Porque, se não existir, deveria. E eu deveria estar encabeçando a lista de participantes.

Realmente tive a intenção de contar a Camden que eu vou — que nós vamos — ter um bebê. É sério. E então, o celular dele tocou.

Eu não estava tentando escutar escondido. Assim que Cam pediu licença para deixar a mesa de jantar, corri para a cozinha para despejar o meu vinho na pia. Odiei desperdiçar o que, claramente, era um cabernet muito bom, mas, com certeza, eu não poderia bebê-lo no meu estado, e sabia que ele iria perguntar o motivo. Eu simplesmente não estava pronta para responder. Quando me sentei de novo, percebi que conseguia escutar sua conversa ao telefone.

Sei que a assistente dele em Londres é Susan. O que me incomodou, o que fez o meu coração se entristecer, foi ouvi-lo pedir para ela deixar a sua casa pronta para ele voltar. O verdadeiro chute no estômago foi o que ele disse ao andar pelo corredor em direção à sala de jantar quando eles estavam prestes a desligar.

É, *vai ser bom voltar para casa, com certeza.*

Obviamente, eu sabia que o dia estava se aproximando de fininho, mais rápido do que queria admitir. Sabia que Cam estaria voltando para sua vida em Londres. Só não queria que ele estivesse tão feliz com isso.

Preciso admitir, uma pequena parte de mim tinha esperança de que ele fosse mudar de ideia. Ok, uma grande parte de mim. Pensei que ele iria decidir que gostava daqui, no fim das contas. Pensei que ele pudesse gostar de mim o suficiente para ficar, mas acho que eu estava errada.

Quando o ouvi dizer o quão feliz ele ficaria em voltar para casa, uma casa que fica a uns cinco mil quilômetros de distância, eu poderia ter pegado as minhas coisas e simplesmente saído correndo. Poderia ter deixado o apartamento, apressada, e tentado colocar um ponto final no nosso relacionamento. Mas, fominha que me tornei, não consegui fazer isso. Eu ainda estava pegando fogo por causa do beijo ardente que trocamos quando ele abriu a porta.

Eu sabia que não conseguiria contar a ele o que me fez ir até lá. Ainda assim, queria apenas mais uma noite para recordar. Queria me fundir nele enquanto ele pressionava beijos ardentes nos meus lábios. Queria estremecer nos seus braços quando ele me preenchesse com o seu calor. Queria aproveitar tudo o que ele tivesse para oferecer, e eu queria que as minhas últimas lembranças de Camden Reid fossem do olhar dele para mim, com os olhos repletos de desejo selvagem, e da sensação das suas mãos grandes e fortes enquanto me seguravam firme.

Quando ele adormeceu, beijei sua bochecha. Ao me levantar da cama, disse a ele as três palavras que nunca teria coragem de falar se ele estivesse acordado. Depois, juntei minhas coisas e saí de fininho pela porta da frente.

Tudo porque sou uma covarde.

Não é nem pelo medo de que ele fosse ficar furioso se eu contasse que estou esperando um filho dele. É que não suporto ouvi-lo dizer para mim que não me quer — não nos quer. Mesmo sabendo disso, ouvir as palavras teria sido simplesmente demais para mim. Então, deixei um bilhete para avisá-lo de que estou bem e que, por mais que eu tenha adorado o tempo que passamos juntos, o fato de ele voltar para casa significa que sei que esse tempo acabou.

A viagem de uma hora até Boston parece demorar dias. Quando disse a Rowan que precisava de um lugar para sumir por um tempo, um lugar para resolver as coisas, ela ligou para a mãe dela e tomou as providências. Conheço Ro desde a faculdade, e a mãe dela sempre foi uma mãe postiça para mim. Ela nem ficou fazendo perguntas. Simplesmente disse: "Fale para Quinn vir aqui e ficar o quanto ela quiser".

Estaciono na frente da casa geminada na Praça Harvard e subo os degraus até chegar à porta da frente. Donna Taylor abre a porta quase que imediatamente após eu tocar a campainha e me puxa para um abraço.

— Quinn! Que bom ver você, querida.

Ela me abraça apertado, em um daqueles abraços de mãe que são, ao mesmo tempo, suaves e fortes, e as lágrimas que lutei tanto para ficarem quietas começam a cair em um fluxo sem fim nas minhas bochechas.

— Ah, meu bem! Entre aqui e me deixe cuidar de você.

Respiro fundo enquanto me aninho nela, e entramos na casa.

Donna coloca uma xícara de chá na minha frente sobre a mesa da cozinha.

— Quer biscoitinho, querida?

— Não quero ser um transtorno. Já estou te importunando — digo, balançando a cabeça.

Seus olhos azuis brilham enquanto ela abre uma lata grande e redonda, coberta com um desenho de floco de neve, e a inclina na minha direção.

— São as minhas bolachinhas caseiras. Fiz hoje de manhã.

Levanto os ombros e os deixo cair quando nossos olhares se encontram.

— Bem, talvez só uma... ou três.

Ela sorri, colocando quatro no guardanapo que está perto da minha xícara de chá.

— E então? — Ela se senta na minha frente. — Você quer me contar o que está acontecendo? Quero dizer, além do bebê que está na sua barriga, é claro.

Paro de mastigar a bolacha, piscando duas vezes.

— Rowan te contou?

— Ah, querida! — Ela ri. — Ninguém precisou me contar. Eu te conheço desde que você tinha dezenove anos. Percebi logo que pus os olhos em você. E então? Você está com quantas semanas?

— Acabei de descobrir. Consegui ir a uma consulta antes de ir embora de Providence. O médico acha que estou de nove semanas.

— E o pai?

Balanço a cabeça devagar, de um lado para o outro.

— Ele está prestes a ir embora do país. Não contei a ele. Tentei, mas... não tive coragem.

A sobrancelha dela vai ficando contorcida conforme ela mexe a cabeça para cima e para baixo.

— E o que você vai fazer?

Solto um longo suspiro e encolho os ombros.

— Bem, acho que vou ter um bebê. Quer dizer, não foi do jeito que planejei nem da forma que eu queria, mas consigo me virar sozinha — balbucio numa voz quase inaudível. — Sempre consigo me virar sozinha.

Donna assente e dá uns tapinhas na minha mão.

— Bom, você não está exatamente sozinha, querida. Você tem a mim e Rowan, além de Zoe e Addie. Tenho certeza de que sua mãe ficaria feliz em aparecer e te ajudar, se você precisar dela.

Sorrio.

— Ela passou a minha infância inteira sendo pai e mãe. Quero que ela tenha a chance de ser feliz um pouco, entende? Vou contar a ela. É que ainda não estou pronta para isso.

— Vou te mostrar o seu quarto. Deixei tudo ajeitado para você, e há uma mesa com bastante espaço para você trabalhar na minha biblioteca.

Donna se levanta e bate de leve no meu ombro, depois me mostra o andar de cima.

A casa geminada do século dezenove tem muito mais espaço do que ela jamais conseguiria usar morando sozinha. Provavelmente, ela vai ficar feliz quando Ro der a ela um punhado de netos para preencher os cômodos.

Passo a noite com Donna, assistindo a uma competição com cantores na TV enquanto comemos o seu espaguete caseiro na sala de estar. Sei que acabei de descobrir que estou grávida, e talvez seja só uma coisa psicossomática, mas tenho sentido fome o tempo todo.

Depois de colocar a conversa em dia e de ver mais alguns episódios do programa, fico cansada e decido que já deu por hoje. Tomo banho, lavo o rosto e visto o pijama mais confortável que tenho.

Meu celular ficou na minha mochila o dia inteiro e, quando o tiro de dentro dela para recarregá-lo, preciso juntar todas as minhas forças para resistir à tentação de checar o correio de voz e as mensagens. Há quatro ligações perdidas. O número sete fica olhando para mim de dentro do pequeno ícone em formato de bolha das mensagens, mas não clico nele. Em vez de fazer isso, coloco o aparelho no modo "não perturbe", com a tela virada para baixo na cômoda.

Preciso de um tempo para me conformar com tudo, e ainda não estou pronta para conversar com Cam.

Na cama, me aninho nos lençóis frios e começo a soluçar. Choro pelas coisas que não vou ter. Choro, sabendo o quão desesperadamente vou sentir saudade de muitas coisas da minha vida com Cam. Depois de colocar para fora todas as lágrimas que consigo, pressiono a palma da mão contra a barriga.

— Não se preocupe, criaturinha. Você não vai ter uma mãe chorosa e triste. Vai ficar tudo bem com a gente, eu e você. Quando você chegar aqui, vou estar bem. Prometo. Vou te amar e te dar uma vida boa. Você vai ver.

Pode não ser o que eu esperava, mas percebo que realmente tenho amor na minha vida. É um novo tipo de amor, e é nisso que preciso concentrar toda a minha energia ao tocar a vida adiante. Sei como é ser criada por uma mãe que está tão consumida pela perda que mal consegue exercer o seu papel. A situação pode ser diferente, mas vou esquecer Cam e dar a esta criança tudo que ela precisar, mesmo que eu tenha de fazer isso sem ele.

CAPÍTULO 37

Camden

Acordo com o pau a meio mastro, e estico os braços para puxar Quinn para perto de mim, mas ela não está lá. Esfrego a palma da mão no rosto e me sento, descansando uma mão atrás de mim na cama.

— Quinn? — chamo, mas ela não responde, e não dá para ver nenhuma luz pela fresta da parte debaixo da porta do banheiro.

Esfrego as palmas da mão no rosto, para acordar um pouco mais, e balanço os pés na lateral da cama. Quando eles atingem o chão, o piso de madeira maciça parece um pouco mais gelado do que de costume, e um arrepio se espalha pelo meu corpo. O clima está esfriando. No meu país natal, o Festival de Artes do Tâmisa está prestes a começar. Verdade seja dita: já ajeitei tudo aqui em Providence. Talvez possamos viajar para Londres nas próximas duas semanas e pegar o finalzinho do festival. Acho que Quinn iria realmente gostar disso.

Visto uma cueca e entro na cozinha. Quinn não está lá, e a cafeteira não foi ligada.

Talvez ela tenha ido à feira.

Dou de ombros e decido ir para o chuveiro. Quando ela voltar, vou levá-la para tomar um *brunch* e contar meus planos sobre a volta para Londres. Vou explicar como quero que ela volte comigo. E, suponho, se ela for teimosa e não topar de primeira, vou convencê-la. Negociar é o que faço, afinal de contas.

Depois do banho, eu me enxugo e passo a mão na mandíbula. A barba de vários dias crescendo está começando a ficar mais macia. Quinn parece gostar da barba, então decido não tirá-la. Mas, quando vou escovar os dentes, uma coisa chama a minha atenção.

Um pedaço de papel está dobrado na metade, parecendo uma tenda, se equilibrando em cima da minha escova de dentes. A parte de fora contém o meu nome, escrito com uma caligrafia delicada.

Sinto um frio na barriga.

Engulo em seco e pego o pedaço de papel.

Cam,

Eu jamais poderia ter imaginado o que me aguardava quando entrei na sala de reuniões da Suite Life naquele dia para conhecer o meu novo cliente. Você pode ter sido um grande pé no saco, mas, mesmo naquela época, acho que consegui enxergar algo além disso transparecendo em você. Sou muito grata por ter conhecido o homem por trás daquela fachada exigente — conheci o homem que você realmente é.

Eu sabia que o nosso tempo seria curto, mas é difícil acreditar que você vai voltar para Londres em poucas semanas, e essa é a realidade. Sua vida é lá, e a minha é aqui.

Então, querido Camden, este é o fim para nós dois.

Tenho certeza de que nossos caminhos vão se cruzar de novo um dia. Mas, agora, preciso do espaço necessário para esquecer o que vivemos juntos e seguir em frente.

Nunca vou te esquecer.

Quinn

Não consigo sentir o vapor pairando no ar *à minha volta*, nem o tapete macio de algodão embaixo dos pés. A única coisa que consigo sentir é o peso do papel na minha mão, maior do que o de uma pedra. Meu estômago se contorce, e sinto, nos meus ouvidos, a torrente do sangue correndo por causa das batidas do meu coração.

Ela vai simplesmente sumir? Simples assim?

Entro furioso no quarto e pego o celular, que está em cima da mesa de cabeceira. Meu dedo não consegue achar o contato dela com a pressa necessária.

O telefone toca quatro vezes e vai para o correio de voz.

— Quinn, preciso falar com você. Me ligue assim que receber esta mensagem.

Fico andando de um lado para o outro por um tempo. Foi tão absurdamente do nada. Sim, ela sabia que eu iria voltar para Londres no mês que vem, mas por que simplesmente sairia de fininho desse jeito? Por que deixar a porcaria de um bilhete, pelo amor de Deus?

Ando de um lado para o outro, querendo que o celular toque, mas ele não toca.

Vou à casa dela.

Chamo o carro de aplicativo e visto uma roupa às pressas. Preciso conversar com ela.

Quando chego na casa de Quinn, a porta da frente está trancada e ninguém atende. Seu carro também não está na frente da casa.

Droga.

Quando desço os degraus, pulando para voltar para o carro, penso em quais lugares eu deveria tentar encontrá-la na sequência. Vinte minutos depois, estou entrando no estúdio de Calliope. Ela está enchendo uma estante que fica na frente com camisetas.

— Onde ela está, Calli? Que porra aconteceu?

Ela levanta o olhar na minha direção e fica parada, com as mãos na cintura.

— Acho que você quis dizer: "Olá, irmã querida. Como vai?". E então? Quer tentar de novo?

— Não brinque comigo, Calli. Não estou com cabeça para isso. Onde está a Quinn? — digo, colando os pés no chão e cruzando os braços.

— Mas como é que eu vou saber onde ela está? Você a afugentou ou algo assim? — Ela ergue uma sobrancelha, mas, quando vê minha expressão, seu sorriso malicioso desaparece. — Droga, você está falando sério. O que houve?

Olho ao redor. Algumas pessoas estão andando a esmo perto de nós, e a assistente da loja dela está falando sobre aulas com alguém.

— Não aqui, ok?

Encolho os ombros, e ela me leva para o seu escritório e fecha a porta.

Minha irmã preferida se reclina na cadeira e cruza os braços.

— Bem, quer me contar o que está acontecendo?

Eu me sento na cadeira em frente à mesa e pressiono os cotovelos contra os joelhos, passando uma mão no cabelo antes de soltar as duas e largá-las entre as pernas. Estou curvado para a frente, e a minha postura deixa transparecer todo o estresse e a frustração que estou sentindo.

— Ela sumiu.

— Quem, Quinn? Por quê? — Calli ergue uma sobrancelha. — Cam, o que você fez?

Eu me levanto com um movimento rápido e jogo as mãos para cima.

— Eu? Por que eu preciso ter feito alguma coisa?

— Amo você, Camden, mas é sério que você está perguntando isso? Quero dizer, você sempre foi meio promíscuo. Você dormiu com outra pessoa?

— Não! Não dormi... Eu não faria isso. — Coloco as mãos nos quadris e deixo a cabeça cair para trás, olhando para o teto. — Ela saiu de fininho como um ladrão no meio da noite. Deixou um bilhete dizendo que a minha vida era em Londres e que a dela era aqui, e que o nosso tempo juntos tinha acabado. — Balanço a cabeça. — Agora não consigo encontrá-la. Ela não atende quando ligo.

Calli se levanta e me encara diretamente, enfiando o dedo no meu peito e erguendo a sobrancelha.

— Você a ama, não é?

— Sim, ok? Talvez sim. Eu ia levá-la para Londres comigo — digo, e reviro os olhos.

— Ah, então parece que você já estava com tudo resolvido na sua cabeça.

Ela joga o peso do corpo para um pé enquanto agita uma mão no ar.

— Na verdade, sim. Eu ia levá-la para Londres e, quando ela visse o quanto aquela cidade é maravilhosa, eu ia fazê-la se mudar para lá e morar comigo.

Calli faz um movimento afirmativo com a cabeça.

— Entendi. Então você simplesmente decidiu. Resolveu toda a situação no lugar dela?

— Bem, sim.

Encolho os ombros e Calli ri.

— Qual é a graça?

— Para um homem de negócios genial e bilionário, você é um idiota, sabia? Não pode sair decidindo as coisas para as pessoas. Você se acha tão magnífico que pode simplesmente dizer que ela vai morar com você em Londres e que ela vai achar que você está fazendo um enorme favor a ela? Fala sério, Camden. Às vezes, não sei o que se passa na sua cabeça.

Odeio quando ela parece a nossa mãe falando.

— Bem, o que eu deveria fazer?

— Você contou a ela que gosta dela? Que a ama? — Ela se aproxima e coloca a mão no meu braço. — Você perguntou o que *ela* queria, Cam? Porque, se você realmente se importa com ela, estaria disposto a fazer sacrifícios também. Sacrifícios que a deixariam feliz.

Eu me inclino para trás, deixando o meu traseiro encontrar a beirada da mesa e a prendendo nos dois lados das minhas pernas.

— Droga. Estraguei tudo, não foi?

— Estragou. E o que você vai fazer sobre isso?

— Preciso encontrá-la... Fazê-la conversar comigo. Ver o que ela quer.

Calli sorri e assente.

— Então por que você ainda está aqui? Vai!

Saio do seu escritório, depois me viro. Levanto a minha irmãzinha e a giro nos braços, dando um beijo na sua bochecha.

— Obrigado, Calli.

Ela dá risadinhas quando a coloco no chão e deixo o estúdio.

No carro, envio uma mensagem para Quinn.

> ***EU: Você ainda está brava por eu ter pegado o seu café aquele dia? O chá estava horroroso, Quinn.***

Mando um emoji piscando depois da frase.

Nada.

> ***EU: Olha, eu deveria ter conversado com você antes sobre a minha volta para o Reino Unido. Fiz besteira. Vamos conversar.***
> ***EU: Não podemos terminar desse jeito, Quinn. Me ligue. Por favor.***

— Aonde vamos, senhor?

O motorista desvia a minha atenção do celular. Ainda bem, porque, claramente, não consigo usar a força do pensamento para magicamente surgir uma ligação ou mensagem de Quinn na tela.

— Boa pergunta — respondo, olhando pela janela.

Uma mulher passa andando por nós, usando uma blusa de moletom com a palavra *agressiva* grafada na parte da frente, e isso me dá uma ideia. Faço uma pesquisa no meu celular e sorrio.

— Salão de beleza Blush. Rua Waterman, 246.

Ele olha para mim pelo espelho retrovisor, então encolhe os ombros.

— Sim, senhor.

Entro no salão e me aproximo do balcão da recepção.

— Preciso falar com Zoe Bianchi.

— Desculpe, senhor. — A menina atrás do balcão não tem nem 22 anos, mas está me olhando de cima a baixo como se fosse me deixar transar com ela bem ali no saguão. — Zoe está atendendo uma cliente agora e depois vai atender a que está agendada para o horário seguinte.

Consulto a agenda e noto que faltam só alguns minutos para o horário marcado para a próxima cliente.

— Certo. Quem é a próxima a ser atendida?

A moça aponta para uma mulher lendo uma revista em uma cadeira atrás de mim.

— Aquela senhora.

Eu me viro para a mulher.

— Estou com um pouco de pressa aqui e, se você me ceder o seu horário, vou te pagar uma sessão de cada uma das coisas que eles fazem aqui. Combinado?

A mulher semicerra os olhos enquanto examina o meu rosto, avaliando se estou falando sério, então determina:

— Duas sessões de cada uma das coisas. Uma para agora, outra na forma de vale-presente. Combinado?

Ela se levanta e estende a mão para mim.

Selo o acordo com um aperto de mão.

— Combinado.

Tiro o cartão da carteira e o entrego à recepcionista, que está muda de surpresa, bem no momento em que Zoe traz a sua cliente do fundo do salão. Ela sorri maliciosamente quando me vê.

— Bem, olá. — Zoe olha em volta. — Onde está Quinn?

Droga.

— Bem, foi isso que vim descobrir. Tinha esperança de conversar com você.

— Tenho uma cliente... — Zoe fala, olhando para a recepcionista.

— Ah, não se preocupe comigo. Estou trocando o meu horário para outro, hoje à tarde, graças ao seu amigo aqui.

A mulher abre um sorriso largo.

— Então, tudo bem. Venha.

Zoe acena para eu segui-la e entramos no corredor depois de passarmos por uma cortina.

Estamos indo em direção às áreas onde elas fazem os procedimentos quando alguma coisa me atinge na parte de trás do joelho, e então tropeço para frente e me seguro bem a tempo de evitar cair em cima de Zoe.

— Mas que diabo é isso?

Eu me viro a tempo de conseguir ver um cabritinho preto e branco cair de lado.

— Droga! Ele morreu?

Zoe praticamente me empurra e se agacha em cima dele.

— Não. É um foragido da aula de ioga com cabras. Eles desmaiam quando se assustam. — Ela olha para mim. — Por que você assustaria o nosso cabritinho, Camden?

— Essa criatura me atacou — falo, e reviro os olhos.

— Pode ir.

Ela dá umas batidinhas na cabeça do bicho, e ele se põe a andar e cambaleia na direção pela qual veio.

Zoe me conduz para uma sala de procedimentos, e me sento numa cadeira no canto, enquanto ela se apoia no balcão e cruza os braços.

— E então? Por que você veio aqui?

— Quinn foi embora de repente. Não consigo fazê-la atender minhas ligações nem responder minhas mensagens. Ela não está em casa. Preciso que me ajude a encontrá-la.

— Bem, estou com a impressão de que ela não quer ser encontrada. O que você fez?

— Mas o que é isso? — Eu me levanto e ando de um lado para o outro com as mãos apoiadas nos quadris. — Por que todas vocês estão assumindo que fiz alguma coisa errada?

Zoe inclina a cabeça para o lado e ergue a sobrancelha.

— Bom, se você não fez nada, o que aconteceu? Quero dizer, Quinn é a mulher mais estável que conheço. Chega a ser um pouco irritante, às vezes. Então, ela não iria embora simplesmente do nada.

— Ela estava normal ontem à noite, aí hoje de manhã acordei e encontrei um bilhete dizendo que o nosso relacionamento tinha terminado. Acho que ela está magoada porque vou voltar para a Inglaterra no mês que vem. — Esfrego a palma da mão ao longo da nuca. — Parece que ela está assumindo que é o fim para nós dois, mas não precisa ser.

— Você vai mudar para cá?

— Não, mas poderíamos ajeitar as coisas. Ela nem deu uma chance pra gente.

— Olha, faz alguns dias que não falo com ela, então não sei o que está havendo e não posso te prometer nada. Mas, se ela conversar comigo, vou falar em sua defesa e ver se consigo convencê-la a te ligar, mas preciso saber de uma coisa. Você realmente está falando sério quando diz que quer ficar com ela? Porque, se isso for só um caso...

— Eu gosto dela. Acho que ela sente o mesmo por mim.

— Ok. — Ela acena com a cabeça uma vez e pega o celular. — Vou ver o que posso fazer. Me passe seu número, e te mando uma mensagem quando tiver notícias.

Ela revira os olhos e balança a cabeça.

— O que foi? — pergunto.

— Não sei o que vai acontecer, mas estou torcendo por você. Não vá fazer nenhuma sacanagem com ela, ou você vai ter de se ver comigo. Entendeu?

Abro um sorriso malicioso.

— Não se preocupe. Não vou fazer nenhuma sacanagem com ela.

CAPÍTULO 38

Quinn

Estou sentada no sofá no sábado à tarde, tomando chá descafeinado, enquanto Donna e eu assistimos ao programa em que transformam itens descartados, daqueles de vendas de garagem, em mobília bonita, quando a porta da frente abre de repente.

— Oi, mãe!

Nós duas sorrimos quando escutamos a voz de Rowan.

Quando me levanto e contorno o sofá, vejo que ela trouxe Zoe e Addison junto.

— Caramba, Quinn! — Zoe exclama e coloca as mãos na cintura.

— Pois é, você poderia ter dito alguma coisa.

Addison se aproxima para abraçar o meu pescoço e Zoe cede, me abraçando também.

— Eu ia contar. Acho que andei meio que em estado de choque — digo, e encolho os ombros.

— Ei, meninas, parem de encher a paciência dela. — Donna puxa cada uma para si e beija o topo da cabeça delas. — Minha nossa, parece que todas vocês estão na faculdade de novo e vieram aqui para fazer uma das suas festas do pijama. — Ela ri.

— Eu meio que queria mesmo — lamento, com a voz meio baixa. — As coisas seriam bem mais fáceis.

— Vou preparar um lanche. Vocês, meninas, sentem e coloquem a conversa em dia.

Donna dá uns tapinhas no meu ombro e segue para a cozinha.

— E então? Que diabos foi isso? — Zoe pergunta, me encarando com os olhos arregalados.

— Foi um acidente. De verdade. Naquela semana em que tive a virose, Cam me levou para a casa dele. Ele cuidou de mim e, quando comecei a me sentir melhor, bem, as coisas simplesmente aconteceram. Não me ocorreu que eu tinha vomitado a pílula e que, além disso, não a tomei por uns dois dias. Desmaiei na ioga e, bem, aqui estamos — conto para elas, jogando as mãos para cima.

— Então foi por isso que você terminou com ele? — Zoe pergunta, com a sobrancelha franzida de dúvida.

— Bom, ele vai voltar para Londres daqui a algumas semanas. Fui ao apartamento dele para contar, e ouvi sem querer a conversa que ele teve com a assistente sobre o quanto estava animado, sobre como queria que ela deixasse tudo pronto para ele voltar para casa. — Sinto o nariz e os lábios começarem a inchar. — Simplesmente... não consegui contar para ele. Não queria que pensasse que eu estava tentando enganá-lo para ele ficar aqui, ou algo do tipo.

— Ele foi ao salão alguns dias atrás. Me disse que você foi embora, deixou um bilhete, e que ele não conseguiu fazer com que você retornasse as ligações dele — Zoe revela, e encolhe os ombros.

— Mas você não contou para ele, contou?

Sei que ela não me trairia, mas não consigo evitar o pânico na minha voz.

— Claro que não. Quer dizer, naquela hora, eu nem sabia, mas não teria contado, de qualquer forma. Liguei para essas duas — ela sacode um polegar para a frente e para trás, fazendo um movimento de Addie para Ro — e nos reunimos na casa da Ro. Ela nos contou tudo.

— Desculpa, querida. As duas tentaram te ligar, mas você não estava atendendo — Rowan diz, levantando os ombros e depois os deixando cair.

— Tudo bem. Eu entendo. Deveria ter ligado para vocês e contado o que aconteceu antes de viajar.

Fico comovida pela sorte de ter essas mulheres na minha vida e as puxo para um grande abraço coletivo.

— Toma. Compramos isto para você. É um babador. Sei que está cedo, mas... — Addison abre um sorriso.

Abro o presente e tiro um babadorzinho verde com uma frase bordada na frente. *A boba da mamãe colocou a minha capa ao contrário.*

Lágrimas começam a abrir caminho nas minhas bochechas.

— Amei.

— Ah, Quinn! Não queríamos piorar as coisas.

Addison vem se sentar perto de mim e coloca o braço ao redor do meu corpo, acariciando meus ombros.

— Vocês não pioraram. — Minha voz falha. — As coisas já estão uma porcaria. Estou grávida de um cara que não quer filhos, não me quer, e mora a um zilhão de quilômetros daqui. Estou apaixonada por um sujeito com quem nunca, jamais, poderei ficar, e vou ter de criar o nosso bebê sozinha.

— Não quero discutir com uma mulher que está sob o efeito de uma explosão de hormônios e, provavelmente, um pouco doida agora, mas... Camden está apaixonado por você, Quinn. — Zoe inclina a cabeça para o lado. — Estava estampado na cara dele, e eu vi. Ele estava arrasado, menina.

Minhas sobrancelhas franzem quando olho para ela.

— Sério? Ele estava chateado?

Ela indica que sim com a cabeça.

— Sim. E estava desesperado para te encontrar. Eu disse a ele que conversaria com você quando eu conseguisse, e que iria avisá-lo se você mudasse de ideia ou se eu descobrisse alguma coisa.

— Talvez você devesse conversar com ele. — Addison encolhe os ombros. — Quero dizer, que mal iria fazer?

— É, você mesma disse. Você não está com ele agora. Conversar com ele não vai te deixar mais afastada dele do que isso — Rowan diz, e olha para Addison.

— Sim. — Addie acaricia meu ombro. — O pior cenário possível é não mudar nada. O melhor é, bem, alguma outra coisa.

Faço um movimento afirmativo com a cabeça.

— Talvez eu deva falar com ele. Ir vê-lo e explicar por que entrei em pânico e fui embora daquele jeito.

Todas elas concordam com a cabeça. Donna retorna com uma bandeja cheia de chips, bolachas de água e sal e molho de queijo.

— Aqui está, meninas.

Eu me levanto e pego as mãos dela nas minhas.

— Sou muito grata por você me deixar ficar aqui, Donna. Mais do que você sabe, mas acho que vou voltar para Providence.

— Entendo. Bem, você pode voltar aqui sempre, querida. E não pense que não vou mimar esse bebê! É o mais próximo que tenho do meu próprio neto, como você sabe.

Ela lança um olhar para Rowan e aguarda, ansiosa, a reação dela.

— Putz! Muito obrigada, Quinn. Nada de pressão ou coisa do tipo.

Rowan revira os olhos e todas nós rimos. Relaxo um pouco. Amo essas mulheres e, com elas, sei que realmente não há nada que eu não consiga enfrentar.

Depois que as meninas vão embora, faço as malas e durmo bem antes de voltar para Providence. Paro na entrada da cidade para fazer xixi porque, embora eu ainda esteja no primeiro trimestre, o sofrimento do banheiro é muito real. Quando volto para o carro com uma limonada e uma barra de granola, decido que está na hora de parar de adiar o inevitável e escutar todas as mensagens de voz das quais fiquei fugindo.

Ouvir a voz dele me dá um aperto no coração, exatamente como eu sabia que seria. Ele soa muito preocupado e, como Zoe disse, desesperado.

"Quinn, preciso falar com você. Me ligue assim que receber esta mensagem."

Uma delas ele deve ter gravado depois de conversar com a Zoe.

"Olha, se eu fiz alguma bobagem... Eu te falei que quero que você vá me visitar em Londres. Além disso, ainda temos tempo aqui. Vamos conversar. Me liga, ok?"

Ele disse, várias vezes, que queria que eu fosse visitá-lo. Claro, um convite internacional para sexo não vai ser, exatamente, uma opção no meu estado.

As duas mensagens seguintes são curtas, exigências claras para eu retornar a ligação dele. Quando as escuto, percebo que cometi um grande erro. Ele se importa comigo. Posso ouvir isso na voz dele. Eu deveria ter ficado e lhe contado, para que pudéssemos discutir as coisas minuciosamente. Lágrimas irritam a parte de trás dos meus olhos e, enquanto escuto a sua última mensagem, de dois dias atrás, sinto o calor arranhando minha garganta.

"Não sei por que você decidiu simplesmente ir embora. Achei que tínhamos algo bom, mas talvez você esteja certa. Talvez a gente realmente tenha tido um prazo de validade. Eu só queria..."

Ele solta um suspiro profundo, na forma de um gemido.

"*Só queria que as coisas fossem diferentes, acho. Olha, você claramente não quer conversar comigo, e não vou mais* te incomodar. Vou voltar para a Inglaterra. Espero que a sua vida seja feliz, Quinn, mesmo que você não me queira nela."

Depois disso, há um breve suspiro, e ele desliga o celular.

Preciso contar tudo a ele — sobre o nosso bebê e sobre o que sinto. Não posso deixá-lo ir embora.

Lágrimas jorram e correm pelas minhas bochechas quando ligo o carro e sigo para o centro da cidade. Não gasto tempo estacionando na garagem do prédio. Em vez de fazer isso, paro na frente e deixo o porteiro ficar com as minhas chaves.

Estou sozinha no elevador, mas ele está cheio de lembranças. Nós nos beijamos aqui tantas vezes, agarrados um no outro, mal conseguindo esperar chegar no apartamento de tão desesperados de desejo que estávamos.

O amor que sinto por ele é recíproco. Sei que é. Só preciso ser honesta e tudo vai ficar bem. Não vou perdê-lo.

Não posso perdê-lo.

Bato à porta e, quando não há resposta, eu a abro e o chamo.

— Cam?

Nada.

Mas escuto barulhos vindos de dentro, então entro e os sigo corredor adentro em direção ao quarto dele.

Quando ouço a risada de uma mulher, congelo.

Não é possível que ele já tenha partido para outra, não é?

Engulo em seco para me preparar e continuo andando. Quando abro a porta do quarto, sou inundada por uma onda de alívio. Há duas mulheres, uma em cada lado da cama, tirando os lençóis.

Coloco a palma da mão no peito, e meus ombros relaxam enquanto sorrio.

— Com licença, estou procurando por Camden. O sr. Reid. Ele está aqui?

Elas olham uma para a outra, então a mulher mais velha responde:

— Não, moça. Não tem nenhum sr. Reid. A dona Emily nos disse para vir e limpar o lugar para o próximo inquilino.

Minha cabeça gira, e consigo sentir o quarto oscilando ao meu redor. Dou um passo para trás e me encosto no batente para ter apoio.

Cheguei tarde demais.

Ele foi embora.

CAPÍTULO 39
Camden

Cinco meses depois...

— Ao casal feliz!

Sorrio e ergo minha taça, enquanto todo mundo na festa de casamento brinda ao meu melhor amigo e à sua esposa. Nunca vi Ash tão absurdamente feliz.

Quando eles terminam a primeira dança como marido e mulher, danço com a prima de Natalie, uma das pessoas que estavam no altar. Tricia é uma loira miúda e bonita com enormes peitos falsos e grandes olhos azuis, que me informam, quando encaram os meus, que ela está disponível.

— Sabe, eles realmente parecem estar muito felizes — ela murmura com um sotaque forte do Norte da Inglaterra enquanto deita a cabeça no meu ombro.

— Parecem mesmo.

Balanço para a frente e para trás, mas minha cabeça não está na mulher nos meus braços. E sim na mulher que deveria estar neles.

Não estou prestando muita atenção quando Tricia me diz que ela ficaria feliz em ir ao meu quarto mais tarde. Meus olhos estão na minha irmã, enquanto ela cruza a pista de dança.

— Perdão! Você se importa se eu interromper e dançar uma vez com o meu irmão?

As suas sobrancelhas se erguem como que pedindo desculpas para a garota. Tricia tenta esconder a irritação, mas posso sentir o corpo dela ficando tenso com o pedido de Calli.

— Sim, claro. — Tricia meio que dá de ombros. — Vejo você mais tarde, Camden, certo?

Assinto uma única vez na direção dela, mas não é uma confirmação. Não tenho planos de dividir uma cama com ela esta noite. Tenho estado sozinho todas as noites desde a última que passei com Quinn, e não estou pensando em mudar isso agora.

Minha irmã coloca as mãos nos meus ombros, e posiciono as minhas um pouco acima da cintura dela, enquanto balançamos para a frente e para trás.

— Você está bonita, Calli. Esse vestido combina com você.

— Eu diria que você está bonito e tal, mas o seu ego já é tão grande que chega a te prejudicar. — Ela ri.

Nós dois sabemos que isso não é, exatamente, verdade. Não mais. Sou bonito? Claro. Estou em forma? Isso também. Rico? Muito além do que tinha imaginado nos meus sonhos mais loucos. Mesmo assim, isso não é bom o suficiente. Não é bom o suficiente para Quinn.

— Escuta — ela diz, baixando a voz. — Precisamos conversar sobre uma coisa. Você já terminou os seus deveres de padrinho?

— Hum. Achei mesmo que você ficou fugindo de mim o fim de semana inteiro. As duas coisas têm a ver uma com a outra?

Ela confirma com a cabeça, e faço um gesto na direção da porta lateral.

— Vamos sair de fininho.

Andamos pelo corredor até chegarmos a uma das áreas desocupadas do palácio. A parede com janelas, ao nosso lado, funciona como uma perfeita moldura para um cobertor recém-formado de neve. Já é começo da primavera, mas está fazendo um frio fora de época. Natalie ficou muito animada com a nevasca, interpretando-a como um bom presságio para a festa de casamento deles. A única coisa em que consigo pensar é no quanto Quinn adoraria ver a manta de neve cobrindo as áreas externas do antigo palácio.

Eu me sento em um dos bancos de seda cor de vinho que estão posicionados de costas para a janela.

— O que está acontecendo, Calli?

— Eu a vi. — Ela se senta ao meu lado e segura a minha mão. — Vi Quinn antes de deixarmos Providence.

Meu corpo todo fica enrijecido quando escuto o nome dela, e engulo em seco.

— Como ela está?

Eu me preparo para o pior. Feliz. Noiva. Ou pior. Casada com um babaca que não sou eu.

— Fiquei pensando em como contar a você, mas achei que o melhor seria falar sem rodeios. Eu estava na exposição das mulheres no centro de convenções alguns dias atrás. Tinha reservado um estande para divulgar o estúdio de ioga.

Pensei tê-la visto a alguns corredores de mim. Achei que seria uma boa ideia ir dar um oi. — Ela encolhe os ombros, e seus olhos denunciam sua tristeza. — Sinto falta dela também, sabe? Entendo por que ela não retornou minhas ligações, mas tinha começado a gostar muito dela.

Aceno com a cabeça, desesperado para saber o que vai vir na sequência e, ao mesmo tempo, com medo do que vou escutar.

— Continue.

— Bom, eu ia me aproximar para falar oi e, então, bem, ela se virou e... — Minha irmã recua, e seus olhos se fecham antes de se abrirem para encontrarem com os meus. — Cam, ela está grávida.

Uma luz branca e quente me cega, e sinto bile arranhando minha garganta.

— Ai!

Calli puxa a mão e percebo com quanta força eu a estava apertando.

— Desculpe. — Limpo a garganta. — Então, ela está com alguém?

— Cam, acho que você não está escutando o que estou dizendo. Ela está *grávida*. — Calli coloca as mãos bem longe da frente da sua barriga. — Muito grávida. Provavelmente perto do final da gravidez, na verdade.

— O quê? — Minhas sobrancelhas ficam franzidas enquanto tento entender. — O que você está dizendo? Como assim, final?

— Ela provavelmente está de, não sei, oito meses ou algo assim. Quando vocês estavam juntos, acha que ela...

— Não! Nunca!

Eu me levanto, enfiando as mãos até o fundo dos bolsos, enquanto ando de um lado para o outro.

— Ela não trairia. Não é da natureza dela. Ela... Ela é boa demais para fazer isso.

Meu coração se agita no peito como um animal enjaulado. Minha pele coça. Minha garganta está apertada.

— Não pode ser. Mas... *tem* de ser, não é?

Paro de andar e me viro rapidamente para ficar de frente para Calli.

— É meu. Ela está grávida de um filho meu. — Balanço a cabeça. — E ela nunca falou nada. Por quê?

Calliope encolhe os ombros.

— Não sei. Ela estava com algum comportamento diferente? Falou alguma coisa fora do habitual?

Minha cabeça se mexe de um lado para o outro.

— Tínhamos resolvido toda aquela questão com a antiga sócia e as coisas estavam indo bem para a empresa dela. Jantamos e, quando Susan ligou, pedi a ela para deixar a casa pronta para mim. Na manhã seguinte, eu ia pedir para a Quinn vir comigo para Londres, mas ela foi embora, e me deixou aquele bilhete.

Desabo no banco, ao lado de Calli, soltando um longo suspiro, e deslizo uma mão pelo cabelo antes de escorregar para a frente, para descansar os cotovelos nos joelhos.

— Sou realmente tão terrível a ponto de ela não me querer perto do nosso filho? A ponto de ela não me querer e ponto final?

Calli esfrega a palma da mão nas minhas costas, do jeito que nossa mãe fazia quando éramos pequenos. Juro que, se não estivéssemos na porcaria de um castelo, ela estaria prestes a me oferecer uma xícara de chá e uma bolacha e me dizer que tudo ia ficar bem com o tempo.

— Claro que não, Cam! Você é um homem bom, e tenho certeza de que ela sabe disso. Talvez ela tenha pensado que você não queria ter filhos, ou tenha ficado com medo de que você fosse pensar que ela estava tentando armar uma cilada para você. O que quero dizer é que você não é mais aquele rapaz de classe média da Leeds Academy, não é? Ela deve saber que existem mulheres por aí que veriam o fato de ter um filho com você como um golpe de sorte e nada mais.

Minha cabeça se mexe rapidamente na direção de Calli.

— Não a Quinn. Ela não é assim. Ela não estava nem me deixando ajudá-la a resolver o problema com a ex-sócia dela. Tive de fazer tudo escondido para ajudá-la, porque ela era orgulhosa demais para aceitar qualquer coisa vinda de mim. — Balanço a cabeça e a deixo cair. — Ela parecia bem? Feliz?

Calli se senta de novo, pendurando o seu braço ao redor dos meus ombros.

— Ela parecia bem. Saudável e radiante. — Ela tomba a cabeça para descansá-la no meu ombro. — E então? Você vai ligar para ela?

— Não sei, Calli. Não quero me intrometer onde a minha presença não é desejada.

— Você quer ser o pai dessa criança?

Eu a encaro com os olhos semicerrados.

— Mas que porcaria de pergunta é essa? Claro que sim. Quero dizer, talvez não seja o que eu teria escolhido, ou planejado, mas é claro que vou estar lá para o meu bebê. — Dou risada. — Caramba. Meu bebê. Quem poderia imaginar que eu iria dizer essas palavras um dia, hein? Droga. Imagina se for uma menina. Imagina se ela for parecida com a Quinn. Aí vou estar perdido. Ela vai me fazer de gato e sapato.

— Você a ama, não é?

Confirmo com a cabeça.

— Então, Cam, pelo amor de Deus, ao menos tente reconquistá-la. — Ela dá tapinhas no meu ombro enquanto se levanta. — Você já fechou acordos mais difíceis do que esse, mas, com certeza, consegue enxergar que nunca se deparou com um que chegasse perto de ser tão importante.

CAPÍTULO 40

Camden

Depois que a recepção acabou, passei a maior parte da noite passada me revirando na cama sem conseguir dormir. Pela manhã, joguei minhas mochilas no carro e fui para o norte. Não vejo meus pais há um tempo, e achei que a viagem seria uma oportunidade para arejar a mente e decidir o que fazer sobre Quinn.

Dou uma passadinha na padaria L'amour Rouge para pegar uma caixa de barras de caramelo que a minha mãe tanto ama. Ao sair, topei com Simon, por mais improvável que pareça. Ele está na Inglaterra com Bridget e as crianças para fazer uma visita, e disse que eu deveria dar um pulo na casa dele.

Levo os meus pais para almoçar no novo e despojado restaurante que eles queriam conhecer, e os deixo em casa antes de seguir para a casa dos Hogue.

Existe uma coisa que a sra. Hogue sempre foi: preocupada com a organização do seu lar. Mas isto? Isto não é a casa da família Hogue de que me lembrava. Há pratinhos cheios de bolacha na mesinha de centro e brinquedos esparramados pela sala. Um iPad e fones de ouvido, talvez de Brendan, estão jogados em uma cadeira da sala de jantar, junto com um saco vazio de salgadinho.

É uma bagunça total e, mesmo assim, nunca vi a sra. Hogue tão feliz.

— Ora, vejam só quem chegou.

Ouvir o sotaque americano de Bridget é como receber um soco no estômago. Sentir saudade de Quinn é a pior dor que já experimentei, e escutar Bridget, uma mulher que vem do mesmo lugar que ela, traz à tona todos aqueles meses de felicidade antes de ela sumir e levar o meu coração junto.

— Que bom ver as duas maravilhosas sras. Hogue de uma vez só. É o meu dia de sorte? — falo, e dou um beijo na bochecha dela.

— Achei mesmo que tivesse ouvido alguém. Como vai, meu amigo?

— Bem, Simon. Estou feliz em te ver.

Eu me sento na sala de estar que visitei inúmeras vezes com Calliope, quando éramos crianças, e as coisas, infinitamente mais simples. Observo Simon se sentando no chão, com as pernas bem espalhadas. Brendan se senta na frente dele, do mesmo jeito. Cada um está com uma das gêmeas no seu colo. As duas anjinhas estão fazendo uma bola rolar para a frente e para trás entre elas, batendo palma e rindo, enquanto o pai e o irmão mais velho as estimulam.

Depois de alguns minutos, Simon chama Bridget:

— Mamãe, acho que Eleanor precisa usar o penico.

Não cheguei a notar nada de diferente do comportamento que ela estava tendo havia poucos instantes.

Mas como é que ele sabia?

Simon se levanta e entrega Eleanor para Bridget, esfregando as mãos para remover pedaços de bolacha das pernas da calça.

— Brendan, tudo bem para você e Elizabeth se eu for conversar um pouco com o meu amigo, parceiro?

— Claro, pai.

Ele sorri para Simon, e ninguém imaginaria que eles não são pai e filho biológicos.

— Bom menino.

Simon estende a mão, bagunça o cabelo do garoto e beija a cabeça da pequena Elizabeth.

— Deixa só eu avisar a Bridget que vamos sair um pouco. Acho que tenho tempo para uma cerveja antes do jantar.

Aceno com a cabeça, aliviado por ele conseguir perceber a minha necessidade de passar um tempo com um amigo homem.

Caminhamos mais ou menos um quilômetro até o *pub* e encontramos lugares na ponta mais distante do balcão.

— Você estava com cara de quem precisa disso — Simon diz, agarrando a parte de cima do copo de cerveja com os dedos e deslizando-o na minha direção.

— Valeu, cara. Deve ter sido intuição de médico ou algo assim.

Faço um aceno com a cabeça para ele enquanto ergo o copo e tomo um belo gole da cerveja Doom Bar.

Repuxo os lábios, rente aos dentes, e inspiro pela boca enquanto coloco o copo no balcão.

— Como você faz isso? — pergunto a ele.

— O quê? Continuar muito humilde apesar de ser incrivelmente bonito, um médico fantástico e o cretino mais sortudo do planeta porque tenho tudo que um homem poderia querer ter na vida? — Simon encolhe os ombros e toma um gole do seu copo. — Não sei, cara. Boa criação, suponho.

Sorrio maliciosamente. Ele sempre foi um babaquinha convencido.

— Você realmente parece ter conseguido tudo. Não te vejo feliz assim há anos. Simplesmente não consigo acreditar que você é pai. É tudo um pouco surreal.

— Preciso agradecer à nossa Calliope por isso. — Ele baixa o olhar, girando o copo no porta-copo do *pub*, e faz um movimento afirmativo com a cabeça antes de olhar para mim de novo. — Eu estava absurdamente indeciso, sabe? Achava que não daria conta, para ser honesto. Assumir o filho de outra pessoa, saber o que fazer quando ele se machucasse ou passasse por um momento difícil. — Ele balança a cabeça. — Calliope chamou a atenção para o fato de que eu já conhecia várias das coisas que eram importantes para a Bridget, de que eu já amava o menino, e o resto, bem, os pais simplesmente vão resolvendo conforme as coisas vão acontecendo. Biológico, adotado, nascido de mim ou misturado... Isso realmente não importa, no fim das contas.

Pego o meu copo e viro mais ou menos metade da cerveja.

— Sabe a mulher com quem eu estava saindo em Providence? Quinn? Calliope cruzou com ela sem querer. Parece que ela está grávida.

Balanço a cabeça, porque a coisa toda ainda é absurdamente surreal.

As sobrancelhas de Simon se aproximam uma da outra por um momento.

— O bebê é seu, imagino.

Confirmo com a cabeça. Simon olha para a frente e solta um suspiro.

— Você vai estar lá para ela? Para eles?

— Não sei. Ela sumiu antes de eu descobrir. Achei que estivesse terminando comigo porque eu ia voltar para Londres. Então, Calli topou com ela e ela estava...

Interrompo a frase e junto as pontas dos dedos a uma distância enorme da minha barriga.

— Uau! Entendi. — Simon acena com a cabeça. — Você não falou com ela?

— Não, não falei. — Eu me reclino no banco e arrasto as palmas das mãos pelo rosto. — Não sei ao certo o que dizer. Ela não ligou para me contar, então preciso pensar.

Fecho os olhos por um momento, depois os abro e mando para dentro o resto da cerveja.

— Você não acha que havia mais alguém enquanto vocês estavam juntos?

Balanço a cabeça.

— De jeito nenhum. Ela não é esse tipo de pessoa. Ela é realmente *boa*, entende? Acho que pode simplesmente pensar que eu seria uma droga de pai, e foi por isso que não me contou. Não consigo saber ao certo o que está passando pela cabeça dela.

— Não consegue mesmo? Quero dizer, saber ao certo. Tudo o que você precisa fazer é conversar com ela.

— Se ela quisesse conversar comigo, teria ligado ou respondido a uma das minhas mensagens, pelo menos. Ela não teria ido embora, para início de conversa.

— Olha, Cam, se você se preocupa com essa mulher, se você a ama, não pode desistir do relacionamento sem lutar. Acredite em mim.

— Eu não disse que a amava. — Fico encarando a parte de cima do meu copo de cerveja vazio. — Quero dizer, não parei de pensar nela desde o último instante em que a vi. Não consigo dormir. Não tenho o mínimo interesse por nenhuma pessoa, porque nenhuma outra é ela.

Simon abre um grande sorriso e assente.

— Você fica se perguntando o tempo todo o que ela está fazendo?

Confirmo com a cabeça e ele continua:

— Você se preocupa se ela está comendo direito ou dormindo o suficiente? Fica se perguntando se ela está fazendo coisas demais ou se precisa de ajuda?

Mais uma vez, confirmo com a cabeça.

— Quando você pensa nela com outra pessoa, na outra pessoa sendo o pai do seu filho, e...

Quase engasgo com a cerveja que estou bebendo em um gole só, e pouso o copo com tanta força que o barman me lança um olhar da outra ponta do balcão.

— Muito bem. Então está muito claro. Como seu amigo e profissional médico, o meu diagnóstico é que você está com um caso sério de paixão por ela.

O merdinha tem razão. Realmente a amo.

— E se eu ligar e ela não quiser conversar comigo?

— Continue tentando. Seja respeitoso. Mostre a ela que você está comprometido com a ideia de ser o tipo de homem de que ela precisa. — Ele olha para o seu relógio. — Falando em compromissos, os meus, provavelmente, estão me esperando. Quer ficar para o jantar? Tenho certeza de que vai ter comida suficiente para todo mundo ficar satisfeito.

— Obrigado, mas não. Vou dar um pulo na casa dos meus pais e depois voltar para Londres. Acho que preciso fazer uma ligação. — Aperto a mão de Simon. — Valeu pela conversa, Simon. Ajudou.

— Me ligue quando quiser. E diga a eles que iríamos adorar se eles nos visitassem enquanto estamos aqui. Para apresentá-los às crianças.

Concordo em transmitir o convite e começo a voltar para casa para me despedir dos meus pais. Preciso conseguir falar com Quinn. Preciso descobrir se ela me quer na vida deles.

Porque eu, definitivamente, os quero na minha.

CAPÍTULO 41

Quinn

É oficial. Não consigo mais ver meus pés se não me sentar ou, pelo menos, usar um espelho.

O lado positivo disso é que o recente e considerável tamanho da minha barriga virou uma desculpa excelente para eu ter sessões frequentes de pedicure, e é exatamente isso que eu e Addison estamos fazendo.

— O quarto do bebê está *muito* fofo, Quinn. Amei o tema com as cores vivas — Addison diz, rolando a barra no meu celular e vendo as fotos que tirei para registrar o progresso enquanto decorava o cômodo.

Encolho os ombros.

— Achei que a criaturinha poderia gostar de barcos.

Afinal de contas, Camden gosta, e metade deste bebê é ele.

— Eu queria ter ido à exposição das mulheres com você na semana passada. Droga, queria ter reservado um estande lá, mas é o período mais corrido do ano para nós, finalizando as vendas do Dia dos Namorados e preparando as coisas para os casamentos na primavera. — Ela suspira, então para e olha para mim. — Desculpe! Falei sem pensar. Eu...

— Addie, para com isso. Está tudo bem. Estou bem, de verdade. Conheci um grande homem, mas não deu certo. Acontece. Não foi culpa de nenhum dos dois que ele mora a um zilhão de quilômetros daqui. Além do mais — digo, acariciando a barriga —, acho que fiquei com uma coisa realmente incrível do nosso relacionamento.

— Então você *não* vai ligar para ele?

— Não até a criaturinha chegar. Vou avisar a ele que estamos bem, que não precisamos de absolutamente nada dele, mas que, se quiser ser uma parte importante da vida dele ou dela, respeito e acolho bem a ideia.

Addison revira os olhos.

— Não sei como você aguenta ficar sem descobrir o sexo do bebê. Eu estaria morta de curiosidade.

— Não faz diferença. Qualquer que seja o sexo, vou amá-lo mais do que tudo nesta vida, e vamos ter uma vida boa. — Dou uns tapinhas na barriga. — Certo, criaturinha?

A manicure coloca os separadores entre os dedos do meu pé, e vou andando como uma pata para me sentar debaixo do secador de unhas. Enquanto estou folheando a última edição de uma revista de decoração, escuto um zumbido vindo do meu celular. Olho para baixo e encontro um nome que não esperava sendo exibido na tela.

— Caramba.

Fico boquiaberta.

— O que foi? — Addie pergunta, sentando-se perto de mim no secador.

Ergo o celular para ela ver.

— O que você fez? Você o invocou só de conversar sobre ele ou algo do tipo?

Abro o aplicativo de mensagens e leio o texto.

CAMDEN: Por favor, me ligue, Quinn. Eu já estou sabendo.

Eu já estou sabendo? Como?

Vasculho a minha mente para tentar entender de que jeito ele poderia ter descoberto sobre o bebê, então minha ficha cai.

Droga. Calliope. Ela estava na exposição. Tomei o cuidado de ficar longe do estande dela quando vi que o estúdio de ioga estava da lista de expositores. Isso partiu o meu coração, porque eu adoraria vê-la. Odiava o fato de que não pudemos continuar nossa amizade, mas seria apenas uma questão de tempo antes de a gravidez ficar visível e ela contar para o irmão. Se ela estava na exposição das mulheres, talvez ela tenha me visto sem eu ter percebido.

— Ele disse que sabe, Addie. Sobre o bebê.

— O que você vai fazer?

— Não há mais nada a fazer exceto encarar as consequências.

Solto um suspiro e respondo.

EU: Não estou em casa. Posso tentar ligar para você mais para o fim da tarde. Ou é tarde demais para você por causa do fuso horário?

CAMDEN: Vou atender a qualquer hora, de dia ou de noite. Por favor, só me ligue, Quinn.

Quando chego em casa, pego uma garrafa de água e me sento na cadeira confortável, que entregaram há pouco tempo e que coloquei no quarto da criaturinha. Respirando fundo, dou uns tapinhas na barriga.

— O fato de que não posso tomar vinho durante essa conversa é culpa sua, criaturinha, mas te amo do mesmo jeito. Aqui vamos nós.

Ligo para Camden e ele atende quase que imediatamente.

— Oi.

— Oi.

Sorrio, pensando em todas as vezes que ele simplesmente atendeu o celular e começou a falar sem cumprimentar. Talvez eu tenha sido uma pequena influência positiva para ele, no fim das contas.

— Como você está, Quinn?

A voz dele é grave e exatamente tão sexy quanto me lembro. Além disso, os hormônios da gravidez estão em fúria, e só de ouvi-lo dizer o meu nome já fico toda arrepiada.

— Estou muito bem, na verdade. Como vai você, Camden?

— Frustrado, magoado e bravo vêm à minha mente, para ser honesto. — Ele ri. — Mas é muito bom ouvir a sua voz. Na verdade...

O celular avisa que há uma chamada de vídeo.

Merda! Eu não estava preparada para um vídeo. Estou gigantesca e o meu cabelo está todo amontoado no topo da cabeça, como se eu fosse uma doida. Ainda assim, é o Camden, e não estamos sequer juntos, então não sei bem por que me preocupo. Arrasto o dedo para atender e, quando o celular mostra o seu lindo rosto na tela, com a mandíbula salpicada pela barba por fazer sexy, me derreto.

— Porra. Você está simplesmente maravilhosa. — Ele sorri. — Nunca vi você mais linda.

Sinto as bochechas queimando com o elogio.

— Obrigada. Você também está ótimo. — Balanço a cabeça. — Escuta, sei que fui embora de um jeito que pode não ter sido o melhor, mas você estava voltando para casa, e eu sabia que você nunca quis nada sério. Eu só... não queria que pensasse que eu estava esperando alguma coisa ou tentando conseguir algo de você. Não tive a intenção de que isso acontecesse.

Ele assente.

— Acho que te conheço bem o suficiente para saber que você não estava armando nada, Quinn. É só que... Eu realmente queria que você tivesse conversado comigo. Que tivesse me dado uma chance.

— Uma chance?

— Sei que você provavelmente pensa que eu seria um desastre como pai, mas queria que você tivesse conversado comigo sobre o que aconteceu mesmo assim.

Minhas sobrancelhas franzem enquanto balanço a cabeça.

— Cam, acho que você seria um ótimo pai. Não queria que você pensasse que eu estava tentando armar uma cilada, ou qualquer coisa do tipo. Sua vida é a milhares de quilômetros, e...

De repente, me ocorre que talvez eu estivesse interpretando mal toda esta situação. Talvez ele realmente queira o bebê, mas está muito enganado se acha que vai levar a criaturinha para um lugar que fica a meio mundo daqui.

— Olha, não sei o que você está pensando, mas não vou deixar você levar o nosso bebê embora para outro país e...

— Quinn, pare. Eu *jamais* faria isso com você. Você vai ser uma mãe incrível. — Seu olhar fica um pouco obscuro e ele lança o sorrisinho mais triste que já vi. — Me conta como estão as coisas. Quanto tempo até o bebê chegar aqui? Quero dizer, aí. Quanto vai demorar para ele nascer?

Abro um sorriso largo.

— Não vai demorar quase nada. Só faltam umas seis semanas.

Conforme conversamos, algo inesperado acontece. Tudo simplesmente desaparece. Toda a tensão. Toda a distância. É como se tempo nenhum tivesse passado para nós, e tudo parece muito natural. Pensar no que tínhamos e em como não podemos mais ter me deixa meio triste.

Camden pede para ver minha barriga, então eu me levanto e exibo a minha circunferência impressionante a ele. Em seguida, vou mostrando o quarto do bebê, pedaço por pedaço, para ele ver o que fiz.

— Mas você não fez tudo isso sozinha, não é? Não gosto da ideia de você subindo em uma escada, carregando coisas para cima e para baixo.

As sobrancelhas dele ficam abaixadas enquanto ele me dá bronca.

— Não, pedi para as meninas me ajudarem. Rowan, Addie e Zoe. Kimberly me ajudou um pouco também, mas ela anda meio ocupada agora.

— Hum. Zoe está na minha lista negra. Ela deveria ter me ajudado a te reconquistar, e ela fracassou totalmente — ele diz, e revira os olhos.

— Me reconquistar? Como assim?

Ele baixa o olhar, encabulado.

— Fui atrás de você. Fui a todo lugar em que consegui pensar, tentando te encontrar, e você tinha simplesmente sumido. Fui falar com a Zoe e pedi ajuda, mas ela nunca me ligou. Quando você não retornou minhas ligações... — Ele solta um suspiro e esfrega a palma da mão na nuca. — Bom, esta confissão provavelmente basta para revogar o meu cartão de masculinidade, mas, bem, simplesmente não consegui suportar ficar mais tempo em Providence depois que você me abandonou. Então, voltei para Londres.

A ideia de que ele estava magoado me causa um aperto no coração.

— Fui te procurar. Voltei para te contar, mas você já tinha ido embora. — Balanço a cabeça. — Mas talvez as coisas devessem ser assim. Você está de volta à cidade que adora, e a criaturinha e eu estamos nos entendendo muito bem.

— Criaturinha? Por favor, não me diga que você está planejando chamar o nosso bebê de Criaturinha.

Dou risada.

— É um apelido, já que não sei se é menino ou menina. Foi por isso que escolhi o tema náutico para o quarto. Você gosta de barcos, e esse tema é unissex, então...

— Você escolheu o tema da decoração do quarto com base no meu gosto? — Ele sorri quando confirmo com a cabeça. — Então você não se esqueceu totalmente de mim, no fim das contas.

A emoção arranha minha garganta, e lágrimas começam a fazer meus olhos arderem.

— Nunca. Eu nunca poderia esquecer.

— Você parece cansada, querida. — Ouvi-lo me chamando desse jeito dói, como ser esfaqueada no coração. — Por que não vai descansar um pouco? Posso te ligar amanhã?

Autorizo com um movimento de cabeça.

— Seria ótimo.

— Ok. Então, tenham bons sonhos, você e a criaturinha, está bem? Boa noite, Quinn.

— Boa noite, Camden.

Quando deito para dormir, meus sonhos não são vívidos, irregulares e com corres berrantes como os que tenho tido nas últimas semanas. Sonho que estou empurrando a criaturinha em um carrinho de bebê ao lado do rio. Sinto a brisa quente de verão tocando delicadamente o nosso rosto, enquanto o bebê ri. Olho para o rio e vejo o barco de competição de Camden deslizando pela água, com os seus ombros largos se ondulando à medida que ele rema. Quando ele levanta o olhar e nos vê, sorri e pisca.

Podemos não estar juntos. Ele pode estar a milhares de quilômetros, mas, de alguma forma, sei que a volta dele para a minha vida é a coisa certa para nós.

Apenas espero que o meu coração consiga aguentar a presença dele nas nossas vidas, vê-lo seguir em frente um dia e saber que não posso tê-lo para mim.

CAPÍTULO 42

Camden

Uma mentira por omissão é realmente uma mentira?

Quando Quinn assumiu que eu estava em Londres, não confirmei a informação, mas também não a corrigi. A verdade é que estou muito mais perto do que ela imagina.

Em minha defesa, posso dizer que não tinha ideia de que a nossa conversa iria fluir tão naturalmente. Depois de alguns minutos, foi como se eu nunca tivesse ido embora. Pelo menos, agora sei que estou perto o suficiente para cuidar dela se precisar de mim — se ela deixar. Estarei aqui quando o nosso bebê nascer.

Abro a porta da frente e pego a caixa marrom, levando-a para a cozinha. Depois de abrir quatro gavetas diferentes, finalmente encontro um estilete e abro o pacote. Esse é o perigo de se mudar para um apartamento totalmente mobiliado — não tenho a menor ideia de onde as coisas estão. Liguei para a corretora Emily e paguei antecipadamente por seis meses de locação do lugar onde morei antes. Na pior das hipóteses, imagino que isso vai me dar tempo para decidir o que vou fazer em seguida.

Tiro os livros da caixa e os coloco no balcão da cozinha.

Durante o voo para cá, li *O Que Esperar Quando Você Está Esperando*. Agora, comprei um chamado *Nutrição* e um livro para pais chamado *Oh, bebê! Um Guia do Papai para Cuidar de Recém-nascidos e Recém-mães.* O autor deste é o chefe do departamento de obstetrícia do famoso Hospital Lenox Hill, em Nova York. Tenho uma sessão de Skype com ele amanhã à tarde. Vai ser um *coaching* pessoal para eu ficar por dentro de tudo o que perdi nos últimos seis meses, mais ou menos.

Também tomei todas as providências para deixar um quarto de parto particular reservado no Centro Feminino no Hospital Providence Memorial.

O celular toca do outro lado do balcão, e vejo o nome de Simon na tela.

— Como vão as coisas, Camden? — ele pergunta quando atendo.

— Bastante bem, para falar a verdade. Minha conversa com a Quinn foi ótima. Ela ainda não sabe que estou de volta a Providence. Só conversamos pelo FaceTime, mas vou contar logo para ela. Estamos conversando, e já é um começo.

— Que ótimo ouvir isso, cara. É uma boa notícia mesmo. Como ela está? Ela está se sentindo bem? Está tudo parecendo normal?

Dou risada da facilidade com que o pequeno Simon Hogue entra no modo médico.

— Ela disse que está se sentindo ótima e está absurdamente linda. A gravidez realmente combina com ela.

Simon ri.

— Entendo o que é isso. Eu mal conseguia tirar as mãos de Bridget quando ela estava esperando as gêmeas. Escuta, se você precisar de alguma coisa, é só falar. Ficarei feliz em dar um pulo aí ou recomendar um ginecologista ou obstetra, se você precisar de um.

— Você é um bom amigo, Simon. Obrigado por tudo.

— É um prazer ajudar. Afinal, te devo uma por você não ter contado ao seu pai que fui eu que arranhei o carro dele aquela vez, e não a Calliope.

Dou risada.

— Droga. Eu tinha me esquecido disso. Podemos dizer que estamos quites.

Desligo e, quando o meu celular toca de novo um instante depois, assumo que Simon se esqueceu de dizer alguma coisa, mas vejo o rosto de Quinn na tela.

— Está tudo bem?

— Sim, Cam. Está tudo certo. Acabei de sair do meu checkup e, bem, depois que conversamos naquela noite, imaginei que você fosse gostar de uma atualização.

Droga. Eu queria simplesmente poder ir com ela. Talvez seja a hora de contar que estou aqui.

— Adoraria saber tudo sobre a consulta.

Ela me conta que ela e o bebê estão saudáveis e ele está crescendo no ritmo correto. A expectativa é que ela dê à luz daqui a cinco a seis semanas.

— Que notícias maravilhosas! — Limpo a garganta. — Quinn, você... Você acha que gostaria que eu estivesse aí? Quer dizer, quando chegar a hora?

— Nossa...

Um caroço se forma na minha garganta quando ouço a hesitação dela.

— Não tinha pensado nisso. Você é muito ocupado com o seu trabalho e tudo o mais. Eu não ia gostar de ser um fardo.

As palavras dela me fazem sentir um aperto no peito. Como ela poderia ser um fardo para mim em qualquer momento?

— Jamais, Quinn. Seria um privilégio estar aí quando o nosso filho vier ao mundo. Ou, se você preferir...

— Ok. Se você realmente quiser estar aqui quando o bebê nascer, acho que eu iria gostar. Obrigada, Cam.

— Vou estar aí se você precisar de mim, Quinn. Vocês dois. Sei que gosta da sua independência, mas fizemos esse filho juntos. Minha intenção é fazer a coisa certa. Quero ser um bom pai. — A falta de resposta dela me encoraja. — Quem sabe? Talvez pudéssemos tentar de novo, você e eu.

— Não sei, Cam. Vamos ter um filho. Se nós... fizermos as coisas como antes, sabe, isso poderia criar uma confusão se não estivermos realmente juntos. Vamos dar um passo de cada vez, ok?

— Como você quiser, querida. Estou feliz por estarmos nos falando de novo, e vou dar as boas-vindas a... do que você tinha chamado o bebê? Criaturinha? Vou dar as boas-vindas à criaturinha com você.

A risada dela é acolhedora e natural, a ponto de me fazer ter vontade de entrar no carro, dirigir até a casa dela e envolvê-la nos meus braços. Quero beijá-la e abraçá-la e dizer que ela é minha, sempre foi, do mesmo jeito que eu sou totalmente dela.

— Por favor, me fale do que você estiver precisando. Quero ajudar, Quinn, de qualquer maneira que eu conseguir.

— Obrigada, Cam. Logo a gente se fala.

Nos dias seguintes, conversamos pelo menos uma vez por dia. Também comecei a mandar coisas para a casa dela, para ajudá-la a se preparar e alegrar os seus dias. Ela me ligou dois dias atrás para me agradecer pelo serviço de limpeza, que contratei para ir à casa dela todos os dias e ajudá-la com qualquer coisa de que ela precisasse. Hoje são as refeições ricas em proteína, com baixo teor de sódio, preparadas por um chef, que pedi para entregarem para ela.

— Foi extremamente atencioso da sua parte. De verdade.

— Eu preferiria estar aí, cuidando de você pessoalmente. — Sorrio por saber que vou assumir o comando da situação. — Por que você não me deixa ir aí e fazer o jantar para você?

Ela ri.

— Sim, Cam. Por favor, dê um pulinho aqui em casa vindo da Inglaterra e faça o jantar para mim. Vou comer só tirinhas de cenoura, como um lanchinho, até você chegar, o que vai demorar umas doze horas. Até lá, já vai ser hora do almoço de amanhã.

— Você ficaria surpresa com quão rápido os jatinhos estão hoje em dia.

Pego a chave do meu apartamento e desço até o saguão. O porteiro estacionou o enorme SUV que comprei na porta do prédio. Digo *obrigado* a ele sem emitir nenhum som e coloco uma nota de vinte dólares na sua mão enquanto entro no carro.

— Você já deve estar deitado. Não está tarde aí?

— Eu te disse. Estou indo fazer o jantar para você.

— Você não iria querer, mesmo se estivesse aqui. Meu estômago passou o dia todo furioso. Me sinto muito bem na maioria dos dias, mas hoje não estou muito boa.

Não gosto nem um pouco de ouvir isso.

— Devemos chamar o médico? Posso pedir para Simon passar aí imediatamente.

— Não seja bobo. Estou bem. São só os hormônios aprontando comigo, ou talvez todas as minhas combinações malucas de comida. Vou desligar agora. Posso ter de ir ao banheiro e não vou obrigar você a aguentar isso.

— Ok, querida. Ligue se precisar de mim, e nos falamos de novo em breve, tudo bem?

Enquanto paro no sinal vermelho, olho, pelo espelho retrovisor, para a cadeirinha de bebê amarrada no banco traseiro. A criança ainda nem nasceu, mas estou pronto.

Estou pronto para tudo.

Vou mostrar a ela que posso ser o homem de que ela precisa – o homem que ela merece. Eu a amo, e vou dizer isso a ela.

Só espero, com todas as minhas forças, que ela também me ame.

CAPÍTULO 43

Camden

Tiro as flores do banco do passageiro e a sacola do chão do carro antes de me aproximar da calçada. A sensação que tenho ao subir todos os degraus na parte da frente da casa de uma vez só é que não parece que faz meses que estive aqui. A sensação é a de que estou exatamente onde eu deveria estar — é como voltar para casa.

Levanto a mão e as minhas juntas batem de leve na porta da frente. Demora alguns instantes, mas, quando a porta finalmente se abre, o tempo para.

O cabelo dela está mais comprido, com ondas cor de mel caindo nos ombros. As bochechas estão coradas com uma espécie de brilho. Os peitos estão maiores e mais cheios do que da última vez que a vi, pois o decote espia tentadoramente para fora da gola V do suéter. Depois que os meus olhos seguem descendo pelo seu corpo, eles pousam na maior mudança de todas: a barriga, dilatada com o nosso filho.

Seu grandessíssimo idiota. Como você pôde tê-la abandonado em algum momento, para início de conversa?

As mãos de Quinn vão correndo para sua boca, e os seus olhos se arregalam enquanto ela dá meio passo para trás. Lágrimas irrompem nos seus olhos, e ela os fecha, apertando-os com as pontas dos dedos antes de abri-los de novo.

— Meu Deus! Cam? Você realmente está aqui? Você realmente veio?

Respondo que sim com a cabeça enquanto me aproximo da entrada.

— Estou. Não consegui esperar mais nenhum minuto para ver você.

Mostro o buquê, e ela pega as flores, enquanto se aproxima de mim, e desliza os braços em torno dos meus ombros. Quando meus braços a envolvem, ela enterra o rosto no meu pescoço, e consigo sentir suas lágrimas quentes na minha pele.

— Não acredito que você está aqui — ela diz, soluçando contra o meu peito.

— Você está feliz, querida? Você me quer aqui?

Ela não responde, mas sinto o seu rosto se mexendo para cima e para baixo contra o meu pescoço.

— Venha. Está frio aqui fora. Vamos entrar e fechar a porta.

Entramos e ela aperta minha mão enquanto me leva para a cozinha.

— As flores são lindas. — Ela mal solta a minha mão, apenas para pegar um vaso e colocar um pouco de água nele. — Adoro lírios.

— Eu sei. Já os vi no seu jardim no verão.

Ela direciona o olhar para mim com um movimento rápido.

— Você se lembra?

Seguro o rosto dela com as palmas das mãos unidas como uma concha.

— Eu me lembro de tudo, querida.

Ela encosta a mão na parte externa da minha e a acaricia delicadamente, me olhando com um olhar suave e cheio de emoção. Beijo a sua bochecha, e todo o seu corpo relaxa.

— Veja, eu trouxe algumas outras coisas para você também. — Coloco a sacola no balcão e mergulho a mão nela. — Trouxe isto da Inglaterra. É queijo feito numa região próxima à Garganta de Cheddar. É muito bom, e tem alto teor de proteína. — Estico o braço e tiro um saquinho de papel. — E isto é uma mistura de frutas secas e castanhas da Whole Foods. Tem bastante magnésio e vitamina D. Também peguei uns abacates. Achei que eu poderia fazer uma torrada com abacate para você, se estiver com fome.

Ela olha para todos os produtos espalhados no balcão.

— Você escolheu coisas que são boas para a saúde do bebê.

— Sim. Tenho estudado sobre gravidez e desenvolvimento infantil. Você sabia que, neste ponto da gravidez, o nosso bebê provavelmente já tem um pouco de cabelo? Ele também está crescendo bastante agora, é nesta fase que ocorre um dos maiores arranques de crescimento de toda a gravidez.

O sorriso radiante dela é como a luz do sol sobre mim. Coloco as pontas dos dedos na parte de cima da sua barriga.

— Posso... Você acha que consigo sentir ele se mexendo?

Ela sorri de alegria e responde afirmativamente com a cabeça.

— Venha. Deixa eu sentar e vamos ver se a criaturinha está pronta para se exibir.

Caminhamos até o sofá, e Quinn coloca algumas almofadas em uma das pontas dele para se reclinar e se escorar. Ela posiciona uma mão atrás da cabeça.

— Aqui. Parece que esta é a melhor posição. Coloque a mão bem aqui — ela diz, me guiando para eu pôr a palma da mão na lateral da barriga dela.

Pressiono delicadamente, por não querer machucá-la ou ao bebê, embora não saiba nem se isso seria possível. Depois de alguns minutos sem nada acontecendo, ela sorri.

— Vamos tentar isto aqui. Às vezes, isto é o que funciona.

Ela começa a cantar uma melodia com a boca fechada.

— É Al Green?

Ela ri.

— O que posso dizer? A criaturinha gosta de Motown.

Ela continua cantarolando por mais um minuto e, de repente, sinto alguma coisa.

— Opa. Isso foi... ?

Sinto outro chute.

— Nossa! — Pisco. — Isso foi... Uau. Ele chutou, não é? O nosso bebê chutou.

Ela sorri.

— Sim. O nosso bebê chutou.

Eu me sento na beirada do sofá, ao lado dela, admirando-a em estado de total deslumbramento. É tudo muito surreal, mas se existe uma coisa da qual tenho certeza é que não posso ficar sem ela, sem o nosso bebê.

— Quinn, preciso te dizer uma coisa.

Ela pisca, e a preocupação lança uma sombra sobre suas feições encantadoras. Ela levanta um pouco o corpo para assumir uma postura mais sentada.

— Está bem.

Seguro as mãos dela.

— Quinn, eu não deveria ter ido embora de Providence. Deveria ter ficado aqui. Deveria ter lutado por você. — Meu polegar desenha círculos na mão dela. — Sei que você passou por toda essa situação sozinha, e isso me deixa mais triste do que você poderia imaginar. Você me daria a chance de me redimir? De te mostrar que posso cuidar de vocês dois?

Ela encolhe um pouco os ombros.

— Cam, a sua vida é a milhares de quilômetros daqui. Você me disse isso uma dúzia de vezes.

— Eu sei. Realmente falei isso. A questão é que, naquela época, eu achava que isso era verdade, mas não é. Minha vida é em qualquer lugar onde você esteja. Por mais que eu fosse adorar se você quisesse ir para a Inglaterra, se quiser ficar aqui... bem, então, é aqui que vou ficar. Se você preferir, compro até aquela casa para nós. Aquela no subúrbio que você me mostrou quando vim a Providence pela primeira vez. Podemos arranjar um filhotinho de cachorro para crescer junto com a criaturinha. Talvez até... — Passo a palma da mão pela barriga dela. — Talvez até arranjar um irmãozinho ou irmãzinha para o bebê. — Minha mão encontra a bochecha dela, e o meu polegar acaricia sua mandíbula. — Quero *você*, Quinn. Fiquei numa situação deplorável todos os dias em que você não estava comigo. O que me diz? Vai me dar uma chance?

As sobrancelhas dela franzem, e seus lábios e nariz começam a ficar cor-de-rosa.

— Tem certeza? Você realmente conseguiria ser feliz aqui? Poderia ser feliz só comigo?

— Só com você? Você é tudo. Não sei ao certo se eu poderia ser feliz sem você.

Uma lágrima cai enquanto ela deixa uma risadinha escapar dos lábios.

— Ok. Acho que eu gostaria de tentar.

— Sério?

— Sim.

Ela confirma com a cabeça e, antes de conseguir falar outra coisa, eu me inclino e capturo os lábios dela com os meus.

Ela é macia e doce quando se dissolve ao meu toque. Minhas mãos envolvem a parte de baixo do seu rosto, aproximando-a de mim, enquanto ela agarra as laterais. Faço a minha língua escorregar na junção dos seus lábios, e eles se abrem quando ela solta um gemidinho suave. A língua dela se entrelaça na minha.

— Senti tanto a sua falta...

— Também senti a sua...

Ela puxa a minha camisa, me trazendo para perto para beijá-la de novo, e fico feliz em satisfazer sua vontade. Quando beijo sua mandíbula e a pele macia do seu pescoço, ela solta um murmúrio, se esticando para me dar mais acesso. Meus lábios roçam a clavícula dela e, quando minha língua encontra a depressão macia do seu decote, ela puxa a parte de trás do meu cabelo, me afastando dela.

— Cam?

— Hum?

— Não houve ninguém depois de você. Eu só... queria que você soubesse.

Meu corpo inteiro solta um suspiro de alívio. Pensar nela com qualquer outro homem é insuportável.

Encosto a bochecha na dela.

— Obrigado por me contar. Eu também não fiquei com ninguém. Como eu poderia ter ficado? Sou todo seu. Por mais que eu tenha demorado para aceitar, sempre fui.

Suas sobrancelhas franzem, e os olhos estão úmidos quando ela abre um sorriso delicado para mim. Ela contorna o desenho da minha mandíbula com as pontas dos dedos, roçando a minha barba espetada, e o toque íntimo me incendeia.

Enquanto o meu dedo desliza pela barra do suéter dela, eu a olho nos olhos, e ela acena com a cabeça. Meus dedos escorregam para dentro da gola da roupa e descem pelo mamilo enrijecido. Ela reage se contorcendo.

— Não estou machucando você, estou?

— Não, mas estou extremamente sensível agora.

Agarro o suéter, puxando-o, bem como o bojo do sutiã, para expor o mamilo. Seus seios estão maiores, fartos e magníficos. Beijo a pele esticada e desenho um círculo ao redor do mamilo, enquanto ela solta um gemido baixo.

Puxo a mão dela, estimulando-a a se sentar e tirar o suéter pela cabeça. Quando estico o braço para remover o sutiã, vejo o rubor subindo pelo seu pescoço e pintando suas bochechas. Quando ela mexe os braços para se cobrir, minhas sobrancelhas se contorcem em uma expressão de interrogação.

— Não estou com a mesma aparência de quando estivemos juntos pela última vez, Cam. Estou... — Ela solta uma risada nervosa. — Estou imensa, me sentindo enorme.

Afasto as mãos dela e encosto uma das minhas palmas na sua bochecha e a outra na pele esticada e nua da sua barriga.

— Quinn, você está linda. Você nunca me pareceu tão bonita.

Baixo o olhar para onde o meu pau está empurrando a parte da frente do jeans.

— Você não vê o quão desesperado estou por você?

Ela sorri, encabulada, e eu me levanto, ajudando-a a se levantar também, e a conduzo para o quarto. Enquanto ela fica parada ao pé da cama, deposito beijos ao longo da sua barriga à medida que vou me ajoelhando na sua frente e puxando sua legging para baixo. Quando ela está nua diante de mim, beijo o ponto no meio das suas pernas. Ela faz o barulhinho que sempre emite quando sinto o seu gosto, e os seus dedos se entrelaçam no meu cabelo.

O cheiro e o gosto de Quinn são intoxicantes. Eu a devoro, deslizando a língua ao longo da sua abertura e circulando o seu clitóris até a cabeça dela pender para trás. Quando ela está perto do clímax, fecho os lábios, puxando e sugando, e ela goza intensamente para mim.

Ela se deita na cama, e tiro a minha roupa o mais rápido que consigo. Ela está deitada de lado e, quando me deito atrás dela, pressionado o meu peito contra as suas costas, a bundinha perfeita dela rebola para se aproximar de mim. Deslizo a ponta do meu pau na abertura dela enquanto beijo o seu ombro.

— Tem certeza, Quinn? Vai ficar tudo bem?

Ela sorri para mim por sobre o ombro.

— Tenho. É totalmente seguro. Quero você dentro de mim, Cam.

Ela não precisa me pedir duas vezes. Avanço para a frente, fazendo um movimento longo e seguro para preenchê-la. Fico nervoso quando ela respira fundo, mas, quando olho para o seu lindo rosto, o sorriso atrevido me diz tudo de que preciso saber.

Ela fica maravilhosamente apertada ao redor do meu pau. Seguro o seu quadril com força com a mão enquanto me mexo, lenta e profundamente, deixando o movimento e as reações dela me guiarem.

— Meu Deus, que delícia, Cam. Você se encaixa perfeitamente em mim.

— Somos a combinação perfeita. Você foi feita para mim, Quinn. Fui um idiota de pensar que eu poderia te deixar ir embora.

— Aguento mais. Por favor, Cam. Falta muito pouco para mim.

Faço movimentos mais rápidos e, quando o corpo dela enrijece, ela agarra o meu corpo até colapsarmos juntos.

Depois, quando ela está deitada nos meus braços, trocamos dúzias de beijos e carícias. Nunca fui esse tipo de cara — o que precisa de intimidade desse jeito, mas não consigo ficar longe dela. Quase a perdi uma vez, não vou deixar isso acontecer de novo.

Ela me conta como tem sido a vida desde que fui embora. E me revela o que sente por mim agora — o que tem sentido há um bom tempo. Eu também conto tudo para ela.

Faço promessas.

Vou cumprir todas.

Eu a amo e também amo nossa criaturinha de um jeito que nunca imaginei que pudesse amar alguém. Nunca vou deixar nada as machucar. Vou mostrar a ela que posso ser aquilo de que ela precisa.

Esqueça todo o dinheiro e o sucesso. Pode ficar com tudo isso. O jeito como ela me olha quando fala as palavras que esperei ansiosamente para ouvir? É isto. Este momento, bem aqui. *Esta* é a verdadeira sensação de vitória.

CAPÍTULO 44

Camden

Finalmente convenci Quinn a parar de ir ao escritório e trabalhar só em casa. Ela promoveu Kimberly a supervisora do escritório para ajudar a cuidar das coisas, enquanto fica de licença por causa do bebê e, com as novas corretoras que contratou, a empresa está voltando ao normal.

Também tomei as providências para os meus pais virem para cá. Eles mal podem esperar para conhecer Quinn e também querem passar um tempo com Calliope enquanto estiverem aqui, então estão planejando ficar algumas semanas. Cindy, do escritório, está pronta para agendar o voo para a mãe de Quinn assim que ela entrar em trabalho de parto, embora ainda faltem umas semanas para isso acontecer. No geral, estamos com tudo preparado para a chegada da criaturinha, e não me lembro de me sentir tão otimista ou animado nos últimos anos.

Estive no escritório de Providence algumas vezes, mas, na maior parte do tempo, trabalho no pequeno escritório da casa de Quinn para poder ficar de olho nela e estar presente se ela precisar de alguma coisa. Ela está exausta, o estômago a incomodou nos últimos dias e as suas costas ficam doloridas a maior parte do tempo. Espero que ela não esteja com um excesso de atividades e que esses problemas sejam só o resultado do último estágio da gestação.

Termino a conversa pelo Skype com Cindy, dando a ela uma lista de coisas que preciso que sejam feitas e avisando que estou encerrando o expediente por hoje, mas que ela poderia me ligar se aparecesse alguma coisa. Quando chego na sala, Quinn está sentada no sofá, com os pés apoiados na mesinha de centro, enquanto olha alguma coisa no seu laptop. Eu me jogo no sofá, perto dela, cruzando os pés na mesa, e esparramo um braço ao redor do seu corpo.

— Como está se sentindo, querida? O estômago melhorou?

— Um pouco, obrigada. Parece que o chá descafeinado de hortelã ajuda.

— Que bom. — Eu a aperto e dou um beijo na sua têmpora. — Conversei com os meus pais. Eles gostariam de vir na semana que vem e ficar até o bebê nascer. Posso acomodá-los no meu apartamento. Eles vão querer passar um tempo com Calliope também, é claro.

As sobrancelhas de Quinn franzem, e as pontas dos seus dedos ficam ricocheteando no seu polegar com um ritmo perfeito. Notei que é uma coisa que ela faz quando está pensativa ou preocupada.

— O que foi?

— Estou muito nervosa por ter de conhecê-los. O que vão achar de mim? Uma americana que engravidou. Eles provavelmente vão pensar que fiz de propósito.

Uso a mão livre e seguro a que ela está mexendo.

— Eles vão te amar, assim como eu. Contei a eles o suficiente para entenderem que nós dois juntos somos muito mais do que a família que estamos começando. Em cinco minutos, eles vão perceber que você ficaria perfeitamente bem sem mim. Estou aqui porque queremos ficar juntos, e não porque você precisa de mim ou do meu dinheiro. Sei disso, e eles também vão saber.

Ela coloca as pontas dos dedos no meio do meu peito e se inclina para me dar um beijo delicado na mandíbula.

— Obrigada.

— Deixei Cindy a postos para reservar uma passagem para sua mãe quando ela quiser vir. Posso fazer uma reserva num hotel para ela, se você quiser, ou as moças da limpeza podem deixar o quarto de hóspedes arrumado, se você preferir.

Ela se aninha na curva do meu braço, descansando a cabeça no meu ombro.

— Acho que ela iria preferir ter a privacidade respeitada... E nós, a nossa.

Ela abre um sorriso largo, e beijo seus lábios.

— Então, combinado.

A campainha toca, e me levanto com um movimento rápido para ver quem é, encontrando Calliope do outro lado da porta.

— Oi, Calli.

Eu me estico para beijar sua bochecha, que ela me mostra com muita pressa, quase passando por cima de mim para chegar a Quinn.

— Como você está? Melhorou? O chá ajudou? — ela bombardeia Quinn com as perguntas sem hesitar.

— Calma, garota. Estou cuidando direito dela— digo, dando uma bronca na minha irmã.

— Sei que você está, mas quero ajudar. É a minha sobrinha ou o meu sobrinho que está aí dentro, afinal — ela rebate, apontando para a barriga de Quinn.

— Obrigada, Calliope — Quinn reage, depois revira os olhos e ri.

— Ah, não seja boba! Você sabe que te amo também. — Ela se senta perto de Quinn no sofá e a abraça. — Só quero ter certeza de que está tudo bem com você. É só isso.

— Para ser sincera, o enjoo está bem forte.

Quinn olha com vergonha para mim, e eu franzo uma sobrancelha.

Ela sabe que fico irritado quando esconde coisas de mim – quando tenta ser forte, mesmo eu tendo dito uma dúzia de vezes que agora é hora de deixar a gente cuidar dela.

— Você deveria ter me contado, Quinn. Posso te levar ao médico — falo e cruzo os braços enquanto olho para ela.

— Isso aí — ela aponta para mim —, foi por causa dessa sua cara de preocupação que não falei nada. — Ela balança a cabeça. — Estou bem, é sério.

Calliope se senta na frente de Quinn, na beirada da mesa, e pega a mão dela.

— Deixe-me fazer um pouco de acupressão. Pode ajudar.

Ela ativa a mão e o antebraço de Quinn, afofando um ponto no seu pulso.

— Parece que isso ajuda mesmo, mas acho que preciso ir ao banheiro de novo. Já volto.

Quinn faz força para se levantar do sofá, colocando o peso em um braço do móvel enquanto se ergue. Ela pousa uma palma da mão na lombar ao andar parecendo uma pata em direção ao corredor.

— Cam?

A voz de Calli treme quando ela olha para o sofá. Meu olhar segue o dela e chega na mancha escura na almofada, depois se ergue, fazendo um caminho que leva a Quinn. A parte de trás da sua legging está coberta com a mesma cor escura. Corro na direção dela, segurando-a pelos ombros.

— Quinn, não quero que entre em pânico, mas tem uma mancha na sua calça.

Suas sobrancelhas franzem ao levar os dedos ao espaço entre as pernas. Quando ela os levanta, estão manchados de sangue. Os olhos dela se arregalam, e os lábios começam a tremer, enquanto ela ergue o olhar para mim.

— Cam... den?

— Vamos, estou te segurando. Vai ficar tudo bem.

Me viro para berrar algo para Calli enquanto levo Quinn para fora de casa.

— Calli! Ligue pro Simon. Peça para ele nos encontrar no Providence Memorial. Diga que estamos a caminho.

— Você não deveria esperar a ambulância?

— Não, consigo fazê-la chegar lá antes.

Prendo Quinn no assento do passageiro do SUV com o cinto de segurança e sigo para o hospital.

— Você comprou uma cadeirinha de bebê?

Quinn se vira para olhar para o banco traseiro.

— Bem, sim. Precisávamos de uma em cada carro para carregar a criaturinha por aí.

Seus olhos se enchem de lágrimas, e os lábios estremecem de novo.

— Espero que a gente ainda precise dela.

Ela leva as mãos ao rosto e começa a soluçar.

Pego a mão dela e a aperto enquanto arranco pela rua.

— Quinn, querida, vai ficar tudo bem. Todos os livros dizem que um pouco de sangramento é perfeitamente normal. Tenho certeza de que não é nada.

Ela respira fundo, acenando com a cabeça enquanto passa as costas da mão ao longo do rosto.

— Pode ser.

Estaciono na porta do pronto-socorro e deixo Quinn sozinha enquanto entro correndo para arranjar um médico. Um instante depois, volto com uma enfermeira e uma cadeira de rodas. Ela me ajuda a acomodar Quinn e a levamos para dentro, onde ela é admitida rapidamente. Estamos em uma das baias de exame do pronto-socorro quando Simon entra.

— Como você está, Quinn? — Simon pergunta, pegando a prancheta com os dados dela.

— Estou bem, Simon. Nervosa. Estou... Estou com medo do que pode acontecer com o bebê.

Ela acaricia a barriga com uma mão e aperta a minha mão firmemente com a outra.

— Tenho certeza de que não vai ser nada com que não possamos lidar. — Simon olha para mim, com cara de quem precisa falar alguma coisa, enquanto folheia a prancheta. — Sei quem é o médico responsável hoje à noite. Está programado para ser o dr. Baker. Vou ver se consigo ter uma ideia de quando ele chega. Camden, você pode vir comigo?

Beijo o topo da cabeça de Quinn.

— Não vai demorar, Quinn, prometo.

Ela acena com a cabeça, passamos pela cortina, e Simon me tira do raio de escuta de Quinn.

Ele apressadamente enfia uma mão no bolso da calça.

— Veja bem, Camden, nem de longe sou obstetra ou ginecologista, mas, do que pude ver, é possível que Quinn esteja em trabalho de parto prematuro. — Ele balança a cabeça e faz um movimento para baixo com a mão. — Não é um problema incomum, e existem várias medidas à nossa disposição que podem ajudar. De quantas semanas ela está?

— Ela não completou trinta e seis semanas ainda. — Esfrego a palma da mão ao longo da nuca. — O quão sério isso pode ser?

— Na melhor das hipóteses, o obstetra dá alguma coisa para ela que faz o trabalho de parto parar, e assim o bebê tem mais tempo para se desenvolver.

— E o pior cenário?

Consigo sentir a bile subindo pela minha garganta e o meu pulso acelerado.

— O bebê nasce antes da hora. Mesmo nessa situação, a taxa de sobrevivência é muito alta. Maior do que noventa e cinco por cento.

— Então existe uma chance de cinco por cento de o nosso bebê não aguentar? — Balanço a cabeça. — Inaceitável. Quinn ficaria arrasada. Eu também, mas foi ela que carregou a criaturinha esse tempo todo. — Cerro o punho. — Droga, ela fez tudo sozinha porque fui burro demais na hora de ir atrás dela. Acabei de reconquistá-la. Não vou perdê-la de novo.

Simon estica o braço e aperta meu ombro.

— Não deixe a sua mente chegar nesse ponto, meu amigo. Você precisa manter uma atitude positiva. Por ela.

Concordo com a cabeça.

— Ok. Vamos voltar para ela, sim? — sugiro.

Várias horas depois, os exames de sangue e de urina ficam prontos. Com certeza não são contrações de Braxton Hicks, que, de acordo com a explicação do dr. Baker, são uma espécie de trabalho de parto falso. Então, ele dá um medicamento intravenoso a ela para tentar interromper o trabalho de parto. Eles iam nos transferir para a ala da maternidade do hospital, mas, depois que ameacei comprar o hospital e, imediatamente, demitir o chefe da obstetrícia, eles deram um jeito de arranjar um quarto de parto particular para nós.

Quinn não está com ânimo para ter companhia, então Calliope, Simon, Addison, Rowan, Zoe e Kimberly estão reunidos no quarto para a família ao lado do que ela está ocupando.

— Quando minha mãe vai chegar aqui? — Quinn pergunta enquanto olha o céu escuro pela janela.

— Ela deve embarcar a qualquer momento. Vai chegar em algumas horas. Mandei um motorista buscá-la.

Pego a mão dela, e ela aperta a minha, então aumenta a força.

— Outra contração?

Ela confirma com a cabeça, e lágrimas fluem pelo seu rosto.

— O remédio não está funcionando, Cam. E se...

— Pare. Você não deve pensar nisso. Vai ficar tudo bem. Mesmo se o bebê for prematuro, vai dar tudo certo.

— Você não tem como saber disso! — ela grita. — Você fica falando que está tudo bem, mas há algumas coisas que você não pode controlar, Camden. E se o bebê não estiver pronto para nascer? E se ele nascer antes da hora e, depois de alguns dias, as coisas piorarem?

Eu me inclino para a frente e acaricio a bochecha dela.

— Aí vamos lidar com a situação quando ela acontecer. Se o bebê nascer antes da hora, vamos acampar na UTI neonatal enquanto ele cresce. Se houver complicações e precisarmos trazer um especialista em um avião ou *todos* os malditos especialistas do mundo, que seja, é isso que vamos fazer. Não há nada que eu não vá fazer para proteger você e o nosso bebê.

Seu rosto se mexe lentamente para cima e para baixo, com as bochechas ainda marcadas pelas lágrimas.

— Eu sei. — As palavras dela saem com suavidade. Ela está exausta. Abatida. — Só acho que precisamos estar preparados se o pior acontecer.

CAPÍTULO 45

Quinn

Não há nada que prepare você para isto.

Eu estava preparada para as dores da gravidez e até para a dor extrema do trabalho de parto. Estava pronta para criar este bebê sozinha, e preparada para a solidão e o sofrimento que poderiam surgir por ter priorizado o futuro do meu filho em detrimento das minhas chances no amor. Estava pronta para me sacrificar, e trabalhar e fazer o que fosse necessário para dar à criaturinha a melhor vida possível, mas nada poderia ter me preparado para isto.

Estamos no hospital há mais ou menos seis horas. Simon veio checar como estávamos algumas vezes, e dá notícias a todo mundo que está esperando no quarto ao lado. Minha mãe deve chegar aqui a qualquer momento, e os pais de Camden adiantaram o voo, então eles devem estar aqui amanhã.

Ele fez tudo ao longo dessa provação. Tomou as providências para o quarto particular, o que ajudou consideravelmente a manter a minha sanidade. Tudo o que posso fazer agora é esperar e tentar ficar calma.

Camden parece estar tão destroçado quanto eu. Suas roupas estão desalinhadas e o seu cabelo está uma bagunça, porque ele o despenteou passando a mão um milhão de vezes. Ele não consegue ficar parado. Anda de um lado para o outro, atravessando o quarto repetidamente. De poucos em poucos minutos, volta para a cama para beijar minha testa ou apertar minha mão e perguntar o que ele pode trazer para mim.

Enquanto estou me recuperando da última dor aguda nas costas, outra contração vem. Esta é pior do que todas as que tive antes.

Queimação. Pressão. Dor aguda e cortante. Como a pior pontada que você sente no flanco quando corre demais, só que mil vezes mais intensa.

Apoio as mãos de cada um dos lados do meu corpo na cama e luto contra a vontade insuportável de fazer força. Tento controlar a situação por saber o quanto cada contração preocupa Cam, mas, desta vez, não consigo. Resmungo, entre os dentes cerrados.

— Droga!

— Outra contração?

Cam está do meu lado em um instante, massageando minhas costas com a palma da mão.

— Sim. Das brabas. Das muito brabas.

Ele dá murros no botão vermelho ao lado da cama várias vezes com o punho.

— Onde diabos está Baker? — Ele dá alguns passos largos em direção à porta do quarto e a abre com um puxão. — Simon! Uma ajudinha aqui!

Quando Cam volta a se posicionar de novo ao lado da cama, Simon se junta a nós, aproximando-se para pressionar uma palma da mão na minha testa e depois pegar o meu pulso e olhar no seu relógio.

— Com que frequência elas estão vindo agora?

— Menos de vinte minutos entre duas consecutivas — Cam responde.

Suas feições, normalmente esculpidas e pronunciadas, agora estão mais suaves e tingidas de preocupação.

Simon acena com a cabeça.

— Vou chamar Baker. Já volto. — Ele dá tapinhas no meu ombro. — Aguente firme, Quinn. Parece que podemos ter um bebê hoje, no fim das contas.

Simon pisca para mim e me sinto um pouco mais tranquila, até Cam sair correndo atrás dele quando Simon sai do quarto. Escuto uma conversa abafada entre eles, vinda do lado de fora antes de Cam voltar para o seu posto ao lado da cama.

Olho para ele.

— É grave, não é?

— Nada que não consigam dar conta. Vai ser tranquilo, querida. Você vai ver.

— É fácil para você falar. Não é você quem vai empurrar uma pessoa pelas partes íntimas.

— Duvido que eu seria capaz de fazer isso. Não sou forte como você, nem de longe. — Ele se inclina e encosta a testa na minha. — Amo você, Quinn. Acho que te amo desde o dia em que a vi com aquela mancha rosa na blusa, e te amei mais e mais a cada dia desde que nos conhecemos. Vou dar uma vida boa para vocês duas, você e a criaturinha, e vamos ser felizes juntos.

Assinto, e lágrimas fazem os meus olhos arderem por um motivo diferente agora, enquanto ele me beija suavemente nos lábios.

— Também te amo, Cam. Muito.

— Como estamos, mamãe? — O dr. Baker entra no quarto, lendo alguma coisa em um tablet à medida que se aproxima da cama. — Pelo que entendi, você ainda está tendo contrações.

Confirmo com a cabeça, segurando a mão de Cam com firmeza.

— Sim. Não que eu tenha alguma coisa para servir de referência, esta é a minha primeira gravidez, mas elas parecem... fortes.

O médico tira os olhos do tablet, emite um som que fica entre tossir de leve e limpar a garganta e abre um sorriso afável para mim.

— Senhora...

— É srta. Whitley, na verdade. Quinn.

Cam aperta a minha mão e pisca para mim.

— Por enquanto.

Meu coração se alegra quando olho para ele. Jamais teria imaginado que estaria aqui, lutando para proteger o filho que nunca esperei gerar. Ter Cam ao meu lado, me amando — *nos* amando —, é mais do que eu teria sonhado ser possível. Estou muito grata por ele estar aqui.

— Vamos dar uma olhada e entender com o que estamos lidando aqui — o médico continua, enquanto uma enfermeira entra empurrando um carrinho com um aparelho de ultrassom.

Ele aponta para uma caixa de luvas, e a enfermeira a passa para ele. O médico usa a mão para fazer um exame, acena com a cabeça e troca de luva antes do ultrassom.

Eles ajeitam a minha roupa ao longo da parte superior das minhas pernas, expondo a barriga, e esguicham gel frio nela antes de o médico começar a manobrar a sonda pelo meu abdômen. Quando sua testa fica franzida, meu coração se entristece e minha garganta começa a queimar.

— O que foi? — Cam pergunta, antes de eu conseguir dizer as palavras.

O médico devolve a sonda ao suporte do aparelho e se vira para nós, juntando as mãos.

— Quinn, não estou gostando do fato de a sua pressão estar alta. Os betamiméticos não estão ajudando, então acho que o bebê está pronto para nascer.

Olho para Camden e ele está concordando com a cabeça, estoico e forte, enquanto aperta minha mão.

— Então você vai parar de dar os remédios e simplesmente deixar a natureza seguir o seu curso quanto ao trabalho de parto?

— Receio que não. O bebê não está na posição certa. Vamos ter de fazer uma cesárea.

Um som baixinho escapa dos meus lábios quando eles começam a tremer. O médico dá uns tapinhas no meu pé por cima da meia, tossindo de leve ao fazer isso.

— Fazemos isso todos os dias, Quinn. Prometo que vamos cuidar bem de você.

— O Cam pode ficar comigo?

Olho para ele e consigo enxergar a dor e o medo nos seus olhos, mas ele se abaixa e beija minha cabeça, sendo o homem forte que preciso que seja por nós dois neste momento.

— Você pode escolher uma pessoa para ficar na sala de cirurgia. Se quiser ver alguém, agora é a hora. Depois vamos começar a te preparar. — O dr. Baker dá tapinhas no ombro de Cam ao sair do quarto. — Não se preocupe, papai. Vamos cuidar bem dos dois.

— Vai ficar tudo bem com você, Quinn. Com vocês dois. — Cam me beija na bochecha. — Quer que eu traga as meninas aqui para elas falarem oi antes de eles virem te anestesiar?

Respondo que sim com um movimento de cabeça.

Ele sai e, um instante depois, o quarto inteiro está cheio de gente. Addison, Zoe e Rowan me abraçam. Kimberly, Bridget, Calliope e a mãe de Rowan, Donna, estão logo atrás delas.

— Uau! Todas vocês vieram me ver? — indago, feliz por ter um momento com elas em meio a esse tormento, enquanto abraço uma de cada vez.

— Não vamos deixar nenhuma para trás — Rowan diz, movendo um dedo no ar, e todas elas riem.

— Falando sério agora. Como você está? — Addison pergunta, dando tapinhas na minha mão.

— Não estou muito bem, para ser honesta. Eles vão fazer uma cesárea. Acho que Camden contou para vocês, não é?

Elas confirmam com a cabeça.

— Não se preocupe, querida. Todas nós vamos estar aqui para conhecer esta linda criaturinha e cuidar de vocês duas quando saírem — Donna fala, deslizando o braço ao redor do meu corpo e beijando o topo da minha cabeça.

— Contei para Willa e Wyatt que você ia ter um bebê, e eles estão absurdamente animados. Não conseguem entender direito que ele não vai sair de dentro de você grande o suficiente para brincar, mas uma hora eles vão perceber — Kimberly acrescenta, com um sorriso.

— Minha mãe não chegou? — questiono ao examinar a multidão.

— Ela deve aterrissar a qualquer momento, mas receio que não vai chegar antes de o bebê nascer — Camden responde, retornando ao seu posto do lado da cama e segurando minha mão de novo.

— Mas ela vai estar aqui quando sairmos. Isso que importa — asseguro, e reitero com a cabeça.

— Falando nisso... Acho que eles precisam te preparar, Quinn. Todo mundo vai voltar para o quarto de espera para a família — Simon anuncia, cruzando os braços, com toda a pose de médico enquanto dá ordens.

— Você quer dizer voltar para a cela da prisão — Zoe fala, e revira os olhos. — Que bom que ele é gato, querida. Essa coisa toda de ser mandão não funciona nem um pouquinho comigo — ela provoca Bridget, que ri.

— Funciona comigo, e é isso que conta. — Ela lança uma piscadinha na direção do marido. — Não se preocupe, Quinn. Você está em excelentes mãos aqui.

Bridget aperta minha mão, enquanto todas saem, deixando Calliope, Simon e Camden, que ficam perto da cama.

— Quinn, sei que foram meses difíceis, mas, realmente, aprendi a te amar, sabe? Você é como a irmã que nunca tive. — Calliope se vira para o irmão. — E sempre quis, no lugar desse cara aqui. — Ele revira os olhos para ela. — Sei que você vai se sair muito bem.

Ela me dá um beijo na bochecha e deixa o quarto.

Simon se aproxima.

— Camden me pediu para checar se o dr. Baker se importaria se eu observasse a cirurgia. Caso você não esteja confortável com a minha presença, não vou ficar. A decisão é completamente sua.

— Bem, vai ter uma dúzia de pessoas lá de qualquer forma. Acho que prefiro ter alguém que conheço e em quem confio e que sabe o que está acontecendo na sala de cirurgia também — falo, e encolho os ombros.

— Ok. Vou procurá-lo e me desinfectar.

Quando somos só eu e Camden de novo, ele apoia o quadril na beirada da cama e olha para mim. Dedos longos afastam o cabelo grudado nas laterais do meu rosto.

— Vamos dar um jeito nisso, querida. Vai ficar tudo bem com você. O bebê vai estar saudável, e vamos poder começar a fazer todas as coisas que planejamos. — Ele estende o braço e me beija com lábios fortes e aveludados. — Te amo, Quinn.

— Te amo, Camden.

— Ok, mamãe. — A enfermeira entra, usando roupa cirúrgica, rede para cabelo e protetores cobrindo os sapatos. — Meu nome é Lisa. Sou a enfermeira que vai ajudar o dr. Baker hoje. — Ela olha para os dados no seu tablet, enquanto outra enfermeira jovem se junta a ela. — Estou vendo que o dr. Hogue vai observar a cirurgia. Esta é a Penny, e ela vai ajudar também. Está pronta?

— Acho que não vou ficar mais pronta do que isso — respondo, e encolho os ombros.

— Certo, então. Papai, por que você não vai se desinfectar junto com Penny enquanto preparo a mamãe para trazer o seu bebê ao mundo? — Ela abre um sorriso radiante para Camden e, definitivamente, entendo por quê. Mesmo com as roupas desalinhadas e o cabelo bagunçado, ele está bonito. Ele beija os nós dos meus dedos e sai com a enfermeira jovem e bonita, lançando um último olhar rápido para mim por sobre o ombro ao cruzar a porta.

CAPÍTULO 46
Camden

Não percebi que eu estava prendendo a respiração até soltar um suspiro. O grito agudo não era o que eu esperava, mas acho que minha filha queria fazer o seu primeiro som realmente valer.

É surreal. Sinto como se eu não estivesse plenamente aqui, mas sim flutuando em algum lugar entre a realidade e um sonho. Olho para Quinn e ela abre um sorriso cansado e meio indistinto para mim.

— Ela é linda, Quinn. Perfeita, exatamente como a mãe.

Quando Quinn esfrega a mão na minha bochecha, percebo que são lágrimas que ela está enxugando. Estou chorando e não dou a mínima para isso, porque o meu coração está tão repleto de felicidade que pode explodir.

— Ela está bem? Está tudo no lugar certo? — ela me pergunta com um enorme sorriso.

— Sim. — Dou risada, fazendo um esforço para segurar um pouco das lágrimas enquanto tento controlar a emoção. — Dez dedos nas mãos e dez nos pés.

— Aqui está, mamãe. Esta é a sua filha.

A enfermeira coloca a bebê atravessada no peito nu de Quinn, e nunca vou me esquecer da sua expressão ao ver nossa filha de perto. Olho Simon de relance e ele levanta o polegar na minha direção, fazendo um sinal positivo com a cabeça.

Jesus Cristo, quem diria? Quem diria que eu poderia amar alguém como amo essas duas?

Faço a mão da bebê passar entre o meu dedo e o polegar. Ela é minúscula.

— Dois quilos e quatrocentos e cinquenta gramas — a enfermeira fala, enquanto olhamos para a recém-nascida. — Ela já tem nome?

Eu e Quinn olhamos um para o outro.

— Emma. — Sorrio ao falar o nome que escolhemos em homenagem a uma das heroínas literárias poderosas preferidas dela. — Emma Whitley-Reid.

— É lindo — a enfermeira elogia, sorrindo para nós. — Ela vai ficar sob supervisão por alguns dias para termos certeza de que vai crescer como precisa, mas a pequena Emma aqui parece ter um belo par de pulmões. Vamos limpá-la e embrulhá-la assim que você estiver pronta.

— Obrigada, Camden — Quinn sussurra enquanto acaricia a bochecha da nossa bebê.

— Você fez toda a parte difícil — digo, e rio.

Ela olha para cima.

— Obrigada por voltar para nós.

— Nunca mais quero passar por um sofrimento como aquele, querida.

Beijo a bochecha dela e fico surpreso com o quão úmida a pele dela está.

— Você pode segurá-la? Estou muito cansada.

Pego a nossa filha e a entrego para a enfermeira, que está esperando para dar um banho nela.

— Dr. Baker? — A outra enfermeira, a que está monitorando os sinais vitais de Quinn, olha para o médico. — A pressão está caindo.

— Temos uma hemorragia aqui — ele reage ao olhar para a incisão nela. — Dr. Hogue? Você pode levar o pai para fora da sala, por favor?

— Vamos, Cam. Eles precisam lidar com a incisão dela.

— De jeito nenhum! — Desconsidero o que ele me fala. — Alguém vai me dizer o que é que está acontecendo?

— Noventa e cinco por sessenta, doutor.

A enfermeira está me ignorando e ponto final, assim como o médico.

— Dr. Hogue? Agora, por favor.

— Ela está em boas mãos, Cam. Vamos.

— Quinn?

Dou uma olhada nela, mas ela está inconsciente.

Simon me leva para fora da sala de cirurgia até chegarmos ao corredor.

— Você não pode ficar lá dentro agora, mas eu posso. Vá à sala de espera para a família. Conte a todo mundo sobre a filha linda de vocês. Vou lá quando tiver mais informações.

— Simon?

Ele se vira quando está prestes a entrar de novo na sala de cirurgia.

— Cuide dela.

Ele assente e desaparece porta adentro.

Uma hora se passou, mas parece que foram dez.

— Não se preocupe, Camden. Simon não vai deixar acontecer nada com a Quinn. — Calliope passa a palma da mão nas minhas costas, para cima e para baixo, enquanto estou sentado com os cotovelos apoiados nos joelhos. — Ele sabe que vou matá-lo se ele fizer isso.

— O dr. Baker é excelente — Bridget acrescenta, em pé na minha frente, com as mãos cruzadas na frente do corpo. — Eles vão cuidar muito bem dela.

A mãe de Quinn, que chegou agora há pouco, vem se sentar perto de mim. Ela não fala nada. Só pega minha mão e a segura com força.

Depois de mais um tempo, finalmente, a porta da sala da família se abre e Simon entra. Praticamente pulo da cadeira.

— Como ela está?

Ele puxa a máscara para baixo.

— Estável. Ela vai ficar bem. A mãe e a bebê estão descansando um pouco.

A emoção acumulada desaba sobre mim enquanto jogo os braços em volta de Simon e desmorono no seu ombro. Ele bate nas minhas costas, retribuindo o abraço.

— Elas aguentaram como duas heroínas. Você tem uma família agora, cara.

— Tenho. Tenho mesmo. — Dou um tapinha nas costas dele. — Vou me casar com ela.

— Eu sei, meu amigo, eu sei.

Depois que Quinn teve tempo de descansar e tomar um remédio para diminuir a dor dos pontos, todo mundo entra para ver como ela está e conhecer nossa linda filha.

— Ela se parece com a Quinn, não é? — a mãe de Quinn, Cassandra, diz, enquanto segura a neta.

— Graças a Deus ela não puxou a ele. — Calliope curva um polegar na minha direção.

— Não se esqueça de que a minha versão feminina é você — falo, e ergo uma sobrancelha para ela.

Eu me afasto dos "ohhhs" e "ahhhs" dos amigos e familiares reunidos para ficar ao lado da cama.

— Se você estiver cansada, posso colocar todos eles pra fora — digo a Quinn, e pisco para ela.

— Deixe que fiquem mais alguns minutos com ela.

Ela sorri, examinando toda a sua família reunida, parte ligada a ela por um laço de sangue e parte que ela encontrou ao longo do caminho.

— E então? — Seguro a mão dela e me abaixo para apenas ela conseguir me escutar. — Você vai dizer sim para mim?

Ela sorri.

— Você fez essa pergunta praticamente todos os dia nas últimas semanas.

— Eu sei. Vou continuar perguntando até te vencer pelo cansaço.

Ela ergue as nossas mãos unidas e beija a minha.

— Preciso de um pouco de tempo, Cam, mas posso te prometer uma coisa: não vou a lugar algum.

— Está bom para mim.

Eu me inclino e puxo seus lábios com os meus. Por mais exausta que ela esteja, não me rejeita. Ela lança a língua para fora para sentir o gosto dos meus lábios, e não consigo parar de me surpreender com o quão apaixonado estou por essa mulher, sem falar na sorte que tenho por ela ser minha.

— Ei, ei, vocês dois. Pelo menos seis semanas, talvez oito, até poderem começar a produzir o próximo! — Simon fala em tom de brincadeira, e todos riem.

Olho para ele por sobre o ombro.

— Oito semanas? Você está maluco?

— Se fizermos um esforço, aposto que conseguimos reduzir para cinco — Quinn diz, e ri.

— Você supera todas as minhas expectativas — falo, com os lábios colados nos dela.

EPÍLOGO

Camden

Sete meses depois...

— Vamos lá, bebezinha. Fale a palavra para mim. Você sabe o que quero ouvir — encorajo, encarando os grandes e redondos olhos cor de âmbar da garota que roubou meu coração.

Um sorriso surge no canto da minha boca quando seus lábios cor-de-rosa se abrem e ela começa a falar:

— Mama!

As mãos da minha filha se juntam várias vezes seguidas e ela dá gritinhos de alegria.

Ela está me matando de rir. Faz semanas que ela está chamando Quinn de *Mama*.

— Sim, bebezinha. A mamãe está bem ali.

Olho de relance para Quinn, que ri tanto que suas bochechas estão vermelhas e os olhos, cheios de água.

— Você a ensinou a fazer isso? Vocês duas estão de brincadeira comigo?

— O que é isso, Cam? Você sabe que eu nunca faria isso.

Ela vem andando na minha direção como quem não quer nada e pressiona o corpo nas minhas costas, enquanto estou sentado no chão, e coloca os braços em torno dos meus ombros.

— Vamos, querida. Fale "papa". Por favor? Faça isso para a mama.

Pelo jeito com que ela faz o apelo para a nossa filha, Quinn deve estar morrendo de pena de mim.

A boquinha da bebê se abre enquanto seus olhos brilham de malandrice.

— P-p-p...

Quinn dá um tapinha no meu ombro e o seu hálito quente faz cócegas no meu ouvido quando ela diz:

— Acho que chegou a hora!

Emma coloca a língua para fora, fazendo barulhinhos e lançando bolhinhas de saliva e baba da boca. Então, ela olha nos meus olhos.

— Mama!

Quinn ri tanto que cai para trás e rola até ficar de barriga para cima no tapete.

Emma engatinha até a mãe e batuca na sua barriga com as mãozinhas gordinhas. Eu me inclino por cima de Quinn e cubro sua boca com a minha para silenciar sua risada.

— Minha própria filha está tentando me enganar. Tudo bem, mas você não precisa se matar de rir *desse jeito* às minhas custas.

— Desculpe. É que é muito fofo ficar observando vocês dois.

Pego minha filha nos braços e ela se aninha no meu peito. Seu cabelo castanho macio faz cócegas na minha bochecha quando beijo o topo da sua cabeça. Consigo sentir o cheiro de talco, doce e fresco. Juro que você poderia colocar uma venda nos meus olhos e eu seria capaz de encontrar a nossa filha só pelo cheiro. É um tipo de marcador biológico ou algo assim, pelo que Simon explicou para nós.

— Por que não a coloca no berço para ela tirar uma soneca? Preciso fazer algumas coisas no nosso quarto — Quinn sugere, se posicionando sobre a sua bundinha linda e se levantando.

— Certo, vou fazer isso. O que você vai fazer...

Vou desistindo de fazer a pergunta ao olhar para cima, encontrar os olhos dela e perceber que eles estão pegando fogo. Seu sorriso me diz exatamente o que ela está planejando.

Fico em pé, segurando firme nossa filha sonolenta.

— Muito bem! Não vamos demorar. Não comece sem mim. — Franzo as sobrancelhas e ando em direção ao quarto da bebê. — Pensando bem, pode começar. Tanto faz para mim.

Quando os olhinhos de Emma ficam pesados e se fecham, saio do quarto dela nas pontas dos pés e sigo pelo corredor em direção ao nosso. Quinn está parada bem no meio dele, descalça, usando um vestido fininho cor de pêssego. O cabelo dela está descendo pelas costas, espalhado em ondas soltas ao redor dos ombros, e os olhos estão cintilando de malícia e malandragem. Por todo o quarto, umas duas dúzias de velas de diferentes alturas e tamanhos estão tremeluzindo, todas brancas.

Fecho a porta e me aproximo dela. Ela segura minhas mãos e se ajoelha na minha frente.

— Estou gostando do rumo que isso está tomando.

Ela abre um enorme sorriso e revira os olhos, em tom de brincadeira.

— Tem uma coisa que eu queria dizer *antes*.

— Ok.

Eu me junto a ela, me ajoelhando na sua frente no chão.

— Desde o momento em que nos conhecemos, percebi que você era especial, mas não tinha ideia do quanto você se tornaria especial para *mim*. Você me dá os melhores presentes todos os dias, sendo um pai incrível para a nossa filha e nos amando do jeito que nos ama.

Enrosco os dedos no cabelo dela, na parte de trás da cabeça, e a puxo para a frente para beijá-la, mas ela coloca a palma da mão no meu peito para me impedir.

— Preciso terminar.

— Está bem.

Engulo em seco, sem saber o que está por vir.

— Sempre tive de fazer as coisas basicamente sozinha. Você sabe disso. Talvez eu seja teimosa. Não sei, mas eu precisava ter certeza de que você estaria aqui para nós duas, Emma e eu, de uma forma mais definitiva. Precisava saber se você queria ficar comigo não apenas por causa da Emma, mas porque você também me ama, independentemente dela.

Aceno com a cabeça.

— Eu amo, Quinn. Você sabe a adoração que tenho por você. Você é a mulher mais sexy do mundo, sem falar que é inteligente, gentil, engraçada e linda... Eu poderia continuar, mas prefiro mostrar a falar. Você sabe.

Ela sorri.

— Realmente sei o quanto você me ama. E é por isso que, depois de jogar água fria na sua fervura por tanto tempo, achei que era a minha vez de perguntar. — Ela levanta as minhas mãos, unidas às dela, de novo. — Você fez de mim uma mulher mais feliz do que jamais imaginei que poderia ser. Camden, você ainda quer oficializar a nossa relação? Quer se casar comigo?

Seus olhos grandes e brilhantes estão cheios de lágrimas de emoção, cintilando como diamantes e ouro.

— Eu me casaria com você em um cartório, ou em um castelo, ou na porcaria de uma loja de conveniência. Amo você, Quinn, com ou sem o papel para provar, mas seria uma honra se você tivesse o meu nome. Adoro a ideia do mundo inteiro saber que você é minha.

Seguro o seu rosto e o trago na minha direção para beijá-la, intensa e profundamente. Ela agarra minha camiseta e o ar fica diferente, o fogo substituindo a doçura de poucos instantes atrás.

— Esse vestido tem valor sentimental para você?

— De jeito nenhum. Eu o escolhi na semana passada. Achei que você fosse gostar dele.

Eu me levanto e a ajudo fazer o mesmo.

— Que bom. Realmente gostei dele, mas ele precisa sair de cena. — Puxo o vestido pela cabeça dela e o atiro no chão, atrás de mim. — Sem sutiã. Excelente escolha, futura sra. Reid. — Ela sorri. — Mas isso não deveria estar aqui.

Deslizo o dedo no cós da calcinha e dou um puxão.

— Vá em frente — ela diz, revirando os olhos como que brincando.

Arranco a peça de renda do corpo dela, e ela solta um gritinho. Eu a puxo para perto de mim e faço os meus lábios colidirem com os dela.

— Eu te amo tanto, tanto...

— Que bom, porque você vai ficar comigo para o resto da nossa vida — ela devolve, abrindo um enorme sorriso. Seus olhos estão flamejando.

Ela recua e corre para a cama, enquanto tiro a calça jeans e a camiseta. Subo na cama e rastejo nela para persegui-la quando ela foge, se afastando e rindo.

— Ei, você, volte aqui. Não pode simplesmente me pedir em casamento, me mostrar este corpo maravilhoso e depois fugir de mim.

Eu a agarro pelo tornozelo e a puxo pelo pé, colocando-a de barriga para cima na cama. Quando ponho um dos seus seios na boca, dando mordidinhas e beijando-o, ela solta um suspiro de satisfação enquanto seus dedos passeiam pelo meu cabelo.

Distribuo beijos na pele dela, e minha língua gira em torno do seu umbigo, antes de os meus lábios beijarem suavemente a linha rosada que atravessa o abdômen.

— Obrigado — sussurro. — Obrigado por nos dar a nossa linda menina. Sei que não foi fácil para você. Nenhuma parte do processo. Queria ter estado aqui para te ajudar a enfrentar tudo aquilo.

— Você estava aqui quando foi mais importante. — Ela acaricia minha bochecha com a palma da mão. — Queria ter te contado antes.

Dou um beijo na palma da mão dela.

— Está tudo perdoado, meu amor.

Ela sorri.

— Eu faria de novo, sabia?

— O quê? Passar por tudo de novo?

— Bem, a parte da gravidez. Gostaria que Emma tivesse um irmãozinho ou irmãzinha um dia.

Beijo a depressão onde a perna e o quadril dela se encontram.

— É mesmo?

Minha boca se move pelo corpo dela até encontrar sua abertura, e ela solta um suave suspiro.

— Hum-hum.

— Bem, você conhece o ditado, não é? — Arrasto a língua para cima e para baixo em movimentos longos e preguiçosos. — A prática leva à perfeição.

— Hum, isso é verdade. — A cabeça dela pende para trás quando minha língua começa a circular o seu clitóris. — Que delícia.

Deslizo os dedos dentro do canal apertado enquanto minha língua e meus lábios se movem para deixá-la mais excitada. Os quadris dela pressionam para cima e para baixo, e o jeito com que ela está esfregando a bocetinha perfeita dela na minha boca está deixando o meu pau tão duro que até dói, mas quero que ela goze para mim. Vê-la gozar é a coisa mais sexy que existe, e nunca me canso.

Meus dedos entram mais fundo, e os curvo para achar o ponto cheio de sulcos que a faz voar alto. Aperto com força enquanto os meus lábios se fecham em torno do seu clitóris, e ela atinge o clímax.

— Puta merda, Camden!

Seus quadris dão pinotes e se esfregam enquanto seus dedos agarram meu cabelo.

Enquanto ela colapsa, minha boca sobe pelo seu abdômen, salpicando sua pele com beijos. Quando chego na sua boca maravilhosa, ela agarra meu rosto, me devorando com um beijo quente. Amo a maneira esfomeada como ela me beija depois de eu sentir o seu gosto.

— Preciso estar dentro de você, Quinn. — Pressiono o pau contra o seu quadril e ela se contorce. — Preciso foder você. Agora.

Ela sorri com o nosso beijo.

— Quero me virar.

— Isso, porra — eu praticamente falo as palavras gemendo.

Ela rola para ficar de barriga para baixo e eu entro nela. Nesse ângulo, consigo chegar muito fundo e preciso de toda a concentração para não perder o controle. Sua bunda se contorce contra o meu corpo, seus quadris se erguendo com cada investida. Eu me mexo lentamente, deslizando bem para dentro dela.

Estico o braço e puxo com cuidado o seu cabelo pelas costas, colocando-o por cima do seu ombro, para poder beijar o seu pescoço e mordiscar a sua pele. Quando faço isso, ela joga a cabeça para o lado. Faço outra investida e me mantenho na posição, enterrado bem fundo dentro dela, enquanto movo uma perna, e depois a outra, para prender as dela. Ela segue a minha deixa, fechando as pernas e, deste ângulo, ela fica absurdamente apertada ao meu redor.

— Jesus, Quinn, você está muito apertada. Não sei por mais quanto tempo consigo aguentar. Você é deliciosa.

— Falta pouco para mim. Apenas... mais forte. Preciso de mais.

Não a faço esperar. Empurro com mais força, mais fundo, castigando-a com o meu pau, e os nossos corpos se encaixam tão perfeitamente que não demora para nós dois nos rendermos. Ela se contrai ao meu redor, me apertando até eu ficar totalmente esgotado.

Eu me apoio nos antebraços para tirar o meu peso dela, enquanto ela colapsa, a boceta ainda com espasmos de prazer. Depois, deito do seu lado e a puxo para o meu peito.

— Que bom que continuou comigo até encontrarmos um lugar para você morar — ela diz, desenhando uma trilha com o dedo para cima e para baixo no meu peito.

— Pois é, sobre isso...

Ela ergue uma sobrancelha e olha para mim como se estivesse desconfiada.

— Eu não estava dando a mínima para os imóveis. Teria aceitado quase qualquer um. Só queria uma desculpa para passar um tempo com você.

Lanço um sorriso malicioso para ela, tentando fazê-lo parecer atraente.

— Então, no final das contas, você só estava tentando me mostrar a sua linguiça — ela diz, e abre um sorriso.

— Sim. Para ser sincero, você não parecia estar incomodada com isso.

As mãos dela percorrem a minha barriga e o meu pau se agita, pronto para receber mais dessa mulher incrível.

— Você subiu no meu conceito... no fim das contas. — Ela sorri com um tom de provocação enquanto me observa, e sei que ela adora o poder que tem sobre mim. — Agora, parece que não consigo desistir de você.

— Não. Você vai continuar comigo. — Pressiono a boca contra a dela e coloco a palma da mão entre os seus seios perfeitos. — Não importa aonde a gente vá, onde a gente viva. A pequena Emma e esta pessoa bem aqui — falo, dando tapinhas no seu peito — são o único lar de que sempre vou precisar.

FIM

Editora
Charme